悦读好故事系列丛书

生死一幅画

SHENGSI YIFUHUA

冯海鹏◎著

安徽师范大学出版社
·芜湖·

图书在版编目(CIP)数据

生死一幅画 / 冯海鹏著.—芜湖:安徽师范大学出版社,2017.4
(悦读好故事)
ISBN 978-7-5676-1803-9

Ⅰ.①生… Ⅱ.①冯… Ⅲ.①故事-作品集-中国-当代 Ⅳ.①I247.81

中国版本图书馆CIP数据核字(2016)第303040号

生死一幅画　　冯海鹏◎著

责任编辑:丁　立
装帧设计:任　彤
出版发行:安徽师范大学出版社
芜湖市九华南路189号安徽师范大学花津校区
网　　址:http://www.ahnupress.com/
发 行 部:0553-3883578　5910327　5910310(传真)
印　　刷:浙江新华数码印务有限公司
版　　次:2017年3月第1版
2017年3月第1次印刷
规　　格:700mm×1000mm　1/16
印　　张:15.25
字　　数:210千
书　　号:ISBN 978-7-5676-1803-9
定　　价:35.00元

目　　录

第一辑　生死一幅画

第二辑　别给我玩虚的

第三辑　藏在背后的爱

第四辑　倒视人生

第一辑

生死一幅画

第一辑

生死一幅画

一、画祸

清康熙年间，陆浑城有位国画先生叫周清平，人送雅号“画痴”。这周先生每日里深居简出，酷爱作画，可惜，已经年过半百，却未能作出一幅扬名之画来。

一日，周清平翻阅旧典，忽然发现有关一种奇异植物的记载，此种植物被称为“夜照苔”，是晋时西域进献的奇特之物。花、茎上下一白，白天经阳光照射，夜晚便通体明亮，熠熠生辉，如同夜明珠一般。若将其放养在水中，随水波荡漾，又如同火浪般动人。周清平看后为之一动，合上书沉思片刻，一时间灵感迸发，立即铺开宣纸，挥毫作画，将夜照苔画了下来。整幅画上仅一株夜照苔，意境深远，淡泊之中又蕴含动人心魄之美。搁下画笔，周清平舒了一口气，仔细端详画作，颇为满意。周清平决定再画若干幅，将此花的各种姿态一一表现，做成系列，也不枉此花，更不枉自己之爱了。

就在他沉吟之际，有人敲门。周清平被人所扰，一时恼怒，开门一看竟是画友王之秀，不禁笑了。这王之秀和周清平一样，痴爱作画，但建树不多，穷困潦倒。平日里，两人多有来往，一起切磋慨叹，想必今日也无他事。还没等周清平开口，王之秀一眼便发现了桌子上的那幅画，端详片刻，他冲周清平赞叹说:“此画构思绝妙,全幅明亮动人,周兄,好啊!只是,这画上之物,恕我眼拙,还不曾见过啊!”周清平微微一笑:“这叫夜照苔,别说你没见过,我何曾见过,只不过从旧典上偶见,才画了下来。”接着,周清平便兴致盎然地向王之秀介绍起这奇花来。可是,王之秀却突然之间心不在焉起来,一边听一边若有所思,答非所问地应承。过了不久,王之秀便借口有事,匆匆离开了。

周清平摇摇头,叹口气,这王之秀,平日里你我彻夜长谈,今天没说几句话就匆匆走了呢!走了也罢,我赶紧把画画完。想到这里,周清平铺开第二张纸,提笔沉思片刻,这才重新作起画来。

一直忙碌到天色渐暗,周清平正要起身,忽然听到外面一阵吵闹,接着屋门便被“哗啦”一声撞开了,几个官兵凶神恶煞地站在面前。周清平浑身一哆嗦,还没等他反应过来,几个人一边给他个结结实实的五花大绑,一边翻箱倒柜把他的画作一一收拾。周清平被这突如其来的变故吓得惊恐不已,颤声问道:“这,官爷,这是为何啊?”一个领头的官兵冷笑一声,把一幅画“嗤啦”一声展在他面前,厉声说道:“我还想问你意欲何为呢!这画上一株异草,无青独白,花草怎会无青?我看你分明就是想大逆不道,宣扬反清复明,妖言惑众!你还有什么话说,带走!”周清平顿时目瞪口呆,可是官兵哪里肯听他辩解啊,那官兵你推我搡,将他押走了。

二、画骨

周清平被毒打一顿,送进了大牢时才无奈地发现,和他有同样遭遇的岂止他一个啊。这间牢房里,十几个披头散发伤痕累累的人痛苦地蜷缩在地上。大家见他被推进来,都慌忙围过来,关切地询问。此时,周清平才明白,这些人全都是因为那些莫须有的罪名被抓进来的文人墨客。看着大家的惨状,他摇摇头,满心的委屈愤怒顷刻间涌上心头,不觉间,两行清泪顺腮而下。一个胡子花白叫刘瑞的人摆摆手说:“周先生莫要伤心,留些眼泪日后再流吧!”周清平抬头疑惑地看着他,刘瑞无奈一笑:“你有所不知啊,这牢里有个规矩,这些刽子手懒得审讯也懒得择机问斩,只规定若新来一个,必杀一个啊!这囚牢里永远保持十二个人,他们说,十二是吉数,一年十二个月,生肖有十二属相,这样能帮我们祛除异想啊!你看吧,今晚我们中间就要有一个在乱棍下命赴黄泉了!”周清平大惊,痛苦地说:“先生,这么说,我是第十三个人,是我连累了大家?”刘瑞摇摇头:“不不,你也是其中一个啊,也许死的是你!要怪就怪我们自己舞文弄墨,怪那些妄加罪名的罪魁祸首吧!”

周清平听完,无力地瘫坐在地上。就在这时,牢门“哗啦”一声被打开,几个狱卒走进来,其中一个手里端着一个托盘,托盘里放着几个纸团,他厉声喝道:“去留在命,生死在天。都过来,抓生死阄!”周清平瞅瞅刘瑞,刘瑞冲他叹了一口气,冷笑道:“这就是他们决定我们生死的方法了!”这么残忍的做法,足以让人心惊胆战了,可是此刻,所有的人却出奇的平静,一个接着一个挪过去,从托盘里捏出一个阄来。

周清平捏出剩下的最后一个,瞪着双眼,颤着手解开看,上面只有一个字:生。他紧紧闭上眼睛,长长地舒了一口气,然后他才发现自己已经满身冷汗了。

唯一一个死阄竟然被刘瑞抓去。狱卒们把他拖出去,在一阵乱棍声之后,牢门外一阵寂静。周清平瞅瞅大家,大家都面无表情,呆呆而坐,凌乱的头发,褴褛的衣服,浑身的伤痕,此刻的情景更让他触目惊心。

一夜无眠,然而到了第二天,便又有人被扔进了牢里。这是一个年轻的书生,满脸的伤痕仍遮不住清秀的面容。周清平清楚,今晚,将又有一个人要冤死棍下了。果然,到了晚上,生死阄竟然被书生抓到。他一时间瑟瑟发抖,发了疯似的大喊冤枉。可是,狱卒们哪里肯理,骂骂咧咧把他往外拖。就在此时,牢中有人低沉地说道:“住手!”周清平一看,是缩在墙角的一个老者。大家一愣，老者说道：“狱卒大人，可否容我说句话？”狱卒望着他停了手。老者说：“我酷爱作画，知画有画骨，人有人骨。虽我抓得生阄，但我已气息奄奄，不日也将命赴黄泉，狱卒大人能否让我代小书生早死？”狱卒一听，顿时愣在那里，而周清平早已经目瞪口呆，清泪横流了，那小书生“扑通”一声跪倒在地上。

狱卒们相互一望，呆了良久，这才扔下小书生，将老者拖了出去。

三、画杀

几天来，狱中那些受冤含恨，奄奄一息之人，竟然纷纷效仿老者之法，甘心赴死数人。这悲壮感人的景象，周清平看得惊心动魄。

这日，又有一人被抓了进来，周清平一看，竟然是画友王之秀，顿时目瞪口呆。周清平将被打得不成人形的王之秀扶起，第一句话便说：“王兄，是我害的你啊！”王之秀摇摇头，苦笑一声，满脸羞容：“哪里是你害我，分明是我害你啊！周兄，今日到得此处，我已知是有去无回，实话告诉你吧，是我告了密，附会诬陷你的画是反清复明啊！可是，所得银两我也无福消受了啊！”周清平摇摇头：“我早已知道是你，可我后悔你不仁，我竟不义，暗中害你啊！”王之秀顿时愣住，周清平这才把事情的原委告诉了他。

原来，那日王之秀心不在焉看完画，匆忙离开，周清平便心有疑虑。他又怕自己多心，不过，思来想去，他还是在自己的画作中加了一张书法作品，写了反诗，落款写上王之秀所赠。即使自己蒙冤，也不能让小人快活啊。果然，今日应验，那些人定是看了自己的画，发现那幅字，抓了王之秀啊。

王之秀听完，冷笑一声：“欲加之罪何患无辞，周兄，时至今日，我也看透了，不怪你我，只怪这世道不济啊！”周清平点点头，无言以对。

此刻，有人在狱外拍手笑道：“好一个欲加之罪！”周清平一看，是一个官员模样打扮之人。周清平愣愣地看着他，只见那人凑近牢门说道：“何某人专管你们这些反清文人，这些时日，听说你们文人有文骨，画人有画骨，倒有些兴致看看到底骨在哪里？刚刚听二位倾情自责，也颇为动情。不如这样，今日我变一下规则，将你们一干人等只留一人，其他绑赴他牢，所留之人决定他人生死如何？”何大人说完，大家都疑惑地愣在那里，不知道是喜还是忧。

何大人哈哈大笑，然后指着周清平大声喝道：“就你留下吧，其他人统统给我绑走！”狱卒们一拥而上将其他人连拖带赶给押出去。此刻，只剩下周清平和何大人。周清平说：“你究竟要如何？”何大人一笑，突然郑重地说：“现在，就你我二人，说实话，我也不知道你们罪责大小，只是当今圣上看不上你们这些异心的文人，我也无可奈何。不如你作一幅画吧！作得好，我答应你一个不杀，并尽我所能，上奏朝廷为你们求情。作不好，就别怪我手下无情了！宁可全部错杀，不放一个！”周清平顿了一下，冷冷地说：“大人想要怎样的画？”“怎样的画，我也不知道，只给你一张八尺宣纸，至于怎么做，是你自己的事。记住，只有十二个时辰，不然，除了新进来的，连那十二个人一天杀一个！”

四、画魂

周清平脑海里一片空白。平日里作画笔墨纸砚缺一不可，如今牢徒四壁，面对一张宣纸，我该如何啊！然而，众人的命运此刻紧系于他一人身上啊，周清平痛苦至极，该怎么办？

烦躁不安的周清平拖着伤体在牢里踱来踱去，转眼一个时辰过去了。突然，牢里响起一声声惨叫，接着一个狱卒跑过来告诉周清平，刚才，王之秀被乱棍打死了。

周清平“扑通”一声跌坐在地上，六神无主地盯着画纸，过了一会儿，他用手轻轻地抚摸画纸，手上的血粘在画纸上，印上了一个红红的指纹。周清平突然愣住了,然后,他长叹一声:“也罢,我这一辈子没作出一张扬名之画,此刻,就用我的命作一幅画吧,让我的命融入到画里,把画人的画骨留在画里吧!”

说完,周清平抬起手,把指头放入口中一一咬破,鲜血顿时顺着指尖流了下来,周清平便用这血迅速地在宣纸上画了起来。

画的树木,画的小草,没了血,他就再咬,咬了继续画。直到十个手指挤不出血来。

周清平抬起腕子,盯看一会儿,狠狠地咬了下去,腕上的血管破裂,血液喷涌而出。用这喷涌的鲜血,周清平画出了大江大河,高山险峰!

不到一个时辰,一幅血墨河山图醒目地铺陈在地上。在画的最后,周清平写上自己的名字,名字下面是他红红的手掌印。

周清平躺在那里,脸色如纸,一动不动。

何大人进来的时候,顿时大惊失色。他看看周清平的尸体,久久地呆在那里。忽然,他走过去,用指头蘸着周清平的血,在画上补了几个字:画魂!然后,把周清平的尸体摆得端端正正!

几天后,牢里的那几个文人墨客都被悉数放出,而何大人也不知所踪。听狱卒们议论,何大人上京去了,至于干什么,能否会有结果,谁也不知道。

菜园悲歌

一、无奈进京

清朝初年，洛阳城外百余里地有个陶家庄。陶家庄人口不多，四面环山，庄前有条河叫伊河。此地土地肥沃、风景秀丽、宁静安逸、远离尘嚣。

庄里有个老汉叫陶思源，生得一副归隐高人之貌，种得一手好菜。他有一个偌大的菜圃，各种菜种应有尽有，一年四季生机勃勃。而陶思源也天天守着菜园，日子过得优哉游哉。这天，陶思源正看着自己长势喜人的蔬菜暗自欣喜，不远处传来一阵马蹄声。陶思源抬头一看，来了四五个骑马的人。为首的那中年人器宇轩昂，相貌不凡。只见那人意味深长地瞅瞅菜园，又看看陶思源，然后下马，朝他走了过来。

走到跟前，那人满脸堆笑地说："老人家，这些菜都是您种的吧？长势喜人啊！"陶思源一听，心里很是受用，呵呵一笑："是啊，不是跟您吹，什么样的菜到我陶老汉手里，准保叫它长得水灵！"那人不觉悄悄点点头，眼睛盯着菜圃里的一种紫色蔬菜，说道："请问老人家，那是什么蔬菜啊？"陶思源顺着那人指的方向一看，说："那叫紫嫦娥，您眼力好，这菜啊稀奇得很，恐怕京城里也没有呢！"那人点点头，略一思忖，盯着陶思源说："看老人家满菜圃的奇菜怪蔬，您一定是位种菜高手了。这样的高手沦落民间也可惜了，敢问，老人家可否跟我走啊?”

陶思源一愣,方才想起自己一时对眼前这陌生人失了口,连忙推辞道:“在下无非一个菜农,别无他能,只会种菜弄草,再说,也过惯了这田园生活,跟了您恐怕也没什么大的用处啊!”那人见他推辞,冷笑一声:“还望老人家不要推辞,凭您这一把好手,怎会无用?跟在下走,方可施展身手,将种菜技艺发挥极致,何乐而不为呢?”说到这里,陶思源一时间满心狐疑,不知道该怎么应答了。那人见他沉默不语,哈哈大笑:“老人家,不必多心。在下张长松,干脆我如实相告吧:如今天下初定,当今圣上辟出皇家菜园,专供种植皇家菜蔬,怎奈一时间菜蔬高手无处寻觅,在下便是到民间广寻高人来了。如今,偶见您老,如此造化,还望老人家莫要推辞。”听到这里,陶思源浑身一抖,抬眼直愣愣地盯着张长松,一时语塞。他再看那人身后的随从,此时一个个怒目圆睁,手悄悄地已紧握腰里的刀剑了。

陶思源暗暗叹了一口气,看来,今天是去也得去,不去也得去了。他只得冲张长松点点头,答应了。陶思源本就无儿无女孤身一人,先前还有个义子,怎奈那义子陶中天过不惯这清贫日子,早早舍他而去了。如今,除了满圃菜蔬,再无牵挂。收拾停当,将菜圃赠与乡邻,便随张长松进京去了。

二、惊喜相遇

皇家菜园果然不似平常,菜圃面积大不说,仅各色菜种就令人咋舌了。陶思源被张长松安排在菜园,给了他若干人等专门网罗各地奇种蔬菜来种植,以伺皇室所用。菜园里奇异菜蔬不少,但都被栽种得蔫头巴脑的。令人欣喜的是,没过多少日子,这些菜如同换了性命似的,被陶思源养的娇嫩可人,生机盎然。张长松每每来菜圃,都对陶思源大加赞赏,可是在别人看来稀奇的蔬菜,陶思源却并不惊叹,对张长松的褒奖,他也是微微一笑,每日里总是忧心忡忡,暗自慨叹。

这天，陶思源难得一笑，因为他把一棵人称“千年红”的珍惜菜苗从死亡线上救了回来。正当他欣喜不已时，张长松急匆匆地领着一个小伙子走进菜圃。陶思源一瞅那小子，顿时呆了在那里，那小子呢，也瞪大了眼睛。小伙子不是别人，正是陶思源不辞而别的义子陶中天。张长松见他们惊喜的表情，疑惑问道：“二位认识？”陶中天正要答话，陶思源抢话道：“哪里认识！这小子莫非也是在菜园种菜？”张长松说：“正是，手艺也算可以，挺机灵，你也后也多多教他。”陶思源一边答应，一边问道：“张大人有事？”张长松这才说：“差点忘记了，来看看那‘千年红’如何了？几千棵都没种活啊！”“已经无碍，大人放心！”张长松点点头，示意陶中天要走，陶中天看了一眼陶思源的眼神，立刻明白了，义父要留他。于是，他便借口向陶思源请教，留了下来。张长松走的时候，叫过一个菜工，跟他出去了。

陶思源把陶中天拉到屋里，疑惑问道：“儿啊，你怎么也在这里？”陶中天说：“那天离家后，我就后悔了，可是，我又无颜再见父亲，只好四处奔走。一次，偶然遇见刚才的张大人，听说我会种菜，他便领我到此，做了菜工。”陶思源叹了一声：“儿啊，你不该来此地啊！”陶中天说：“想不到父亲还是老样子，想必是清闲惯了，这里多好，不比咱乡下享福？再说，儿也不瞒父亲，您老人家能到此，也是中天托人向张大人推荐的呢！”陶中天一脸得意，而此刻陶思源早已经目瞪口呆：“儿啊，你有所不知，这哪里是福啊，这分明是祸啊！为父我是前朝的菜工，早已看透了，这哪里是种菜啊，分明就是种脑袋啊！那棵棵菜，便是颗颗脑袋，有几颗够割啊？你看刚才张大人领走的菜工，你知道他哪里去了？我告诉你，十之八九是因为养不活‘千年红’搭上了性命了啊！”

陶思源说得既情真意切，又让人惊心动魄，但陶中天却忽然笑了：“父亲，即便掉了脑袋，也怪他自己手艺不精，怪不得别人。这些时日，我在您种菜的基础上，遍读书籍，狠学技艺，想必还到不了那个地步。父亲，您就放心吧！”

“但愿如此吧！”陶思源长叹一声。

三、惊心阻挠

转眼半年已过。这日，陶中天兴冲冲地来找陶思源，一见到他，就迫不及待地说：“父亲，我已经将失踪多年的云薇找到了，而且偷偷植了些许，全部长势旺盛。”陶思源一愣，他知道云薇这种奇菜在晋时已有，共分三种：一种为紫色，蔓延滋生最好，味辣，为上等蔬菜；一种为黄色，味甜，为中等蔬菜；一种是青色，味咸，是下等蔬菜。这云薇在当时的皇宫里极为得宠，但随着战乱民荒已无踪迹，如今陶中天偶得，也算喜事，但他的心却忽然沉了下来。他凝重地问：“你打算怎么办？”陶中天欢天喜地地说：“当然献给皇上啊！”陶思源摇摇头：“中天，我问你，为这云薇你找了多少时日？用了多少人马？跑了多少地方？花费多少银两？”见他问这些，陶中天一笑说：“时间嘛，半年!至于人马费用无可计量了，不过，因此而丧命的倒有几个人。这样才显得云薇珍贵嘛！”陶思源若有所思地接着说：“既如此，你还是偷偷扔掉了吧，把如今有的养好也便罢了！万不可把心思用在猎奇献媚这些事上啊！”陶中天一愣，疑惑地看着陶思源。陶思源接着说道：“你可知道‘红尘一骑妃子笑，无人知是荔枝来’的诗句？皇室一乐，万民尽苦啊！皇帝的猎奇心永远满足不了啊，你若如此，便跌逾深渊，万劫不复啊！不仅害你自己，也害了更多的人啊！”陶中天似乎有些明白了，但他摇摇头对父亲说道：“想必父亲多虑了，你前朝的经验，在当朝未必行得通！为皇上献上奇肴，不是我们的本分嘛！父亲不要阻拦了，我自有把握。”

见陶中天不为所动，陶思源呆在那里许久才说：“儿啊，你好自为之吧！”

这天晚上，陶思源一夜没合上眼。他一面替陶中天隐隐感到担忧，一面又无个两全之策，他心力交瘁，焦急不已。苦苦思考了几个晚上，陶思源终于睡了个安稳觉，一觉醒来，已经是天色微明，他慌慌地向张长松告了假，便马不停蹄，急匆匆回老家陆浑去了。

四、倾心献奇

几日后，陶思源回来了，刚进门就听说陶中天的菜蔬云薇得到了皇上的万分喜爱，陶中天得到了奖赏，同时，令他再接再厉遍寻奇蔬。陶思源一口气叹完，刚好看见张大人匆匆而来。一进门，张大人就急切问道："你说的那奇蔬可找到？"陶思源点点头。张大人哈哈大笑："陶先生，辛苦了，几个月后便是皇帝寿宴，到时候定要培育而成，一博皇上龙颜大悦啊！"陶思源不露声色地苦涩一笑："一定一定！"

这些日子，张大人隔日就悄悄来看看陶思源奇蔬培育的进展。事情还算顺利，转眼已过三个月。这日，皇宫里张灯结彩，鼓乐震天，皇上的寿辰到了。傍晚时分，张长松又急匆匆地赶到菜园，令几个菜工将陶思源在菜园一隅秘密培植的奇蔬用绸布蒙了，让陶思源跟随，运进宫里去了。

七拐八拐，终于到了皇宫花园。花园里灯火辉煌，热闹非凡，皇上与群臣谈笑风生。见奇蔬运到，侍卫通禀。张长松跪下说："祝皇上寿辰大吉，臣向皇上推荐的奇蔬运到，请皇上欣赏！"皇上兴致盎然，迫不及待地走过来，百官也趋步跟了过来。皇上令人去了绸布，顿时，众人目瞪口呆。那奇蔬通体金黄，宛若金子，在灯光下熠熠生辉，发出夺目的金光，如同无数萤火虫攒聚而成，可爱无比。一时间众人啧啧称奇，赞叹不已。皇上更是高兴异常道："我大清人杰地灵，更有此等菜蔬，今朕寿辰，一阅此物，大为满意啊！此物何人所植啊？"张长松指着一边的陶思源说道："臣知道皇上见此物，必定想见培植此物的妙手，特地带他来了。"没等皇上开腔，陶思源赶紧跪倒在地说："小人陶思源，叩见皇上。此物叫蔓金苔，妙便妙在会发出光芒。更妙的是，将它投入到水中，白天日光一照，便如同火苗随波澜燃烧，绝妙至极！"皇上饶有兴致地问道:“此物何处得来啊?”陶思源说:“晋时梨国所献,久已失踪,小人偶尔得一苗,培育至今,献于皇上。只是,小人……小人欺瞒了皇上!”说到这里,皇上和张长松同时一愣,皇上说:“献得如此绝妙之物,何言欺瞒啊?”陶思源小心翼翼地说道:“其实这不是菜蔬,只是花草而已,不能食用只可观赏,小人养在了菜园里,误了正业!”

听到这里,皇帝看看众人,突然哈哈大笑起来,上前搀起陶思源:“起来吧,这算什么欺瞒啊,朕还要重重赏赐与你呢!”

皇上的寿辰,陶思源的蔓金苔技压群芳,一时间传为美谈。张长松受赏,乐得满面红光,激动不已。唯独陶思源回来后,却看不出有一丝的高兴,倒更加的心事重重了,每日只默默无语地种植蔓金苔。

张长松每每来讨要运往宫里的蔓金苔,都兴致盎然地告诉陶思源,整个皇宫都对蔓金苔大为推崇,如今宫里四处种植,夜夜观赏。每次,陶思源听完,都重重地叹一口气,暗自说道:“到了,到了,快到了!”

五、死亡真相

这一天,陶思源托人找来陶中天,语重心长地对他说:“想必我献蔓金苔的事情,你也知道了!”陶中天点点头:“当然知道,父亲如今风光无限。只是,我有一事不明,父亲不是极力反对我献奇蔬吗?怎么竟然自己如今反倒如此热衷呢?”陶思源苦笑一声:“儿啊,三日后,你便会明白!”说完,转身走开,留下陶中天满心疑惑站在那里。

果然,三天后,一干人等闯进菜园,不问青红皂白,五花大绑把陶思源绑了就走。陶思源也不挣不叫,平静异常,因为这些早在他的预料之中了啊。

天牢里,陶思源竟然与张长松隔牢门相望。张长松一见陶思源顿时疯了一般叫道:“你害得我好惨啊!”陶思源仰天一叹说道:“怎是我害你?是你害了我啊!我归隐田园,你却害我不得善终啊!不过,你早晚也是这个命啊，咱都是被皇帝的猎奇之心所害！你心里明白，为了那一园的奇蔬你害了多少人！"张长松一愣："是这个命又如何，至少不是现在啊！你早就知道那蔓金苔会显出'复明'二字，是吗？你我的罪名便是反清复明啊！"陶思源摇摇头："那蔓金苔熠熠生辉，反复而明，即使不被我做出'复明'二字，迟早有一天也会被如今皇帝疑心到此意的。认命吧！"原来，陶思源在每棵蔓金苔上都用银针扎出'复明'二字，扎过的地方，已经坏死，起初看不出来，等些时日，扎过的地方便逐渐坏死，发不得光来，二字便清晰显现。一时间，皇宫的蔓金苔一棵接着一棵突显'复明'二字，皇上大为震惊，然后就龙颜震怒，如今圣上最恨的便是反清复明之流了啊。于是，一怒之下，将所有蔓金苔付之一炬，并下令抓了张长松和陶思源。

张长松紧抓住牢木的手慢慢松开，叹道："可是，我不明白，你究竟为何做出这必死无疑的事情呢？"

陶思源顿时两行浊泪流了下来，顿了一顿，说道："为什么？为我那不明就里的儿子，更为那些百姓不被奇蔬所连累所害啊！我要让他看看一棵菜就是一颗脑袋，说掉就掉了啊！"

张长松一愣："你说你儿子？陶中天吗？难道你做的手脚他不知道吗？"

"是啊，至少如今不知道，将死之人，我也不守这个秘密了。你是菜工，我是前朝菜工，你我都懂得皇宫悲欢。可我不想我这个唯一的义子重蹈覆辙，白白活了一回啊！我要用我的命给儿一个教训啊！"

此刻，两人四目相对，默默无语，唯有流泪慨叹了。

几日后，陶思源问斩。

陶中天泪水长流，怀揣着陶思源留给他的一封家信，离开皇宫菜园，隐名埋姓，不知所踪。

非 常 盗

陆浑一带,常常是三教九流的云集之地。

话说陆浑有个瘸腿的盗贼叫吴天,江湖上人送绰号“瞎盗”。别人的生意自己找,他的生意自会有人送上门儿,所以,吴天对这个绰号也不在乎,整天里瘸着腿四处溜达,逍遥自在,自得其乐。

这一日,吴天在街上溜达,忽见几名官差押着一个年轻人进了衙门。街道上熙熙攘攘,老百姓指指点点窃窃私语。吴天好奇一打听,原来,那年轻人仗着家里有些钱财,欺男霸女无恶不作,今日草菅一条人命,所以被抓。吴天扬天一叹,摇摇头,自顾回家。

黄昏时分,吴天正要用晚餐,有人悄悄进了屋,开口急切说道:“有桩生意,做不做?”打量来人,生的大腹便便,一看便是有钱的主儿。吴天也不客气,呵呵一笑:“做,有生意当然做!不做生意我要喝西北风喽!敢问先生大名?”来人拱手一笑:“那好,知道在下姓邹便可。痛快人前不饶弯,我就直说吧!据我所知,郑板桥的《墨竹图》价值连城,此画正在陆浑府高大人藏画阁内,敢问可否盗得?”吴天一愣,旋即又呵呵笑道:“盗不得!既然来找我,必定知道我的规矩,我只换,却不盗!”

邹先生顿了一下说:“这个自然知道!”说着,取下背后的包裹,放在桌上,从里面取出一幅画来,“这副便是那《墨竹图》的临摹赝品,请吴先生进府换得真迹出来便可！酬金一百两！”吴天看看那字画，又看看邹先生，点点头：“买卖我做了，酬金二百两！”“一言为定！明天傍晚，我来取货！”邹先生说完，放下二百两银票匆匆而去。

吴天打开赝品端视良久，感慨道：“临得也是好画啊！”说完，把画圈好，悠然吃了晚饭，躺倒便睡。

约莫到了二更时分，吴天悄悄起床，带上画，一溜烟直奔陆浑府高大人的藏画阁而去。

却说这高大人的藏画阁是在府内花园单辟出来的一块地儿，盖上房屋几间，还挖了地室，室内密室很多，机关重重，外面有人全天看护，把手森严。一般人要从这里面盗走一幅画，简直是自己跟自己过不去，难逃一死。

可是，吴天是谁，吴天是“瞎盗”，这地方，他至少独闯过几十回哩！却说吴天，到了藏画阁的高墙外，捏着嗓子学了几声鸟叫，见没动静，便后退几步，使出一个蜈蚣倒爬墙，蹭蹭蹭便上了墙头。然后，如落雁一般，神不知鬼不觉已经到了院内，那条瘸腿，此时，何曾误得了他的大事！

这一夜，藏画阁风平浪静，第二天也风平浪静，可是，那副真迹《墨竹图》已经躺在了吴天的桌子上。吴天早上没睡足，这会儿正在床上呼噜噜补觉呢！

等到了约定时间，吴天一咕噜起身，打了个哈欠，静神片刻，然后双手合十，一运力，那力量便在指尖集会。吴天用一指在榻边的桌子腿上刻下“五十”二字，仰天长叹一声，接着自言自语到：“够了，够了，到时候了，都满五十了！”然后，起身冲了一壶茶，等邹先生到来。

果然，不消一会儿，邹先生便匆忙而来，一时间捧着画感激不尽，匆忙要走。吴天突然冷不丁问道：“邹先生留步，敢问你一句话，那街上绑走的，可是你家儿子？”邹先生一愣，回头：“这，正是不孝犬子，吴先生慧眼，要没别的事儿，我先走了！”

吴天闭上眼睛,又重重叹了一口气,坐下又发起呆来。

睡到三更,吴天竟然一咕噜又起身,叹道:“轮到我自己做次大买卖了!”一溜烟钻入黑夜,直奔藏画阁。到五更天,吴天已经卷回藏画阁里自己曾一幅幅偷换的五十幅赝品坐在家中了。

第二天天一亮,吴天听见街面上百姓熙熙攘攘,喧闹不止。他顾不上疲惫,夺门而出。到了街上一打听,吴天哈哈大笑:“以清廉著称的陆钦差果然到了,看来,我的消息丝毫不差啊!”

说完,吴天回身,一路狂奔回到家中,背起五十幅假画又反身来到街上。

钦差陆元奎刚到衙门口,陆浑府高明显高大人便隆重迎接。陆元奎前脚落地,吴天一个翻身从侍卫身后跳出,他扑通一声跪在陆元奎的面前:“陆大人,小人吴天,今日斗胆拦轿喊冤,我要告你面前的陆浑府高明显,一告他贪赃枉法,收受巨额贿赂,私放人贩!二告他私通盗贼,鱼肉百姓,有灾不救,致使乡间饿殍遍野!”

陆元奎一愣,高明显已经目瞪口呆,指着吴天呵斥道:“哪里来的刁民!敢口出恶言,污蔑官员,快给我拉出去严加审问!”说着,拿眼偷看陆元奎,陆元奎摆摆手:“哎,高大人,民告官,本已大罪。他敢冒此之大不韪,想必有什么隐情。清者自清,高大人不要心急,且带他到衙门,我详细询问便是。如若是谎,我必定按律制裁!”

高明显无奈,只得将一干人等带进衙门。

陆元奎刚一坐定,吴天便将五十幅假画呈上:“大人,小人所言没有一句不实。这些书画便是物证!”待陆元奎看过,吴天说:“大人,高明显爱画如痴,建有藏画阁,这些书画便是小人从藏画阁里盗来的。”说到这里,高明显忽然呵呵笑着说:“大胆吴天,敢到我府内盗画,可是你有所不知,我爱画不假,可这些画都是被你换走的假画!我藏些假画,又有什么不妥?”

陆元奎接着说:“什么真画假画,你们说的叫本官倒糊涂了!吴天,你详细说来!”

吴天看了一眼陆元奎说:“大人,这正是高明显自以为是的高明处。其实,为了掩盖收受贿赂、私放人贩的事实,他便把他想得到的假画收入藏画阁,然后把消息散布出去,让那些犯了案的人搜罗来真画,然后,让我去以真换假。也就是说,来求我的人拿来的都是真画啊!大人如若不信,你看看画作的背面,我都在底部秘密记录了所有凭证!大人也可翻看案宗,一目了然!”

陆元奎一一查看,果然如此,送画人姓名、时间、所犯何罪,清楚不过。他沉思不语,悄悄看了看高明显。

此刻,高明显脸色苍白,突然大喝一声:“一派胡言!”

可是,还没等他把话说完,吴天一个箭步上前,伸出一指在他的额头轻轻一点,再看那高明显,呆若木鸡,张口却已经发不出声来。

陆元奎一愣,见无大碍,心里已经明白了几分,面前这吴天,看似瘸腿,却必是武林中的高手。俗话说,真人不露相,想必他就是。在这,虽有武功却不依仗武功了结此事,不以江湖手段处理这段公案,真是盗有道,分明是相信在下了啊。想到这里,陆元奎不仅对他多了几份欣赏,暗地压下赞誉之情,继续问吴天道:“那么,你一个盗贼,怎么知道得如此清楚?”

吴天说:“两年前一场大旱持续至今,老百姓饿死了多少,可高明显欺上瞒下就是不报,更不救灾,看百姓陷入水火。正因如此,当年我才故意到一些富裕家偷窃,被人结网捉拿。送到衙门后高明显见我盗技尚可,便秘密安排我替他做这个勾当。陆大人,如果那些字画是物证,我吴天就是人证!请大人为百姓做主!”说完,连磕三个响头。

陆元奎郑重问道:“如此说来,你与他勾结,还做了盗贼,如同一伙,也是大罪!你难道不怕?”

吴天顿了片刻:“大人,我怕!但我看不下去为官的贪赃枉法,百姓苦难加身啊。大人,别人叫我‘瞎盗’,我想,盗亦有道,我就是非常盗！我甘愿受罚!”

陆元奎说:“好一个非常盗！来人,将高明显拿下,严加审问,以前的案子务必拿人重审!”

此刻的高明显已经浑身瘫软,栽倒在地上。

从此,吴天在陆浑消失,只留下一个侠盗的美名,一个侠盗的故事。

怪医治奇病

明朝末年。这一日，离洛阳城百余里的陆浑郡城西郊突然鞭炮齐鸣，大家顿时好奇地围拢过去一看究竟。这一看，才明白，原来是新开一家医馆！这倒也不算稀奇，但奇的是，医馆不大，三间茅草房，外加一竿粉旗招牌，可门框上浓墨写就的一副对联却口气不小，上联曰：奇病怪病疑难杂病，无所不治！下联曰：帝圣药圣妙手医圣，亦属下乘！横批：回生有术！

再看坐在医台前瞧着医书的郎中，五十岁上下，佝偻瘦小，黑得发亮，实在找不到一点郎中的神韵啊！顿时人们开始指指点点，窃窃发笑！这对联上的海口和这副尊容也太不相称了吧！

大家正在议论之时，恰巧就有一辆破马车尘土飞扬地从远处疾驰而来。突然，马车将身一扭，顿时散了架。破马车上坐的一个汉子应声翻倒在地。等他起来，慌忙跑到同样滚在地上的一个老汉身边，大叫几声，这才焦急地抬头远望。他一见粉旗招牌，便跌跌撞撞直扑医馆。到黑郎中面前扑在地上指着马车气喘吁吁地说："快，我到郡上给父亲看病，不想翻了车，请大夫快给我父亲看看吧！"黑郎中不慌不忙放下书，捋一把稀疏的胡子，点下头，起身徐步走到马车前。大家这才发现，地上躺的老汉已经脸色苍白，气若游丝！大家马上都焦急地替父子俩捏了一把汗。但黑郎中却不急，弓着身子盯着老汉看了好大一会，这才抬头一笑："能治！抬进来吧！"等大家七手八脚将老汉在医馆里放好,黑郎中已经点上了蜡烛,然后从水缸里舀了一大盆凉水轻声叫了句“退开!”便朝着老汉猛然泼了上去！这一泼,只见老汉身子突然一挺,长长地哼了一声便再无动静！人群里顿时一阵惊呼,然后个个目瞪口呆！那汉子更是一时恼怒,瞪着双眼盯着黑郎中！黑郎中不动声色,看一眼汉子说:“你做主,还叫我治吗?”这一问,倒叫汉子无可奈何了,只好冲他点了点头。黑郎中这才转过身,从布包里取出一把小医刀在蜡烛焰上仔细一烤,走过来,撩开老汉胸前的衣物,涂上药膏,四下一比画,一刀扎了下去。顿时,人群里又是一阵惊呼!

等黑郎中拔了刀,再看老汉,刀口处顿时浓血外涌！黑郎中一边按住老汉的胸脯用力挤压,一边向上向下搬动老汉的手脚,直到胸口再无浓血流出,黑郎中才往伤口上涂上药膏,做了包扎。一切完毕,刚才还一动不动的老汉,猛然长长吸了一口气又长长地吐了出来,竟微微睁开了双眼!

黑郎中正要转身,汉子已经“扑通”一声跪倒在面前！没等说话,黑郎中双手扶起汉子,说道:“刚才,见你父亲病得厉害,不容细说,让你受惊了！令父所得的病是肺病,久而久之浓血上涌,伤及心脏。刚才,用冷水一激,浓血都出来了！另外,心是人之本,见不得刀械,不用这一激,无从下刀,即使下刀,心中留有余毒,不能治本啊!”

说完,又为汉子开了几包草药,叮嘱一二,又坐到台前看起书来了。

不用说,黑郎中医这次病,马上就传开了！从此,茅屋医馆前天天门庭若市!

转眼过了一年,这日一大早,黑郎中刚开了门,已见好多人等待瞧病了。正要坐下开诊,忽然间人声喧嚣,咋咋呼呼从后面闯进来几个年轻人,到黑郎中面前瞪眼叉腰站定了！黑郎中一看,为首的一个又黑又矮,还长了一副大龅牙！黑郎中一愣神便猜出几分,这人定不是来看病的啊,俗话说,树大引风,出名招妒,想必这个就是来找事的吧！想到这里,黑郎中笑道:

“几位要看病？”“大龅牙”皮笑肉不笑地说：“到医馆不看病难不成来吃饭？”说得其他几个嘿嘿一阵笑。黑郎中等他们笑罢，指指旁边的凳子，叫“大龅牙”坐下开诊。“大龅牙”就势一坐，把胳膊递给了黑郎中！黑郎中一把脉，盯着他笑到：“你说无病倒也有病，这不过这病在心里！用药无用！”“大龅牙”一愣，然后大笑说：“好，果然看得准！实不相瞒，我得的病是穷病！人称你是神医，想必这病也能治得好啊！”黑郎中一听，果然被自己猜中，他为难地说：“神医只不过是别人的戏称！实不敢当！为医只医身体，这……这病在下可就无能为力了！”

黑郎中刚把话说完，“大龅牙”霍地拍了桌子站了起来，恼怒地大声叫道：“别人的病能治，我这病就不治了？分明看不起在下了，既然如此，这医馆也没必要再开了，哥几个，动手帮郎中拆了吧！”说话间，其他几个已蹬桌倒凳砸了起来！看这阵势，来看病的早已走了个干净！黑郎中站了片刻，忽然说道：“容我一试吧！”听这一声，“大龅牙”喝了一声“住手！”然后回头怀疑地问黑郎中：“此话当真？”黑郎中说：“但需要一些时日！”“多长时间？”“一年！”“大龅牙”愣一下问：“如何做？”黑郎中沉吟片刻答道：“三年前，我曾到离此十里之外龙门山采药，在树丛中发现一株拇指粗的金鸡树，从未曾对人提起，今天就赠送给你吧！”“它名贵抵金？”“不不，现在根本不值一文，不过……不过一年后却能治你的穷病！”听到这里，“大龅牙”将信将疑，盯着黑郎中看了好大一会儿才说道：“话已到此，我姑且信了你，一年为约，若我不富，再拆你医馆不迟！”

此时正是仲夏时节，草木正旺。黑郎中领“大龅牙”到龙门山的悬崖边采回金鸡树，让他剪成段扦插在房屋四周，只等来年，以验两人之约。

说话间大半年过去了，“大龅牙”果然没有再来过。黑郎中也不闻他事，一心行医。可是，此段时间，黑郎中发现，来诊治的病人一拨一拨地增多了，而且除了平民百姓，还有不少的官宦人家。这日，一顶小轿便在黑医馆的门前停了下来。接着来了一位相貌堂堂的年轻人，众人一看，连忙让出一条道来，听议论，黑郎中才得知，年轻人竟是陆浑郡守金奇瑞的儿子金一杭！只见金一杭快步走到黑郎中跟前，急切地拱手说道："先生，能否到鄙府为家父诊病?"黑郎中不温不火地答道："当然！看病是郎中的本分！只是，你看这时病人众多，能否……"没等他说完，金一杭就抢先说："这个自然可以，今晚，我令人接先生！"说完又拱了手，转身离开。

这晚，在金府，黑郎中刚给床榻上病体虚弱紧闭双眼的金奇瑞把完脉便皱起了眉头，然后他示意金一杭走出金奇瑞的病房。金一杭看黑郎中的样子，立马大惊失色，刚走出房间就急切问道："家父病情如何?"黑郎中犹豫片刻说："金大人的病，我断定是心病，这其中想必有什么缘故，还请金公子告知一二，我也好对症诊治！"金一杭一听，心中顿时对黑郎中佩服不已，接着就把事情的前后详细地告诉了黑郎中。

原来，金奇瑞是个视奇珍如性命的人。一年前到京都去，偶然发现一只金鸡，此鸡手掌大小，通体金黄，两只眼睛嵌有宝石，更奇的是，一到晚上，鸡眼闪闪发亮，再到清晨，家鸡打鸣叫，金鸡也喔喔低吟，似与家鸡和鸣！金奇瑞顿时爱不释手，便花重金购了回家来，每日里细细把玩，旁人是万万碰不得的。时间一长，他更是把金鸡看成比性命还宝贵。谁知道，半年前的一天，金鸡却蹊跷地丢失了，金奇瑞大动干戈，四处搜找，但怎奈线索毫无，如大海捞针。金奇瑞恼怒痛惜一时袭上心头，就病倒了。虽然儿子金一杭多方求治，他的病不但没有减轻，反而愈加严重。金一杭看着气息将无的父亲，心急火燎，忽然听说黑郎中的种种传闻，这才把他请了来。

听金一杭说完，黑郎中沉思良久才说道："这就对了，要是这样，这病无须用药便可治愈！只是……只是这件事情要做到神不知鬼不觉才好！不知金公子有无此胆量！"金一杭一愣，当黑郎中把想法告诉了金一杭，他先目瞪口呆，接着便面上挂笑，点头应允了。

第二天一大早，金一杭正在病榻前为父亲擦脸，突然间，一队兵将便呼啦啦闯了进来，将房间堵了个严严实实。领头的人见到金一杭，就下令将他围起来。金一杭一惊，就连病床上金奇瑞也惊得紧攥拳头，不知何故。金一杭疑惑地刚要说话，为首的已经抢先喝到："金奇瑞金大人，在下刘和，今日奉命从京城赶来，是为圣上贡品金鸡丢失一事，有得罪之处望见谅！"金一杭又是一惊："刘大人，圣上的贡品怎会……"刘和冷笑道："路上被盗，流落民间。近日，有人耳闻此物私藏在金府，所以令在下来查，如果传言有讹，倒还罢了，若在金府果真搜出金鸡，那可是满门抄斩的大罪啊！"说完，便向金一杭拱了拱手，转头对侍卫说："查！"一时间，侍卫们在金府上下翻箱倒柜一阵乱搜！

病床上的金奇瑞虽病得言语不得，此时也微微睁开双眼，冷汗津津了。金一杭看着父亲，为他擦了脸上汗，庆幸地向父亲递了个眼色，金奇瑞心知肚明，这才长长地舒了一口气！

直搜到月上柳梢，自然是毫无结果。金一杭代父亲好好款待了刘和，酒足饭饱，刘和才冲金奇瑞和金一杭抱了拳，说到京城一定禀明，此事纯属子虚乌有，才离开了。

经这一天的折腾，金一杭再看父亲除了一声紧接一声的长叹，呼吸竟然也均匀了，气色也平稳起来。再过了几日，金奇瑞竟要坐起来用饭了。

看父亲的病情一天轻似一天，这日天还未大亮，金一杭就亲自到黑郎中那里去了。他兴冲冲地进门，说了一声："果然是神医啊！"就要跪拜。黑郎中呵呵一笑，慌忙搀起："公子不必！金大人只不过是心气郁积，时间一久拖垮了身体啊。俗话说，心病心医，我只不过叫他心气顺了啊！这么做，大人一定庆幸那金鸡丢的好啊，要不岂不叫这满门儿孙也丢了性命？那时的恼怒痛惜也早忘得干净！"

金一杭听完，重重点了头，又是一拜！

送走了金一杭，黑郎中正要准备开诊，却见一个人慌慌张张地跑了过来。不是别人，正是“大龅牙”。还未等黑郎中开口，“大龅牙”却进了屋，急急关了门说：“先生，在下虽微不足道，但也是守约之人，你我约定期限一到，在下从心里佩服你，我的穷病果然好了！”黑郎中愣住了，他头一次疑惑地盯着“大龅牙”：“这……这！”“大龅牙”神秘一笑，悄悄说：“先生叫我把金鸡树栽到我家，莫非不就是告诉我，金鸡到我家？金鸡哪里有啊？金家！”黑郎中顿时目瞪口呆：“莫非金家的金鸡是你……？”大龅牙点了点头！

此刻，黑郎中却一下子跌坐在地上！心想，大龅牙啊，我哪里是叫你去偷了啊，我让你把那金鸡树剪成段扦插成活，不出一年，一定长出新叶，而这金鸡叶正是治疟疾不可少的一味药啊！我早已知晓，今春疟疾就要盛行，必定要用你这新叶，你不就发了吗？

黑郎中呆愣良久，心说，看来，金鸡一事早晚是要惹出祸事来的，此地不宜长留了啊！

这天晚上，黑郎中收拾了东西，悄悄往金府去了一趟，然后又悄悄地地离开了。从此，谁也没再见过黑郎中，谁也未曾知道黑郎中的名姓！只知道，第二天，大龅牙被一队人马五花大绑押进了衙门！

一假到底

一、以假救急

陆浑县出了个赵家班，红极一时。赵家班的赵宏声既是班主又是台柱子，他男扮女装，唱腔优美身姿曼妙，哪个听戏的不是冲他来的？

这天，陆浑花梨园戏场子里座无虚席，赵宏声登台演唱豫剧《白蛇传》，观众正听得如痴如醉，突然，只听见胡琴响，却听不见赵宏声的声音了。

赵宏声忘词了！按说以赵宏声的舞台经验，现编词儿也不在话下，可问题是他不是单单忘了一两句，整个后面一大篇统统想不起来了。再说，今儿个台下来的可都是老票友，动一个词儿，底下各位可都门儿清！赵宏声这么一愣神的工夫，观众马上明白了，顿时，台下乱成一片，有笑的，有嚷的，也有喝倒彩的。

赵宏声第一次狼狈地下了台。这场戏演砸了，他心里清楚对戏班的影响有多大，要是自己往后再这样，戏班早晚要垮掉啊！没想到，真是怕什么来什么，后来几次演出，赵宏声竟然都先后稀里糊涂地忘词儿。一时间，他急得心火上涌，一狠心跺跺脚，干脆停演了。

再说赵宏声有两个入室弟子，一个叫明国，一个叫俊宝，这俩徒弟和赵宏声的女儿红霞年纪相仿，赵宏声疼爱他们便如同亲生儿子一般，还特意给他们每人一块玉佩,并把名字刻在上头。平时遇到了什么事情,赵宏声也愿意跟俩徒弟商量商量。

这天晚上,赵宏声正躺在床上辗转反侧,突然,他眼前一亮,有了主意。他连忙叫来自己的两个徒弟,告诉他们说:“明国,俊宝,师父忘词事关重大,今天我想了个主意和你们商量一下!”

明国和俊宝便说:“咋办?”“造假!”赵宏声脱口而出,见两个徒弟一下子愣了,才笑道:“其实简单得很,从今往后啊,你们就给师父提词儿!”

明国疑惑地问:“咋提?”赵宏声说:“要是演出时没有道具,你们就在幕布后给我念;要是有道具,师傅就想法儿让你们躲进去给我提!”明国、俊宝一听,真不失是一个好办法啊,便点头答应了。

赵宏声见徒弟答应,却说:“那你们俩谁合适呢?”“这……”俊宝吞吞吐吐地不答话,却把脸看向明国。明国见状,毫不犹豫地说:“师父,让我来。俊宝演得比我好,得上场呢!”赵宏声点点头,惭愧地说:“只是,委屈了明国你了!”明国摇摇头说:“师父你说的哪里话啊!”

从此以后,赵宏声只要演出,台上有桌子明国就躲桌子底下,有箱子就藏箱子里边给他提词儿。别说,这招还真灵验,赵宏声不光没忘过词,而且无论什么样的新戏都敢唱,场场都顺顺溜溜地演了下来。这下,赵家班比以前更红火了。

二、以假乱真

这天夜里,演出了一天的赵家班早已人困马乏,赵宏声打发大家都回去歇息,自己才守着家当睡下了。

睡到四更天,赵宏声迷迷糊糊中醒来,猛然发现窗户外一个黑影一闪,“哧溜”一声不见了。赵宏声顿时一个激灵爬了起来,连忙跑到外头查看。这一看不要紧,他发现远处装戏箱的房间正燃起熊熊大火。赵宏声见状,拼命地奔了过去……

那天晚上,虽然大家奋力扑救,可是,不光家当被烧得一无所有,赵宏声看家的嗓子也在救火时被烟熏坏了。如今,他连说话都有点嘶哑吃力,更不要说登台唱戏了。

这可咋办?赵宏声守着那被烧得支离破碎的龙套戏装涕泪横流。徒弟伙计们更是一个个恨得咬牙切齿。这还用问吗?师父赵宏声为人低调,从不得罪任何人,不是仇祸那便是妒祸了,显然是同行马家班干的!这马家班班主叫马成天,这人心胸狭窄,手段毒辣。听说,之前有一个很红火的戏班,也是因为他搞鬼才被迫解散的。

但赵宏声擦掉泪,对大家摇摇头说:“算了,风头盛了折高枝,这也是平常中事。再说咱没证据,这样找人家反倒害了咱自己。这事就当没发生过吧!”

“可是,师父的嗓子咋办?大夫说已经唱不了了!”明国焦急道。赵宏声叹了一口气,无奈地说:“再说吧!”

但出人意料的是,没过几天,赵家班在赵宏声的指挥下,竟然又忙碌起来。做道具的,购置衣料的,请工绣戏装的……忙得不亦乐乎。又过了几天,大街小巷都流传赵家班要复演了,主角依然是赵宏声!这下可引起了轰动。演出那天,戏园子里是座无虚席,听戏的观众比以往还多呢,大家都想来看看,哑了嗓子的赵宏声要如何唱戏?

演出开始了,赵宏声像往常一样平静自如地入了戏,开口一唱,却是全场震惊。天啊!这一烧,倒把他的嗓子烧得更动人美妙了!赵家班再一次轰动了。

演出结束后,赵宏声卸了妆,哑着嗓子对演出桌底下说:“明国,出来吧!”明国这才兴冲冲地钻出来,激动地说:“师父,我今天和您配合得咋样?”赵宏声竖起大拇指:“绝了,咱师徒造假的技术不赖,都没看出来!”原来,赵宏声把演出的桌子做了改造，让明国提前藏进去。赵宏声表演对口型，明国来唱，这可是借鉴了双簧表演啊！而明国这几年得到赵宏声的悉心传授，唱腔比起师父也许更胜一筹呢！

这时，一众徒弟和伙计纷纷围了过来，赵宏声望着身边的明国和俊宝，若有所思道："师父说过，天无绝人之路！你们说是不是这个理？"大家听完，都呵呵笑了。赵宏声却轻轻叹了一口气，摇了摇头。

三、最后一假

几个月后的一个晚上，赵宏声刚要入睡，却听到外面骤然响起了隆隆的炮声，一打听才知道，日本鬼子已经打到了陆浑。果然，第二天日本人进城了，转眼间老百姓流离失所，哪里还有人有闲心看戏啊。赵家班一夜之间没落了。

这天，赵宏声把明国和俊宝叫到跟前，对他们说："看这世道，戏班早晚得散。师父决定，还是放手让你们出去闯闯吧。至于师父，哪里也不去了，我得守着咱的家当。只是……师父有一件事挂心不下，就是红霞。"说到这里，赵宏声顿住了，俩徒弟猛然抬头盯着赵宏声。

过了一会儿，赵宏声接着说："我知道，你俩都喜欢红霞，所以今天，师父倒没了主意。这样吧，还记得师父当年送你们的玉佩吗？今天能拿出来还给师父，红霞就托付给谁吧！"

赵宏声说完，脸上不觉已流下两行热泪。只见明国向师父郑重地点点头，从口袋里取出了玉佩，而一旁的俊宝却愣在那里，一动没动。赵宏声接过明国的玉佩，托在手心看了看，却抬头看着默不作声的俊宝："俊宝，你的呢？"俊宝吞吞吐吐地说："我的丢了，师父，都怪我……"赵宏声不说话，叹了口气道："丢了就丢了吧！以后，没了师父照应，你们要走好自己的路！"

说完，赵宏声站了起来，转身从箱底拿出个布兜，在俩徒弟面前小心翼翼地一层层解开,只见里面露出两截黑黑的东西,却是两把手枪!见徒弟们愣了,赵宏声解释说:"临走了,师父也没什么好送你们的。寻思来寻思去,如今这外面的世道乱,还是这家伙有用。你们一人一把,防身用吧!"俩徒弟望着师父,流着眼泪接过手枪,深深地给师父鞠了一躬,转身离去。

转眼两个多月过去了。这天夜里,赵宏声正在屋里望着几件戏服感慨不已,忽然听见有人敲门。打开门一看,赵宏声愣了,来人竟是马家班班主马成天!

一见赵宏声,马成天立刻深深鞠了一躬,说道:"老哥啊,成天给您赔礼了!"赵宏声有点纳闷,马成天眼圈一红,又说:"老哥啊,其实,你心里跟明镜似的。你早就知道你忘词是我给你下了药,那把火也是我差人给你放的,可是你却硬撑了过来。你知道吗?你越是不动声色,我的心里就越煎熬难受啊!这些日子,我想了很多,我害你深啊,可害来害去,有啥结果啊,戏班没了,家没了,国也快没了,我才明白,我才叫一个混啊!"

赵宏声听了,苦笑一声:"我不撑下来咋办?你差的那人是我亲如儿子的徒弟俊宝啊!那时候,每次上场前,他都会给我一杯润嗓子的茶,只要我喝了就会忘词,于是,我多少就有些怀疑了。可我就是不愿意相信啊,直到发生大火的那天夜里,我在房间外拾到了我给他的玉佩!我故意不动声色,就是想看到他悔改啊!唉,都过去了,不提了!"

马成天突然说:"不,没有过去!"赵宏声一愣。马成天接着说:"老哥,你比我还了解俊宝,你知道这些日子俊宝到哪里去了?他……他到鬼子司令部去了!前天鬼子枪毙的那几人,你知道是谁的'功劳'?就是这小子啊!"赵宏声低下头,面无表情地一动不动,过了好一会儿,才狠狠地说:"这么说,当初我的确没有做错决定啊!""什么决定?"马成天疑惑道。

就在这时,突然只听"哐当"一声,门被推开了,赵宏声抬头一看,是明国。明国惊慌失措地扑过来,跪在师父身边,连声说:"师父,我杀人了!我杀人了”赵宏声一愣:“你杀了哪个?”明国嘴唇哆嗦:“我杀了俊宝!”赵宏声和马成天顿时目瞪口呆。

原来,就在不久前,明国无意中看见俊宝和两个鬼子在一起胡作非为,顿时怒火上涌,“啪啪”两枪把两个鬼子解决了,然后用枪指着俊宝的脑袋。明国咬牙切齿地说:“俊宝,师父真是看错你了,没想到你竟干出如此禽兽不如的事情!”俊宝冷冷一笑,也用枪指着明国的头,发疯似的吼道:“我的事你少管!是你们对不起我的。为什么我最喜欢的红霞偏偏给了你?我得到啥了?只有师父对我的苛刻,给我受的罪!现在,我只想痛痛快快地活一次,其他的我什么都不管!”明国看着俊宝血红的眼睛,痛苦地闭上了眼睛。两人几乎同时开枪,结果,俊宝“扑通”一声,倒在血泊之中!

听明国断断续续说完,赵宏声仰天长叹,然后转头对马成天说:“看来,我的决定没有错,没有错啊!”马成天和明国愣住了,疑惑地望着赵宏声。

赵宏声早已流下两行清泪:“明国,不是你杀了俊宝,是师父我啊!其实,给你的子弹是真的,而给俊宝的原本就是哑弹啊!”明国张大了嘴巴,不敢相信。赵宏声接着说:“我原本打算留他一命,等他害咱自己人的时候被打死也不枉我们师徒一场,没想到……明国,师父让你提词儿让你替我唱,这次,师父又偷偷做了手脚让你杀了俊宝,师父造了多少假啊!但师父无憾,咱们中国人不能做对不起中国人的事,不能当汉奸走狗啊!”

明国听完,重重地给师父磕了个头:“师父,良心不掺假,明国记下了!您老和红霞在家等着,我要用这把真枪多打几个鬼子去!等我回来!”

隔行如隔山

京城有个瓷器店，店老板叫宋士河，他凭着独特的经营之道把生意做得红红火火。

这一年，爱热闹的乾隆皇帝在皇宫里开辟出商业一条街，这条街上酒肆茶楼应有尽有，和一般的商业街毫无二致，唯一不同的便是所有的店铺经营者都是宫里的太监宫女，顾客自然是乾隆和宫里大小嫔妃与皇宫贵胄。

皇宫商业街经营瓷器的太监常公公每天到宋士河的店里采购，登记造册，明码标价，卖出去的卖，卖不出去的仍归宋士河所有。这样不赔本的买卖，宋士河自然乐意，可是，这样经营了好几个月，常公公愣是一件瓷器都没给他卖出去，常公公那个急啊，皇上不要他一件东西，他哪里有讨好皇上的机会啊！

于是，常公公偷偷学起了宋士河的经营策略，可观察了好一阵发现宋士河也无非是平常做生意的那一套。常公公不禁纳闷了，为什么都是一样的套路，宋士河生意兴隆顾客不断，自己就不行呢？这天，趁采购的机会，常公公把心中的疑问全盘托出，宋士河略微一愣，接着呵呵笑道："常公公啊，俗话说，隔行如隔山，我这套你也甭学，况且就算学会也无济于事。你想啊，你的顾客是皇帝是贵胄，我的顾客无非是些达官贵人或京城百姓，顾客不同，策略自然有异呀！"常公公一思忖，还真是这个理儿，他问到："宋老板可有非常之道?”宋士河沉吟片刻,突然眼前一亮:“有倒是有,不过也是凭空一想,公公可一试!”常公公催促他快说。宋士河说:“你想,皇帝什么名贵瓷器没见过?但他未必见过瓷器是怎么做成的,更没有体验过亲手制作的感受!你何不在这里做些文章?”常公公一喜:“哎呀,宋老板说的在理,在理啊!请指教一二,我愿意一试!”

宋士河这才把想法告诉了常公公。接着常公公按宋士河的指点,在皇宫瓷器店里运来黄泥、做坯胎成型的器具,然后打出旗号,顾客可以亲自做瓷器坯胎,只收取些许费用负责将瓷器坯胎运出宫烧制成品后赠还。还别说,乾隆皇帝和嫔妃立马来了兴致,时不时亲自下手在黄泥浆水里忙得不亦乐乎,等把他们亲自造型的东西烧制成功再给他们的时候,那份欢喜自不必说。

从此,常公公的瓷器店不断变换花样逗得皇帝花着钱买开心。按说,宋士河经常公公这个途径做着不花钱的买卖赚着大把银子,心里甭提多高兴了,可是,宋士河却渐渐高兴不起来了。虽说自己的生意经念得好,可是,终究是人家常公公自己和皇亲贵胄交易的,自己没有见过更别说亲自交易的份儿,想到这些,宋士河不禁一阵惋惜,自己要是能像常公公一样进宫和皇帝亲自做一场生意,那该多好啊!

宋士河每次见到常公公都不免内心一阵感慨,但这掉脑袋的心思是万万不可对常公公讲啊,自己总不能问问常公公咋进宫吧。

你还别说,一年后,机会还真叫宋士河给等来了。

宋士河的一个远房亲戚中有一个在宫里当太监的,名叫小乐子。自从他走亲戚知道后,一来二去,和这家亲戚也越走越近。小乐子也常和宋士河有些来往。这天,宋士河正要关门,见小乐子急匆匆地赶来了,一问,原来小乐子的父母竟然突然暴病双亡,他这才急急在宫里打点好要回家奔丧去。宋士河安慰了小乐子好一会儿,小乐子这才脱掉太监装束装进一个木盒内,换上素服赶路去了。

这天晚上,宋士河忍不住打开木盒,看了一眼便愣在了那里,里面除了太监装束,进出宫的腰牌竟然也在。这可是个进宫的好机会啊,宋士河被自己的想法吓了一跳,但思前想后,他果断决定,自己冒充太监,有腰牌有装束,再说那些把守宫门的人不也换来换去,也未必认得出,自己只是偷偷去看一看,想必也不会出什么差池。

折腾了一夜,等第二天常公公前脚来取走黄泥,宋士河斗胆换上装束后脚就准备进宫了。

皇宫里宫门林立,按说生人还真辨不出东南西北,但宋士河日常从常公公嘴里也略知大概了。宋士河很容易就进了第一道宫门。过了宫门,宋士河已经双腿打战,汗水也已经顺着脊梁往下淌了。他胆战心惊扭头回去的心思都有了,但转念一想,这机会可是千载难逢啊,既然来了,斗胆走吧!于是,他长长地舒了一口气,低着头匆匆向前走。

眼前又出现一道宫门,只见两边卫士林立,个个昂首端立目含杀气,让人不寒而栗!宋士河脚底发软正要提神往前走,突然,只听那些卫士中了邪一样一齐嗷嗷发出一阵怪叫,像呵斥,像发狂也像抖威风!

宋士河一听,顿时脑袋里"嗡"的一声,接着脚下不听使唤,然后一阵头皮发麻就要倒下。那些卫士一看,立刻止住声,大叫一声:"拿下!"便恶狠狠地向他冲了过来。

宋士河丈二的和尚还没摸清头脑,顷刻间便被五花大绑绑了个结结实实。

宋士河稀里糊涂正被推推搡搡往前走,迎面常公公走了过来,一见穿着太监装束的竟然是他,顿时目瞪口呆:"你,宋老板怎么在这里?"

宋士河这才哆哆嗦嗦地把事情叙述了一遍,说:"公公可有办法救救我吧?"

常公公摇摇头:“私闯皇宫可是大罪啊！我等哪里有什么办法!”

宋士河瘫软在地喃喃说:“你告诉我,我哪里露出破绽,竟被一眼识破,也算死个明白!”

常公公叹了一口气:“正如你说,隔行如隔山,我不会做生意,你也不会做太监啊！宫门前侍卫的吼叫其实是个惯例,我们早已习以为常见怪不怪,可是,那些偷偷混进宫的被这一嗓子还不吓得露出马脚?”

宋士河听完,仰天长叹:“是啊,隔行如隔山。其实我是早明白其中道理的,可是,我竟用命来了一次验证啊!”说完,他全身无力地垂了下去。

惊心对台戏

每年城隍庙庙会,管理处都会把程家戏班和白家戏班请来唱对台戏。所以,这两家戏班年年相遇,年年是对手,年年挖空心思要出新花样把对手比下台,那紧张和热闹的程度可想而知。

今年庙会,城隍庙管理处更是来劲儿,准备了万元对台大奖给摘得头筹的戏班。两家戏班呢,也早已经摩拳擦掌跃跃欲试。

程家班班主叫程炳秋,白家班班主叫白东海。准备好戏台,两人远远地对视一眼,这一眼,分明是两人火药味十足的挑衅,待会儿,对台场上见高低吧！回到后台,程炳秋把台柱子赵小末叫到跟前,严肃地叮嘱他说:“小末,要卖力啊,高低就看你了,咱固然不图奖金,但程家戏班的脸面要撑起来!”程小末郑重地点了点头。

一声脆响,开戏炮炸响！两家戏班的锣鼓家什顿时一同开响。程家戏台在左,白家戏台在右,赶庙会的观众潮水一般,哗哗啦啦涌到中间,一时间,谁也不清楚到底要看哪家的戏,只好看哪家的精彩,就凑到哪边吧!

两家竟然唱了同一出戏《程婴救孤》！好戏才开场,观众几乎平均,一边一拨。随着剧情渐进,观众开始左右来回跑了,白家用了高顶桩,程家用了高绳掉人,白家唱腔高,程家唱腔亮,白家用枪,程家用棍,一时间难分胜负。

观众紧张,程炳秋和白东海俩班主更紧张,俩人手心都握出了汗珠子。

程炳秋站在后台边，一边紧张地盯着赵小末，一边紧张地瞅着台下的观众，他怕赵小末演砸了，也怕观众都跑白家那边去了。突然，他看见赵小末扮演的程婴脚下一个趔趄，几乎摔倒在台上，然后站定不动了，观众顿时起哄声一片。程炳秋心里一紧，仔细一看，原来竹板台面竟然被赵小末踏折了一根，他的脚正结结实实地夹在竹板中间！程炳秋顿时又恼怒又担心，恼怒的是竟然疏忽这点了，担心的是关键时候出了这岔子给人留下笑柄。正在他无可奈何的时候，只见赵小末用韵白大叫一声："恼恨啊恼恨啊，这屠岸孤！"说完，一声恼怒的长喝，几乎蹦了起来，将脚从竹板间拔了出来！

程炳秋再看竹板，上面竟带出了斑斑血迹！

程炳秋长长地舒了一口气，但还没等他稳住神儿，却猛然发现，对面的台下一阵叫好声，自己台下的观众哗啦一下几乎全转身涌到对面去了。程炳秋一看，原来，对面的台子一边已经架起了板凳山，高高的几乎挨住台顶，人家的台柱子白四平已经哧溜溜爬上板凳山顶，站起身来，侧超观众，那身子已经被台顶的幕布挡住了大半，只露小腿。这是要干什么？台下静悄悄一片，都凝神静视，程炳秋疑惑地想，难道要做高台挺僵尸？想到这里，他倒吸了一口冷气，在四五米高的板凳山上仰面挺下去，还不闹出人命？可还没等他想明白，白家板凳山的白四平大喝一声，竟然把脚向上一蹿，仰面从空中直挺挺扑通一声落在了地上！几个当兵打旗的立马把人抬了下去！

程炳秋目瞪口呆！观众们先是呆住，然后一起疯了似地呐喊，叫好声掌声顿时响成一片！这一声不要紧，自己这边仅有的几个观众也一溜烟跑到那边去了。

程炳秋看看自己空空如也的台前，再看看失魂落魄的台上演员，心立马凉了半截。可他哪里肯甘心？一跺脚一咬牙，跑到后台，把赵小末叫到跟前，斩钉截铁地说："小末，加一层板凳敢不敢挺？"赵小末猛然抬头，也不说敢也不说不敢只是愣在那里。程炳秋明白这可不是闹着玩的，明摆着玩命嘛！但此刻还能有什么办法，不加一层压压对方的气焰，这次对台必输无疑啊！程炳秋焦急地看着赵小末，心有不忍又无可奈何加了一句："赌一赌，敢是不敢，告诉我！"赵小末忽然抬头看着程炳秋点点头："我挺！"

锣鼓敲得更响了，也顾不得剧情不剧情了，加一层的板凳山刷刷就搭成了。细心的观众一看，嚯，加了一层，一嗓子喊叫，大家立马热热闹闹地奔这边来了。

赵小末出了场，咬了牙，憋一股子气，噌噌就上了板凳山，啊呀呀一声吼，直挺挺也仰面纵身挺下！

台下闹哄哄齐声大声叫好，这哪里是对台戏了，简直成了玩命！哗啦啦倒拢了过来，看看还有什么花样。有些人还惦记着对面接下来玩什么花样，却留在了原地，这样，几乎一边一半，平分了！

可是，什么花样也没等来，一声铳响，散戏炮打响了！观众哄一声边感叹边议论，散了。

程炳秋守在赵小末身边，泪水早已经流了下来。赵小末那一摔，摔得真不轻，一声闷响便昏了过去。程炳秋长叹一声："小末啊，我害了你啊！"起身一边焦急地吩咐把小末往医院送，一边痛苦地走出后台，却不想和白家戏班的白东海和白四平碰了个照面。

白东海一见程炳秋就疑惑地说："好啊，老程，没想到俺的秘密你们也学会了！"

程炳秋一愣："什么秘密？少说风凉话！"

白东海哼了一声："少装糊涂，挺僵尸的秘密啊，我设计了那么长时间让四平在台子上假装一跳，然后把事先装好偷偷安在顶上的假人摔在台上，想不到你们也用了！"程炳秋一听，顿时目瞪口呆，他结结巴巴地说："你说什么？你那是假人？""是啊，既然都用了，我没什么可隐瞒的了！"程炳秋摇摇头，哭笑不得自言自语地说："唉，看来我是真害了小末啊，他那是真摔啊！"

这下,白东海倒目瞪口呆愣在了那里。

这时候,赵小末被人抬了出来,白东海一见小末,恶狠狠瞪了一眼程炳秋,一下子扑了过去:“小末啊,叔给你说过多少次,我是真爱惜你是个好料子啊,让你跟我们班,你偏不听,这回可叫这歹毒的老程把你坑了啊!”他这边畅快淋漓地喊叫指责,那边老程后悔得早已经肠子都青了。

突然,赵小末睁开眼,忍不住扑哧哧笑出了声来。

大家一下子呆住了,看来,小末摔疯了。可是,小末站起来,却拉过白四平的手,笑呵呵地对大家说:“好了,好了,什么事情都没有,其实,今天除了唱对台戏,我和四平还瞒着你们演了场合伙戏呢!”

程炳秋和白东海莫名其妙地你看我我看你,不知道这俩小子葫芦里到底卖的什么药。赵小末收住笑,郑重地说:“师傅,东海叔,你看咱这几年唱的对台,几乎没演过一场囫囵戏,都是比那些乱七八糟的东西,这是真正的戏曲吗?再说观众,他们应该是看戏的,是欣赏的,可是,到我们这里全变成了看热闹,逗乐子,我们和耍猴的有啥区别?所以,我和四平都心急啊,都想改变这个现状,可是你们脾气一个比一个争强好胜,我们就偷偷商量合伙吓吓你们,其实,我偷偷练这招都好几个月了啊!叔,对不住了!咱的观众其实想看场真正的好戏啊!”

赵小末说完,白四平也凝重地点点头望着他们。程炳秋看看白东海沉默了一会儿,长长地叹口气对白东海说:“老白,看来我们老了啊,没有孩子们想的周全,以前,我们不是要唱好戏的吗?看现在,真是变了味了啊!你看,咋办?”

白东海哼了一声:“还能咋办,孩子们说的对,咱就照办呗!今天打个平手,那奖金咱合伙,排一场老百姓喜欢的好戏,过段时间咱公演,咋样?”

“行,咱也是强强联手啊!”大家都笑了起来。

巧断明日案

陆浑县有个叫刘霸天的人，人称“躲着走”。不是他见人躲着走，而是别人一听见他的声音就赶紧躲着走，生怕招惹了他，吃不了兜着走。他一走到街上，吆五喝六，整条街“呼啦”一声立马清净。但街面上那些做生意的却是躲不开的，他一进得店来，白吃白拿，谁敢说个不字？到头来，那些做生意的只好打掉牙往肚里咽，压着满肚子怨气怒火，强颜欢笑地伺候着。

这天，街面上的人们突然兴奋地悄悄奔走相告，为官清廉、视民如命的青天柳一先奉皇帝之命到陆浑视察民情来了。听到这个消息，陆浑的生意人先是一阵激动，接着就高兴不起来了，为啥？因为这刘霸天虽然白吃白拿，但他还是留了一手，每家每户都打了欠条啊！人家又没说不还，只是现在不还罢了啊。合情合理，你拿他有什么办法？想到这里，大家都神情黯淡下来。

果然，第二天，街道上鸣锣开道，柳一先到了陆浑。柳大人在陆浑县衙住了下来，然后在县衙门前贴了告示，有屈诉屈有冤说冤，柳一先柳大人定还百姓一个公道。

一时间，县衙门前围了个水泄不通。大家你一言我一语议论纷纷，但没有一个敢贸然上前告状的。端坐在大堂上的柳一先早已经从百姓的神态中看出了几分苗头，他叹了口气，然后微微一笑说：“父老乡亲们，你们不要惧怕，本人既奉皇上之命前来视察，定当为民做主，即使告的是皇亲国戚也定当为你们主持公道，就算丢了乌纱也要对得起大家的信任啊！”一席话说得大家感动不已。

这时候，有个人从人群中走上堂去，双膝跪地大叫一声：“大人，请为小民主持公道！”大家举目一看，这人是一和堂酒楼的老板和大成。这和大成原本开着酒楼和一堂，为人公道生意红火，可是，最近却悄悄关门大吉，销声匿迹。谁心里都清楚，这都是“躲着走”刘霸天给害得啊！和一堂有道招牌菜叫“力挺千钧”，是用熊掌为原料，加上秘方烹制而成，美味可口。可自从刘霸天吃过一次后，便上了瘾，不光自己天天吃，还叫了上那些狐朋狗友时不时地去饕餮一顿，不用说，他是从来不付账的。这谁受得了？时隔不久，和一堂垮了，就悄悄关了门。

柳大人一听，正襟道：“你有什么冤情尽管讲来！”

和大成犹豫了一下说：“大人，我告前门刘霸天白吃白喝，欠账不还，拖垮了我的酒楼和一堂！”柳大人一听，说：“可有证据？”和大成慌忙从口袋里掏出一张纸来呈了上去。柳大人一看，顿时眉头拧成一个疙瘩！这是一张欠条：本人欠和一堂餐钱白银700两，明日定当还清！落款正是刘霸天。

柳大人立刻差人去传刘霸天。不大一会儿，刘霸天便走进大堂，狠狠地瞪了一眼和大成，然后尊了声柳大人恭恭敬敬地行了礼跪在堂下。

柳大人问道：“刘霸天，有人告你欠账不还，可有此事？”

刘霸天说：“大人，欠账确有此事，但不还却是没有的事！”柳大人把欠条叫他看了，厉声说：“有欠条为证，你还要狡辩！”刘霸天看了欠条，悄悄一笑，慢条斯理地说：“大人，欠条证明我的确欠了钱，只是请大人看清楚，我说明天一定还，可是没到约定的期限，我可有理由不还啊！”

柳大人一听，愣了。跪在堂上的和大成急了，带着哭腔说：“大人，其实期限早已经到了！我今天要，他说明天，我明天要，他又拿着欠条说，明明是明天还,你今天怎么来要?这样循环,明天永远是明天,我这钱不是一辈子也要不回来了吗?”

柳大人再一愣,拿过欠条又仔细一看,欠条竟没有落下时间。他顿时吸了口气,这刘霸天也果真不是个笨人啊,竟然跟我玩起了文字游戏,按他说的也不无道理啊!虽然早就听说了他的累累罪行,但今天毫无根据也不好定罪啊!这可如何是好?

柳大人思忖片刻,他笑了。然后也不理和大成的苦苦申诉,对刘霸天说:“既然如此,本官也无话可说,但我想给你做件美事,不用你还这笔欠钱如何?”

柳大人一说完,和大成和听堂的老百姓顿时目瞪口呆,接着都失望地摇了摇头,看来,这爱民如命的传闻也就是传闻罢了。唉!想不到,柳一先竟也是这样的官员啊!

可是,刘霸天却来了兴致:“请大人明示!”

柳大人看看大家顿了片刻说:“这样,你要愿意挨十大板子,所欠钱额本官做主统统一笔勾销!”

老百姓刚才还是目瞪口呆,听了这话,现在开始义愤填膺,拳头紧握了。

倒是刘霸天一愣,心想,不还钱是好事,但这板子可不是好挨的啊!转念一想,既然人家是朝廷命官,即使自己姐夫在朝为官,人家收拾咱也不是小菜一碟啊,再说,说不定正是看在这层关系上才给自己指条道!看来还是见好就收,都顺坡下得了。想到这里,刘霸天点头答应。

柳大人呵呵一笑:“好了,这案子就这样了,一个失财,一个挨打,公平合理啊!”

和一成顿时嚎叫一生瘫软在地,然后指着柳大人愤怒地大叫道:“好啊,什么爱民如命!原来也是个官官相护的黑官啊!”

柳大人恼怒地令人把和一成押了下去。然后写下判词:“陆浑刘霸天欠和一堂餐钱700两,愿于今日挨十大板子相抵！从此一笔勾销,永不再提!”

判词一出,刘霸天签字画押。接下来,几个衙役上前,按下刘霸天一阵噼里啪啦,顿时,十大板子挨得他咬牙长嚎,疼痛难忍!

第二天,人们发现,县衙前竟然又贴出告示:刘霸天一案今日重审！大家疑惑了,虽然不公,大家心有怨言,难道今天有什么新变化？于是,一大早大家便聚集到县衙一看究竟。

只见柳大人端坐堂上。刘霸天正被两个衙役按到地上,大呼小叫地说:“柳大人,判案怎么能出尔反尔,昨天已经打过我十大板子,今日为什么又抓我来打啊?”柳大人哈哈一笑:“昨天的判词你可听了?”“听了。”“听了就好,判词上明明说‘愿于今日挨十大板子相抵’,你想抵赖不成?”

刘霸天一愣,气急败坏地说:“到了明天还不是今日,照这样,我还不是天天要挨一顿打?”

柳大人呵呵大笑,然后正言道:“正是这样,本官在如此,即使本官走了,也会令县令遵照执行！不要忘记,你是签了字画了押的呀！本官正是按照你的欠条写下这判词,你还有什么话可说?”

刘霸天一听,顿时目瞪口呆瘫软在地上:“我还,我还！和一堂的钱我一定还上!”

这时候,衙门前的百姓才明白了是怎么回事情,柳大人这是以其人之道还其人之身啊！高！实在是高！安静的人群中顿时响起了笑声和掌声。

几天后,陆浑的百姓纷纷向柳大人告状,控诉刘霸天欺压百姓无恶不作的事实。柳大人一一查实,把刘霸天关进了大牢,听候发落。

斗背桩

说起背桩,这可是流行在豫西农村的一种独特的造型艺术,用钢筋造型,固定在壮汉子的肩上,中间造型花草云雾,顶上还有个生动的人物造型,汉子扭起来,舞起来,一路走来,吸引乡亲们争相观看,那真是又热闹又刺激。

逢年过节,月山乡都要组织民间背桩表演,可是今年,月山乡更是别出心裁地搞了第一届背桩大赛。比赛第一名还可以获得一万元的奖金呢!消息一出,本乡的背桩高手们顿时摩拳擦掌,跃跃欲试。

可是,经过基本步伐、造型等环节的比试,一大部分选手都被无情的淘汰了。等到创新这一环节结束,就只剩下两个人了,他们便是东月山的马志强和西月山的刘志武。却说这两个,都是二十出头虎背熊腰的壮小伙。他们技术娴熟、心眼灵活,创新环节便是凭借踩着高跷把背桩舞得水活灵动而脱颖而出的。

大家一边竖起大拇指啧啧称赞,一边又不免暗地里替这俩高手捏了一把冷汗。为啥?一来,明天要比赛的可是惊心动魄充满挑战性的惊险赛,二来,这两家以前可是有些恩怨的呢!这俩人要在这节骨眼上互不相让,斗起来,万一出了什么闪失,那事情可就闹大了啊。

别人想归别人想,马志强可一点都不在乎,这天晚上,他兴奋地一回到家就扯开嗓子对爹说:“爹啊,明天你就看好吧,那一万元奖金是咱家的了!”可是,马志强他爹老马看他那志在必得的样子却无论如何也高兴不起来,他表情凝重地说:“志强,你明天准备怎么比赛啊?”马志强信心十足地说:“我都想好了,前几关照常,不过最后一关,既然要表演惊险,我准备叫小名上阵了!”老马一听,顿时惊呆了! 他明白了,志强说要把小名放在背桩顶上啊!以前,因为太危险,一般都用假人代替,今天儿子竟要用真人,而且是自己唯一的孙子去参加这惊险的比赛啊!“不行,我绝对不同意!”老马怒气冲冲地果断否定。马志强却笑了:“爹啊,我这技术你还不放心啊? 再说,我和儿子已经背着你练习了好长时间了,可就是为了明天的比赛啊!”“那也不行,万一……”老马气急败坏地吼道,“你就不怕人家耍绊子?”马志强打断了他的话:“哼,你放心,他不使绊子,我倒还要……”

马志强一句话没说完,老马更是目瞪口呆了,甩下一句狠话说:“不光你不许,他也别想,要不你们都要后悔的! 真是,俩犟劲遇到一块了!”说完,老马气呼呼地走了。志强一时莫名其妙,琢磨不透爹这话说啥意思。

马志强惦记着明天这场关键的比赛,要养精蓄锐,便催儿子早早地睡去了。

可是,老马了解儿子的脾气,见儿子一竿子非要打到底,一时急得心急火燎,怎么也睡不着。见儿子的灯熄了,他便急匆匆地起床,硬着头皮到西月山刘志武家去了。

谁知道,他刚走到半道,却意外地碰到了一路小跑气喘吁吁的刘志武他爹老刘。老马也顾不上以前的恩怨了,慌忙拉着老刘,一股脑来了个竹筒倒豆子,把事情的前后告诉了老刘。听完,老刘呆了:“啊呀,这俩人咋想到一块了,志武这孩子也是用这办法啊! 这可咋办? 这真怕要出乱子啊!”

俩老汉顿时急得抓耳挠腮原地打转,不知如何是好。

突然,老刘猛地一拍脑门,说:“要不,这样吧!”等老刘说完,老马愣了片刻，终于还是不放心地问："这样行吗?"老刘叹了一口气："没有别的办法了，只能这样了!"

老刘老马商量好，这才慌忙赶回家去了。

第二天，乡广场上早已是人山人海，热闹非凡。大家都眼巴巴地等着看今天这场惊险刺激的比赛了。

一阵锣鼓响过，主持人走到台上，大声说："乡亲们，今天的比赛一定是一场让大家大开眼界的比赛！大家都看到了，今天的比赛共分三关，第一关，高跷背桩过独木桥；第二关，高跷背桩过梅花桩；第三关，也就是最后一关，登云梯抢占高台。一关比一关难，一关比一关惊险，但更惊险的是，刚才两位参赛的选手已经告诉我们，第三关他们的背桩顶上背的竟不是假人，而是他们的儿子！当我们知道这个消息，都觉得不妥，但两位却执意要这样做。没办法，为尊重他们的意愿，我们只有尽力做好保护措施了！下面，就请马志强和刘志武做准备，比赛马上开始!"

马志强和刘志武站在场地两边，已经各自准备好了，马志强的造型是寇准背靴，刘志武的造型是丑三打柴，他们俩相互挑衅似的瞅了一眼，便铆足了劲，单等鼓声响起了。

急促的鼓声响了起来！比赛开始了!

第一关，过独木桥，马志强如履平地，一马当先略胜刘志武一筹；第二关，刘志武却左右腾挪，矫健如鹿，又胜了马志强一步！这两关，两人不相上下！在场上观看的乡亲们各个屏住呼吸，等一关结束，雷鸣般的掌声顿时响了起来!

而老刘和老马的心早已提到了嗓子眼，连看都不忍再看，只顾大把大把地把脸上的汗水擦掉了。

等到第三关，马志强和刘志武走到各自的地方，要换行头了，马志强的造型是观音送子，刘志武的造型是哪吒闹海！不用说，这观音送的子、闹海的哪吒就用他们各自的儿子化妆来演了!

老马和老刘不免紧张地相互看了一眼,又暗暗点了点头,这才帮助儿子解下高跷,把孙子绑上桩顶,最后给儿子重新绑好高跷,扶他们站起!做完这一切,老马还是不放心地告诫马志强说:“儿子啊,我说过的,不要使坏,要不你会后悔的!”可,马志强只冲爹一笑,不说一句话,就上阵了。

鼓声又响了起来。俩对手虎视眈眈地朝架了云梯的高台下走去。俩老头也不由自主地站到了一起,忐忑不安地你看我,我看你,心里没底!

却说这登梯抢占高台,高台是个圆柱形,上面只容一个人站下,而两人要抢登顶的云梯却相邻而靠,越往上就越接近,最危险的也就在这地方了,只要其中一个使诈,暗暗稍微推对方一把,破坏比赛纪律是小,要出来伤亡那就麻烦大了呀!

每一边都是自己唯一的儿子唯一的孙子啊,老马和老刘无论以前的恩怨怎样,此刻,他们的心却想到了一起来。

鼓点越来越密集,马志强和刘志武小心翼翼地一步步向上抢去!眼看就要登顶了,老马和老刘却突然发现志强和志武的手同时向对方伸了过去!天啊!他们同时出手了!所有人一点声音也不敢发出了,台下一片寂静!

老马和老刘目瞪口呆,再也看不下去了,他们俩慌忙跑到台下,突然气急败坏地大叫一声:“志强,志武,你们都住手,我们有话要说!”马志强和刘志武一听顿时一愣,相互看了一眼,顿时拉着对方的手,站在那里不动了!

老马慌忙大声叫道:“其实,你们背上的孩子我们已经换了,你们背的是对方的孩子,只要你们一个使坏,只能害了自己的孩子!”

一句话说完,马志强和刘志武一下子呆了!他们都想看到孩子,但孩子高高在头顶,谁也看不到,两人一下子急了,愣在那里好大一会儿!

就在老马老刘长长地舒了口气的时候,再抬头,却发现两人不仅没有松手,两人反而越拉越有劲了,你拉我拽地继续往上走了!

老马和老刘的汗哗地出来了!他们相互又一看,紧紧地闭上了眼睛!

突然,人群中爆发出一阵热烈的掌声和呐喊声!老马和老刘连忙睁开眼睛,却惊讶地发现马志强和刘志武两人紧紧地抱在一起,四条高跷在小小的高台顶上轻轻地挪动着!

一阵锣鼓之后,主持人激动地高声宣布:"乡亲们,大家都看到了,这次大赛胜出的是马志强和刘志武两人!他们先是单人桩,在登顶的时候又把单人桩巧妙地合在一起组成双人桩!并且同时登顶成功!他们有勇又有谋,是今年当之无愧的背桩王!"

老马和老刘目瞪口呆,接着惊喜万分,最后,两人悬着的心"扑通"一声终于落了地!

马志强和刘志武相互帮忙从高台上下来,走上了领奖台!

颁完奖,马志强激动地看看刘志武和台下紧紧站在一起的老马和老刘,忽然拿过主持人的话筒大声说道:"大家静一静,我现在要告诉大家一个秘密,其实,今天这一切都是我和刘志武早已经暗地里计划好的,只是我们还瞒着我们的父亲!"

一听这话,老马和老刘猛然抬头,满脸疑惑地愣住了。

马志强看了他们一眼,接着说:"昨天晚上,我爹一出门,我就明白他要去找老刘叔了,他们商量了换孩子这招就是怕我们出乱子啊,可是,我和志武就是装作不知道,就是要急急他们。刚才我们在台上看见他们老哥俩紧紧地站在一起,我们特别地高兴!既然,我和志武能站在一起,他们还有什么恩怨不能解开,不能站在一起呢?我和志武看到他们见面都不愿说一句话,心里也难受啊,所以,就借这次比赛的机会想表达我们兄弟俩的心愿,让他们和好如初!还好,经过这次比赛,他们老哥俩的心一定又到了一起!不过,这次比赛让我们儿子上,评委可真是不同意啊,但当我们说了这个秘密之后,他们同意我们冒这次险,在这里,我也谢谢他们!”

老马和老刘一时间恍然大悟,原来,这俩小子给我们下了套,我们还蒙在鼓里啊!两人对望,泪水流了下来,往事不觉间浮上心头。

老一辈人可能记得,二十年前,老马和老刘也是一对民间背桩高手,经常一起到处表演,两人成了亲密的兄弟。可是,有一次,几个村子自发组织了一次背桩大赛,也设了大奖,为了这大奖,两人却突然分道扬镳,成了一对竞争对手!那次比赛也是相当激烈,当年他们也用了真人上背桩顶,结果,老马得奖心切,对老刘下黑手,老刘和一岁儿子从高高的背桩顶上掉下,老刘安然无恙,他的儿子却永远离开了这个世界。老刘悲痛欲绝,老马也背上了沉重的良心的包袱。为了弥补自己的过错,老马思来想去,最终决定把自己的小儿子送给了老刘!从此,两人虽然保守着这个秘密,但关系却从此疏远起来,直到现在形同路人!老马的儿子是马志强,送给老刘的儿子就是刘志武!他们也是一对亲兄弟啊!

此刻,老刘擦掉脸上的老泪对老马说:“没想到,我们的秘密还是被这俩小子知道了啊,也亏孩子们为咱下的这番苦心!

老马叹了一口气说:“是啊,咱不如现在的年轻人啊,你说,咱当时咋就没想到把单人桩合成双人桩啊!这俩孩子做的叫我惭愧啊!“

老刘拉过老马的手说:“老哥,什么都不说了,一切都过去了,咱成全孩子的心意,咱老哥俩还要成为好哥俩!”

老马和老刘的手紧紧地握在了一起。

马志强和刘志武一看也走下台子和老人拥抱在一起,然后轻轻对他们说:“我们是兄弟,你们是兄弟,我们早就是一家人啊!”

这时候,在场的人又一次激烈地鼓起掌来。

卖不完的毛线

民国时候，有一个叫金仁庆的商人，在上海兴圣街上开了一个叫金祥源的毛线铺子。后来，金祥源的生意越做越大，很多商人就纷纷效仿。几乎一夜之间，短短的一条兴圣街突然涌出二十几家毛线店。

可是，日本侵略军占领租界后，向国外订购原料的渠道中断，各家毛线店进货困难，无法维持，只得遣散职工，靠库存勉强支撑。

这天，金祥源的老板金仁庆刚走出店门，一眼便看见路边有个摆地摊卖毛线的大胡子眼熟，仔细一看，这不是原来的伙计王炳秋嘛！他有心上前打个招呼，但看着王炳秋可怜巴巴的样子，联想到遣散一事，顿时愧疚不已，毕竟是跟了他十几年的伙计啊！想到这里，他便扭头躲开了王炳秋。

他要躲，王炳秋却发现了他，偏不让他躲。只见王炳秋一个箭步冲上来，满脸堆笑地招呼说："哎呀，金老板，如今可好？你的伙计王炳秋可是又回来了啊！"金仁庆只好充满愧疚地说："炳秋啊，如今的情形你也知道，遣散大家我也无可奈何啊！希望你别记恨我就好！买卖如何啊？能养家吗？"这一问不要紧，王炳秋突然兴奋异常一脸得意地说："好极了！多亏了金老板啊，不但生意好，而且我的毛线不用本钱还卖不完啊！"金仁庆一愣，不用本钱还卖不完？莫非……他是偷的？转念一想，也许是他是对当初的事情怀恨在心，有意说的气话吧！金仁庆叹了口气，对他拱了拱手，正要走开，却无意中扫了一眼王炳秋摆在地上的几团毛线,这一看,他突然间愣住了!那毛线他怎么会有啊?整个兴圣街二十几家毛线店除了金祥源可是别无二家呀!这种货色因为奇缺,自然好卖,价钱也高,自己还是通过秘密途径才得以少量进货,他是从哪里弄来的呢?

金仁庆不禁来了兴趣,他试探地问王炳秋:“你这货是从……?”还没等他说完,王炳秋就得意地笑说:“啊,我说过,这全托金老板的福啊!没有你,没有金祥源我肯定是没货的!你买卖大,我买卖小,你为养家,我为糊口,咱谁也犯不上谁,其他的,金老板就不用问了吧!”

金仁庆越听越疑惑,但话已至此,也不便多问,向王炳秋道了个别,转身离开了。

等金老板一会儿工夫办完事回来时候,他发现王炳秋已经唱着小曲收摊了,而那些毛线早已经兜售一空。金仁庆看着他挑衅似地数着钱,突然想,难道是他做伙计时偷走的?转念他又打消了这个念头,那时候,自己还没进过这号货呢!

金老板摇摇头冲王炳秋说:“卖得好快啊!”

王炳秋一笑:“今天的卖完了,还有明天的哩!”说完,对金老板一拱手走了。

金老板站在店门口,看着他的背影直发呆。就在这时,店里的小伙计慌慌张张地跑到他身边小声焦急地说:“金老板,店里出事了!”金仁庆一惊,示意他慢慢说。小伙计这才告诉他,刚才有顾客要店里的缺货毛线,伙计一看,竟少了两团!金仁庆一惊,什么?两团?王炳秋卖的不也刚好两团吗?想到这里,金老板立刻把王炳秋今天和自己的谈话联系在一起,仔细一想,他断定一定是王炳秋偷了毛线无疑!

可是,他明白,这只是自己的猜测,没有真凭实据,又怎能奈何得了他啊!金仁庆愣了片刻,告诉小伙计,不要声张,免得打草惊蛇,等捉了他的手,看他还有什么话说!

第二天,金仁庆出了门,果然看见王炳秋已经早早地开了摊,周围围着几个顾客正争相购买。王炳秋发现了他,冲他一笑,大声打了个招呼就忙他的去了。不到一会儿,王炳秋就像昨天一样,数着钱大摇大摆地向他一拱手,得意地收摊走人。

到了晚上盘货,金老板发现,毛线又少了两团!而且,丢失的毛线颜色和数量竟然仍和王炳秋卖的一模一样!金老板吃惊地愣在那里,百思不得其解!

虽然后来这几天金老板加强防范,甚至亲自看柜台,但,情况依旧都是这样!金老板暗地里咬牙切齿,心想,王炳秋啊王炳秋,当年我对你不薄,你竟做出这样的事情!但他又能如何?只能强装笑脸不动声色!

这天上午,一个穿着毛大衣的女人进了店,径直朝缺货毛线柜台走去。因为货少,这些毛线也用不着入库便都放在了那里。金老板一看,顿时警惕起来!通过这几天的暗中观察,他发现,每天这女人都要进店来东挑西拣一通,然后,又什么都不买若无其事地走出店去。而且,女人出去后总冲摆摊的王炳秋神不知鬼不觉的笑一下!金老板断定,问题一定出在这女人身上,她和金炳秋一定有着什么关系!

眼下,女人又开始挑毛线了。没挪几步,她便凑近了那批老丢失的毛线,她找到线头用手使劲拽拽,然后放口里咬咬,一副专业的样子。而金老板也正不动声色地偷偷注视着她的背影,胸有成竹地长长舒了口气。

果然,约莫一刻钟的工夫,女人慢条斯理地解开了大衣扣子,然后在那里悄悄忙活了一阵,这才回头看了一眼金老板,笑眯眯地说:“哎呀,天怎么热起来了啊!”,说完用手扇风就往门外走!金老板冷笑一声一个箭步冲上前去,用手拦住她说:“小姐,慢走!”女人一愣,站了下来,笑着说:“呵呵,金老板莫非怀疑我偷了贵店的东西吗?”听她单刀直入地这么一说,金老板倒愣了:“不不,小姐误会了,店里的确是经常丢东西,所以不能不防啊！请小姐配合一下,得罪之处还请海涵啊!”金老板说完,心想,话说到这份上,女人一定该急了,谁知道,那女人竟若无其事地说:“现在肯定没丢东西！既然老板要查,那就查吧,可要仔细啊!”金老板冷笑一声,转身直奔那堆毛线,可这一查看,金老板目瞪口呆:正如女人所说,毛线一点没少,只不过被她扯出几根线头而已!

女人看着尴尬不已的金老板,鼻子里哼了一声:“金老板,抽露出来几根线头不能是偷吧？我可以走了吗?”

金老板窘得满脸通红:“这个,这个……小姐得罪了,我给您赔个不是了,还请小姐原谅!”

女人倒也没有再说什么,呵呵一笑,噔噔噔出了店面,留下金老板愣愣地站在那里。

然而奇怪的是,到了晚上,金老板再一查货,竟还是少了两团!

金老板又是气恼又是无奈,百思不得其解。

这天,金老板正气呼呼地坐在店里生闷气,突然,王炳秋却走进店来。金老板一愣,冷冷地说:“王炳秋,今日不卖线了?”王炳秋并不在意,冲他拱手说:“今天特意来和金老板道个别！这些时日多谢金老板的毛线了!”金老板一愣,顿时拍了桌子站起身来厉声说道:“丢毛线的事果然是你干的!”王炳秋不慌不忙地答道:“正是我干的！想必这些日子金老板也没少下心思查吧！既然我要走了,就给金老板说个明白！其实很简单,我在这里当伙计的时候就发现那堵墙上有个火香粗细的洞,然后我就叫我的表妹每天装作挑线,偷偷把线头挑开放在洞口,晚上,我用细铁丝轻而易举就把毛线抽了出来!”金老板一听,顿时目瞪口呆,他长长地出了口气,强压怒火说:“高明啊！可是,你就不怕我现在抓了你?”“金老板不会的！因为,你心里清楚,你欠了我当初的遣散费！而我拿走的毛线刚好赚够了这些钱,咱们就此一笔勾销!”

听王炳秋这么一说,金老板更是摸不着头脑:“你说什么？我欠你遣散费？当初我不是亲自数好,第二天让账房先生全都交给你们了吗?”

“哼！金老板心里应该最清楚,包裹里到底装的是什么吧？那根本不是钱,而全是铁片!”王炳秋说完,扭头便走!

金老板一听,顿时愣住了:我金仁庆无论做生意还是为人就讲个义字,怎会对跟随自己多年的伙计做出这样龌龊的事情！难道,难道当初也要离开的账房先生从中做了手脚?

想到这里,金老板慌忙起身向王炳秋追去,无论如何他也要和王炳秋说个清楚,并和他一起寻到当年的一帮伙计,把他们应得的钱还给他们!

贾耽奇遇救荒年

唐朝宰相贾耽在滑州任职期间正赶上滑州全境大旱，秋庄稼全部干枯而死。虽然官府尽了很大的努力，但贾耽视察所到之处，平民百姓依旧饿尸遍野，苟活着的无不在生死边缘挣扎！贾耽见此情景，不禁悲痛万分，老泪纵横，身为百姓父母官，不能解民于饥荒之中，还有何脸面苟活于世？此刻，贾耽叫过随从，急切问道："朝廷的救济几时能到？"随从答道："两个月内到！"这远水解不了近渴呀！贾耽无奈地摇了摇头，长叹一声："看来，只有我们自己想办法了！"

回到府中，天色已晚，贾耽却睡意全无，满脑子尽是饥民的惨状。他操手无不焦躁地在园中踱来踱去。这时，贾府手下大将贾中急匆匆地来到贾耽面前。贾耽忙迎上去："事情可有进展？"贾中低下头，低声说道："大人，没有任何进展，那些富绅一口咬定自己没有存粮，我们没有任何凭证，也拿他们没有办法!"贾耽说："你都按我的话说了？""说了，我说，救黎民于水深火热之中，乃是大仁大义，你若贡献存粮，贾大人愿跪在城门三日三夜，以示敬尤。"贾耽听罢，心中真是又气愤又无奈，这真是你有你的千条计，我有我的老主意，想不到这些人竟如此为富不仁，面对民困竟如此铁石心肠，无动于衷！

话说这滑州，虽说遭遇荒年，但拥有良田千顷，财产万贯的富商豪绅也不少。他们家家秘密存有余粮无数,王为就是其中一个,而且他可称得上是富中一甲！起初,贾耽认为只要说服王为开仓放粮,其他富绅也必将纷纷效仿,这样一来,足可使饥民度过荒年！怎奈,任凭贾耽苦口婆心软硬兼施,王为就是铁了心一口咬定,绝无存粮！

贾耽长叹一声,吩咐贾中下去。事已至此,只得另谋良策了。

这日,贾耽正在郊野视察,忽然发现前面坡野峭壁下一群人惊恐万状,吵吵嚷嚷,便叫随从上前去问个究竟,片刻之后,随从匆匆跑回来说:“大人,听村人说,这里发生了一件天大的怪事!”贾耽一愣:“什么怪事?”随从用手指着前方峭壁上一眼簸箕大小的洞穴说:“大人,你看那个洞穴,早晨的时候,一个小孩正在峭壁下玩耍,一时高兴叫跳起来,谁料这一跳,竟如驾雾一般腾空而起,即将到达洞穴时,又徐徐落下,毫发无伤,如此反复数次,最终小孩落入洞穴中去了,再也没有出来!”

听罢,贾耽不禁大惊,匆忙奔到跟前。只见那洞穴离地面足有三四丈之高,洞口里黑黢黢如峭壁上挂着一口倒井一般,围观的人群议论纷纷,惊恐不已。贾耽知道,俗话说饥年鬼怪生,但这样的怪事他也闻所未闻,也说不出个所以然来,只好安慰大家,不要惊慌！忽然贾耽问:“那落入洞中的是谁家的孩子?”众人的目光都集中到一个老者的身上,老者急忙上前,说:“那是滑州首富王为的小儿子!”“为何不去告知他的家人?”听贾耽这么一说,众人都纷纷摇头。贾耽明白众人摇头的意思。贾耽也为放粮一事痛恨王为,出这样的事也是报应呀,但转念一想,洞中王为的儿子生死未卜,倘若他尚存性命,无论洞中有什么魑魅魍魉,我将他拚死救下,也许王为感念此恩,会领头开仓放粮呀！唉,救民于饥荒,事关重大呀！

想到此处,贾耽随即决定命人去找云梯,他要亲自入洞救人。听他这么一说,随从及村民纷纷上前阻拦:“大人,不可呀,那洞中情况不明,不知有什么玄机,这样做,实在是太危险了!”贾耽说:“各位乡亲的心情我理解,但救人要紧,救饥民更要紧呀,即便是丢了我的性命,又有何妨!”众人听了贾耽的话,再加上对放粮一事都早有耳闻,对他的用意也明白了七八分,于是,纷纷帮忙,出自己的一份力量。

云梯架好,贾耽正要上,突然,远处王为及家人呼天抢地地向这边奔来,来到跟前,都呆愣愣地看着贾大人一步一步地向洞穴登去。

不一会儿贾耽便到了洞口,刚一抬头,一股腥风从洞中刮出,再一看,面前突然出现一张血盆大口,露着尖利的牙齿,一条红信咝咝地抖动着,几乎将他的整个头包裹进去!贾耽虽有心理准备,但,还是被这突如其来的一幕吓得浑身一缩,顿时惊出了一身冷汗,差一点从云梯上掉下去。他死死地抓住云梯,重心才稳了下来。奇怪的是那怪物突然间竟将血盆大口合拢,低下头来。贾耽这才看清,原来这个洞穴中竟藏着一条巨蟒!它有碗口粗细,通身墨青色,头部有三条白痕!此刻,巨蟒正蜷成一盘!将小孩团团围住。小孩脸色苍白,头发凌乱,小胸脯一起一伏,显然,小孩子是被巨蟒吸上来的。

小孩还活着,贾耽一阵惊喜!但他丝毫不敢放松警惕,此刻,巨蟒正睁着眼看着贾耽,贾耽也盯着巨蟒,就这样对峙了好大一会儿,贾耽隐隐感觉到巨蟒并无伤他之意,便壮着胆子,伸手将孩子抓住,轻轻地往外拉。但突然,巨蟒一阵骚动,竟将身体拉开,给他让出一条路来。贾耽在惊疑之中一把抱过孩子,然后对着巨蟒自言自语地说:“你既无害人之意,我也必定不会伤你!”说完,只见巨蟒调过头,竟安静地躺在了地上。

贾耽这才松了一口气,一步步地退下,下得梯去。

下到地上,所有人都涌上来,贾耽松了一口气说:“上面只是一条巨蟒,是巨蟒将孩子吸了上去,不知为何,竟毫发无伤。孩子只是受了惊吓,并无大碍!”王为一家人抱过孩子,激动地抱在怀里大哭起来。哭罢,王为上前向贾耽深施一礼:“贾大人救命之恩,定当重谢!”贾耽哈哈大笑:“好!这开仓放粮一事?”王为一愣:“这……大人,小人家中余粮早已吃光,真无余粮,大人救民心切，我可以理解，但，小人所说句句属实，如若不信，可到家中搜查！如能搜出，在下一定全部捐出！”

听王为这么一说，贾耽顿时怒火中烧，看来，这王为真是吃了秤砣铁了心了呀！

正欲发火，突然听见人群中一真惊呼：“那巨蟒下来了，下来了！”贾耽抬头一看，果然，那条黑青色巨蟒正顺着梯子，宛如一条青烟似地飘了下来。

众人一阵骚乱，纷纷慌乱地迅速拾起地上的棍棒石头，惊恐地盯着地面上的巨蟒，准备奋力一搏。

见此情景，贾耽也顾不得刚才的愤怒，慌忙大喝一声：“不要伤害它！我曾与它有约，他不害人，我必不伤它！”随着这一声大喝，趁众人回神的片刻，巨蟒已经从人群中猛然窜出，从贾耽的面前一溜烟似的飘了过去。出了人群，那巨蟒竟然还突然停了下来，回头朝贾耽望了一眼，头上的三条白痕顿时在贾耽眼前一闪！这才呲呲地向前爬去。

贾耽突然一愣，莫非……一个念头掠过他的脑际。“走，跟上巨蟒！”贾耽顿时命令道。众人只好莫名其妙地跟贾耽随巨蟒向前奔走。王为呢？让家人抱走孩子，好歹贾耽救下了孩子，也只好相随！巨蟒不紧不慢向前滑行，穿林过坡。贾耽和众人一路紧随，终于在一处砖做的不起眼的坟墓前停了下来。

巨蟒顿住，回过头，望一眼贾耽，突然，一溜烟钻进墓中的一个大洞，不见了。

贾耽沉默片刻，回头看王为，竟发现他此时脸色煞白，神情惶恐不安！贾耽暗想，难道这墓冢与王为有何关联不成？于是大声问道：“各位，这个坟冢是谁家的？”一位老者笑道：“大人，这个是无主之坟，多少年来一直无人祭奠！”“那，巨蟒为何要带我们到此？这其中必有奥妙！既然无主，我今天就做主挖开看个究竟！”贾耽话音刚落，王为就慌忙上前说：“无主之坟必是碎骨烂木,大人何必大动干戈呢?”贾耽听他这么一说,瞄了他一眼,说道:“我看未必!挖!”

众人从附近借来工具,一拥而上,挖了起来。刚挖到一层,便出现一道石门,打开石门,大家都惊呆了:只见里面真是别有洞天,俨然是一个大型地下粮仓!小麦,大米仓满囤足!

大家正在惊讶不已,突然,王为大叫一声:“完了,天意呀,真是天意呀!”一屁股瘫坐在地上!

原来,这竟是多年来王为处心积虑修建的一个地下粮仓!为掩人耳目,王为故意以荒坟为幌子大肆囤积粮食,本想趁饥荒之年投机高价卖出,以敛钱财,谁知今日却毁在那条巨蟒身上!

贾耽顿时哈哈大笑,对王为说:“王为,你还有何话说?”王为双膝跪地磕头谢罪,嘴里重复着一句话:“天意,天意呀!”贾耽说:“你说的没错,是天意!是天不灭滑州百姓呀!好,照你所言,查出全部捐出,你意下如何呀?”贾耽转身对疑惑不解的众人说:“各位,想必大家有所疑惑。开始,我也疑惑,现在,我才明白那巨蟒一直在助我呀!也是在助滑州百姓呀!它吸王为之子是想引起我的注意,然后引我至此,以揭开王为藏粮之密呀!当我看到巨蟒,看到它头上的三条白痕,我就疑惑,它是不是我十年前在外地山林从猎人手中救下的那条蟒蛇,现在我可以断定,它就是!它跟随我到滑州是为了报恩呀!”

众人听后啧啧称奇:“这是大人心系百姓,为民解忧的心感动了异类呀!”

其他富绅闻听此事,纷纷开仓放粮,滑州的百姓度过了饥荒!

第二年,滑州风调雨顺,五谷丰登!

一竹千金

一、突遭变故

从前，陆浑镇有个康家庄园，康家老爷康仁和苦心经营把庄园打理得红红火火，可是，少爷康竹贤却无所事事，整天沉溺于游山玩水，一去就是几个月。

这天，康竹贤游玩归来，却看到康家庄园凌乱不堪，一片破败之景，父亲康仁和早已经卧病在床，奄奄一息。

康竹贤目瞪口呆，慌忙问过父亲，父亲这才老泪纵横断断续续地道出了事情的来龙去脉。原来，康竹贤刚走不久，家里便遭到一伙盗贼的洗劫，盗贼们打砸烧抢，所有钱财家什几乎被洗劫一空。康仁和眼睁睁看着一伙凶神恶煞满载而去，一气之下，旧病再添新疾，便卧床不起。

康竹贤听完，看着奄奄一息的父亲，顿时咬牙切齿，恼怒不已。突然，康仁和长长地出了一口气，费力地抬手一指门前的小竹园留下最后一句话："儿啊，一……竹……千金！"便咽了气。

安葬了父亲，康竹贤犯起了难，以前家里有父亲打理，一应开销应有尽有，但此刻，父亲去了，家底也被抢空，自己又无活命之技，该何去何从啊？无奈之中，康竹贤只好变卖些家中房产度日。时光荏苒，转眼康竹贤便身无分文，仅剩茅屋一间安身。

这天，康竹贤正坐在茅屋前发呆，一抬眼看到门前的小竹园，忽然想起父亲临终前的那句“一竹千金”的话，不禁眼前一亮，难道父亲是告诉我这竹子是一笔巨大的财富？想到这里，康竹贤跳起来，几步踏进竹园，一番东瞅西看，南捏北摸后，他刚才的兴奋劲一下子凉到了脚底，这些竹子大的不过拇指，细的仅如火香，竹编不够材料，做柴不经焚烧，能做些什么呢？

康竹贤失望地蹲在地上。

正在这时，镇子上的林海丰正急急忙忙地从此经过，康竹贤站起来招呼说：“林先生有急事啊？”林海丰摇头一笑：“还不是镇上王家老太太要过大寿，命我去书写寿联啊！”康竹贤苦笑一声，感慨道：“唉，林先生善书也讨得个生活，哪像我，以前只知道玩乐，今日竟落得这样的下场！”林先生又摇摇头：“唉，我一生读书，也不是功名不得，现在也就靠我这支竹笔勉强度日罢了！”说着，挂在腰间的几杆竹笔在康竹贤眼前一亮：“这可是我活命的本钱啊！”

康竹贤看林先生远去，一下子愣在了那里。就在林先生刚才亮出竹笔的一瞬间，康竹贤似乎被一语惊醒，难道父亲说的竟是这个？是啊，这片竹林做不成别的，做个笔杆不是正好吗？

想到这里，康竹贤立刻又兴奋地转身走进竹林。

二、豁然开朗

几天后，康竹贤费了九牛二虎之力，终于把做成的竹笔拿到了城里的集市上。还别说，几天下来，几十只粗糙的竹笔卖完不光顾得了生活开支，而且还略有结余呢！于是，接下来，康竹贤便忙碌于卖笔的营生。

可是，天长日久，虽然勉强维持了生计，可和父亲所说的一竹千金也相距甚远呀！父亲的话究竟暗藏什么玄机，康竹贤百思不得其解。

这天,康竹贤正百无聊赖地蹲在街边卖笔,一个男子快步走了过来,走到康竹贤面前,拿起一支笔旁若无人地仔细观看了起来。男子一边看一边点头微笑,最后,长长地舒了一口气,这才猛然抬头盯住康竹贤说:"这做笔杆的竹子是你自家的?"康竹贤点点头。"我再问你,这竹子有多少?"康竹贤回答说:"有半亩地吧!"

突然,那男子仰天大笑,笑完了,从怀里取出一张银票递过去,说道:"你听着,这事你知我知天知地知,千万不能有第三个人知道,诺,这些钱算是定钱,你那片竹子我全要了!你明天还来这里等我,我要亲自去看看那片竹林!"

说完,抱起那堆笔,扬长而去!康竹贤低头一看那张银票,不禁瞪大了眼睛,天啊,整整1000两!

这天晚上,康竹贤躺在客栈的床上一夜难眠,他是既惊又怕,既疑惑又不解!

第二天,康竹贤早早来到约定地点等候。果然,那人也已经叫来一辆马车早早地来了。

那人上了马车,便急切地催促康竹贤往竹林赶去。

到了竹林,那人便一根挨一根地仔细观看起来。约莫一个时辰,那人转身出来,神色凝重地对康竹贤说道:"我刚刚挑选了几根,这就命人拿走,至于钱嘛,一根一锭金子如何?"康竹贤顿时又目瞪口呆,他结结巴巴地说:"当然可以,但不知道这些竹子究竟为何这么值钱?"那人呵呵笑了:"告诉你吧,这些竹子以前对你也无甚价值,但从今往后就不同了,这些竹子能让你一辈子衣食无忧,可是,你要记住,要好生看管,不得泄密,如若不然,不光这竹子没有价值,恐怕你也祸福难定了!"

康竹贤只得点点头接下金子,不敢多问。

三、疑云又生

从此以后,虽然不知道究竟是什么玄机,但每年那男子都会定期的来砍伐些竹子回去,当然会如约给付给康竹贤很多的金银。靠着这些金银,康竹贤收回了自家的房屋,然后,娶妻生子,过上衣食无忧的日子。但,康竹贤始终有块心病,他竟然不知道自己的竹子究竟价值所在!

这天,那男子又悄悄地来砍伐竹子了。一到康竹贤家里,他就神秘兮兮地叫林竹贤领他到没人的房间,从怀里取出一张字画说道:“康竹贤,今天我来,除了伐竹,也顺便给你道个天大的喜啊!”康竹贤一愣:“天大的喜?”那人一笑:“是啊,天大的喜!我先问你,这么些年,你可知道我是谁?”康竹贤愣愣地摇摇头。“好,我今天就告诉你吧,我姓张,在皇宫当差!”康竹贤一惊,扑通一声跪在地上:“张大人,怪小人有眼无珠,几年来竟不知道!”张大人一笑:“不怪,不怪!康竹贤,五年前,我在街上偶然发现你的竹笔,顿觉奇妙无比,便带回给圣上观看,圣上一时间爱不释手,大为赞叹。今天,我特意传圣上的口谕,念你多年为圣上供应竹笔,圣上特赐你四个大字!快接下吧!皇上夸你笔杆千金难买啊!”

康竹贤连忙受宠若惊地倒地就拜,等拜完,在桌上展开字画一看,上面龙飞凤舞四个大字:一竹千金!

康竹贤做梦般站起身来,接着又扑通跪下,再次叩谢。张大人拉起康竹贤:“记住,这是皇上的秘赐,不可张扬,荣耀自知啊!”

康竹贤小心翼翼地把字画收好,转而又疑惑地问张大人:“大人,小人冒昧问下,我家竹子究竟好在何处啊?这么些年,我竟琢磨不出啊!”

张大人一笑:“好吧,都告诉你,你那墨竹,黑里透红,和其他墨竹也无两样,但你仔细观察,你会发现,竹里竟有些黄色纹理若隐若现,等蘸足了墨水,那纹理竟活生生一条舞于苍穹的龙啊!龙为何物?龙乃天子,这竹不正是天地给天子的用物吗?”

康竹贤听完,一时间恍然大悟!

四、良苦用心

清明时节,康竹贤悄悄拿了皇上的赐字,来到父亲坟前,感慨不已:“父亲啊,你临终前的一竹千金,今日儿总算明白了!这竹不仅给儿带来了富贵,还给我带来荣耀,其实,这一切,你是早就知道的啊!多谢父亲指点!”

祭拜完父亲,康竹贤走进竹林,看着这片奇特的竹子,想象自己的经历,不禁感慨,给自己一切的,其实不仅是竹林,应该是自己那一年卖笔的行动啊!如果不是去卖笔,哪有那样的机遇?没有机遇,谁知竹林?

正在感慨,康竹贤发现,竹林中最大的而且早已经干枯的那根竹子十分碍眼。他忙跑过去,仔细一看,却发现竹竿底部竟还有斑斑旧伤,似乎很久以前被人划过。康竹贤只好取来斧头,把竹子砍了,这一砍,竹子忽然重重地倒在地上,旧伤处破裂开来。从破裂处看去,里面似乎有什么东西。康竹贤把他剥开,他顿时愣在那里!

里面竟是一根拇指粗心的金条,他慌忙再一剥,一节一根,足足八根!

而且,金条上竟还有几行小字!仔细看完,康竹贤一下子跌坐在地上,顿时泪流满面!

原来,那些字是父亲康仁和生前留下的,他告诉康竹贤,康家庄园的那次洗劫全是假的,他看康仁和游手好闲,迟早败家,于是,一狠心,提前变卖了所有家产,制造被抢的假象,就是想逼儿子走投无路,靠自己的双手有所作为啊!

康竹贤长跪在父亲的坟前,此时,他才真正明白了父亲的良苦用心!

第二辑

别给我玩虚的

第二辑

别给我玩虚的

山高乡是个出了名的穷乡。我到山高乡政府上班后，因为没有什么工作经验，也没什么具体工作，每天就给人沏茶倒水打扫卫生，再就是跟着乡长马跃写个材料拍个照片什么的。不过，我觉得，可能是因为腿快眼快手快这“三快”的原因吧，马乡长挺信任我的，出去老爱带着我。

这天，马乡长回家看望生病的父亲，可是，不到半晌，他就回来了。原来，马乡长回家后，却发现父亲不知道去哪里了，根本没在家，自己扑了个空。看看时间还早，马乡长叫我陪同他去龙驹村慰问五保户牛老根牛大爷。我们翻山越岭出了一身臭汗走到半道，却意外地碰上了牛老根。牛老根正背着一捆柴火弓着背吭哧吭哧往家挪。

马乡长擦了一把汗对我一笑，然后走过去帮牛老根把柴火放在地上说：“牛叔啊，我正找你呢！”一看是马乡长，牛老根一愣讪讪地说：“找我弄啥？”马乡长一笑说：“也没别的，来看看你！这段时间还好吧？”说着，从口袋里取出一百块钱递了过去。牛老根一面慌忙借钱一面语无伦次地说着感激的话。

我一看，连忙退后几步，正准备用相机拍下这个感人的场面。也就那么凑巧，山坡上的一头老牛恰好溜达过来，站在马乡长和牛老根中间，说什么也不走了。总不能让人家事后再摆造型吧，无奈，我只好按动快门，将就把这个场景拍了下来。

我本打算把照片寄送到县报和市报，可是回去后，把照片在电脑上打开，我咋看咋觉得那头牛别扭，心里也感觉特别对不住马乡长。思来想去，我决定用软件把那头碍眼的牛给拿掉，正准备动手，突然，一个主意冷不丁从脑海里冒了出来。

这一年来，马乡长嘘寒问暖陆陆续续帮了牛老根不少，可谁心里都明白，杯水车薪解决不了大问题，牛老根依旧贫穷。俗话说，授人以鱼不如授人以渔，何不给马乡长进一言，就说照片上是他改变慰问方式，送牛老根一头种牛呢？反正又不是真送，只要把舆论造出去就成，毕竟这事情绝对是对马乡长有利的啊！

主意已定，找到马乡长旁敲侧击地说完，马乡长犹豫地看看我说："亏你想得出！万一别人知道了，好事岂不是变成了坏事？"我说："谁会知道？深山老林里谁看得到？再说，即使看到，那些老实巴交的农民也不会放在心上！"这么一说，马乡长扑哧一笑不再说话，算是默认了。

得到马乡长的默认，我便快速写好了稿件，连同照片分别寄送到县报和市报了。说来也顺利，没几天，县报便率先刊登了出来。此后几天，马乡长便多次在不同场合得到上级领导的表扬和肯定。我心里暗暗高兴，看得出，马乡长比我更高兴，时不时拍着我的肩膀说："嘿嘿，你小子！好好干！"

可是，这天，马乡长开会去了，我正在打扫乡政府大院的卫生，牛老根竟然腾腾腾来到院子里，然后，突然站在那里，有点不自然地东张西望。

我连忙跑过去问他有啥事，牛老根说："我要找马乡长！"我摇摇头说："您老来得不巧，马乡长开会去了！您找他有啥要紧事的话，我可以替你转达！"牛老根犹豫了一下，忽然抬起头说："我找马乡长要我的牛！"我一听，扑哧一声笑了："牛大爷啊牛大爷，马乡长啥时候还牵了你家牛了，再说，您啥时候养牛了？"牛老根一听，脸腾地红了，脖子憋得青筋一下子鼓了起来，急切地说:“反正他答应给的一头种牛没给我！报纸上都登出来了,他是乡长,说话就得算数！你看,我有证明!”他一面辩解一面从口袋里取出一张皱巴巴的报纸递到我眼前。

我接过来一看,是一张县报,上面正是我写的稿件我拍的照片。顿时,我的心里咯噔一下,没想到老实巴交的牛老根竟然长出心眼来了,明摆着要讹马乡长一头牛了。平时听乡政府的办事员们议论工作经验说,对付这号人“一糊二吓三加糖”之后,基本就没事了,我今天倒要用这招在牛老根身上试试了。于是,我把他悄悄拉到一边,先把报纸上说的编了个理由搪塞了他,接着我佯装恼怒地吓唬他说,再生法儿来闹,以后一分钱也甭想得到手,接着可劲儿地夸他顾大局识大体重恩讲情！一番话下来,说得牛老根一愣一愣,嘴唇哆哆嗦嗦竟然不知道说什么好了。

我松了一口气暗暗放下心来。可是,我没等我一口气喘匀,牛老根竟然一拍大腿,恼怒地大声说道:“俺村里人没你会说,我不和你说,乡长说话得算数,得把俺那头牛给俺,要不行,俺就亲自找乡长要,再不中俺就到县里说到市里说,反正俺有证据!”

我顿时目瞪口呆。看来,事情远没有我想的那么简单,这牛老根是吃了秤砣铁了心要讹马乡长一头种牛了！这还了得,事情要是闹大了,不光害了马乡长,接下来要倒霉的就是我了啊！想到这里,我的头“嗡”的一声变大了,冷汗也一下子冒了出来。

可是,眼下我还能有什么好办法啊,叫我瞒着马乡长偷偷赔人家一头牛是不可能的,只能先稳住牛老汉再做打算了。于是,我强装镇定地对牛老根一笑说:“大爷,你先别急,咱不是没对马乡长说嘛,兴许马乡长是忘记了呢！你先回去,我给他讲清楚再说,你看行吗？对了,不要到处乱说啊!”看我态度软下来,牛老汉哼了一声,然后他顿了一会儿才说:“那中,反正不要糊我,要不我就找县里讨个说法去！反正我有证据,不怕赖我!”说完,扭头走了。

牛老汉走了，我待在那里愣了好半天！没想到，好主意摇身一变成了馊主意！我可怎么对马乡长说啊！

下午，马乡长回到乡政府。我如同上刑场一般一百个不情愿地找到他，头也不敢抬，吞吞吐吐把事情的来龙去脉告诉给马乡长。和我意料的一样，马乡长先是不作声，然后“啪”的一声就把手里的文件摔到我面前的地上，咬牙切齿地骂了句：“你他妈办的好事！”我不知道马乡长是骂我还是骂牛老根，胆战心惊地等马乡长的指示！马乡长余怒未消地指着我的鼻子说：“你的馊主意你自己看着办吧！你想办法给人家弄头牛去！”

一听马乡长这么说，我是又委屈又恼怒，给什么牛啊，恨不得先给自己一记耳刮子！

过了一会儿，马乡长踱过来，弯腰拾起地上的文件纸，整理好了，放在桌子上，这才扭头叹了一口气，小声对我说：“一头种牛小万元，乡里穷得都揭不开锅了啊！摊上这事也是没办法啊，你去，把项目立了，就给他一头牛吧！”

我的心里五味杂陈，恨不得一刻钟就把相关的事宜给办了，解下这根脚绳。

可是，还没等我把事情弄完，第二天上午，牛老汉竟然又到乡政府来了。我一发现他，立刻是又怕又恨，担心他闹出什么风雨来，赶紧把他请到背人处，好把事情的结果告诉他。谁知道，我还没说完，牛老汉就摆摆手说：“俺现在啥都不听，俺就求你赶紧领俺去见见马乡长！”他越说越激动，声音便一声高过一声，没办法，只好把他领到马乡长的办公室。

可是，一见到马乡长，刘老根奔过去一把抓住马乡长的手“扑通”一声跪下了：“马乡长，俺对不住你了！都怪俺心眼歪了，太心急来给你闹了啊！俺就知道你们当官的说话是算话的，昨天擦黑您叫人送过去的一头大种牛俺收到了，可俺的心也不安了一夜，想来想去，俺决定还是还给你！俺不该讹你啊！牛俺牵来了，就拴在乡政府门口的胡同里！”

牛老根说完，我和马乡长却你看我我看你面面相觑。马乡长莫名其妙地想问我什么，我对他摇摇头，是啊，这是怎么回事？要给牛老汉的牛钱还没弄出来呢！

马乡长尴尬地扶起牛老汉，说：“牛叔啊，是您的就是您的，将来一定养好牛，生活也算有个着落吧！”牛老汉推辞，马乡长相劝，总算让牛老汉把牛牵走了。

牛老汉走了，留下我和马乡长愣在那里，百思不得其解。谁送的牛？牛老汉咋就态度忽忽悠悠来回变化呢？

正当我和马乡长想破脑壳的时候，有人走了进来，马乡长立马站起来叫了声：“爹，你不是病了吗？咋来了？”见是马乡长的父亲，我正准备借故走开，马乡长父亲叫住了我：“你就是县报上写报道的那个小冯吧？”我点点头。他说：“那你也留下，我说几句话，你也听听！”我看看马乡长，他和我一样，不知道他父亲这葫芦里卖的什么药。

马乡长的父亲转身去关了门，然后我们都落座后，他才说：“刚才是不是牛老根来过？你们是不是在猜测谁送他的牛？别猜了，告诉你们吧，是我！”

我和马乡长一听，顿时又惊又疑。

马乡长的父亲看看我又看看马乡长说：“我就是看了县报的报道，才去找的牛老根，结果，我这才知道根本没那回事！于是，我就给他出主意，想着法子让他来找你们俩要牛！我知道他来找你们亮出报纸说要找上级讨说法，一定会给的！可是，这牛钱按说乡里出也行，但终归是你们压根就没打算给，所以，我就把牛买回来送过去了！”

马乡长瞅着别处对父亲说：“爹，你这究竟是要干啥啊，啥事情你都喜欢折腾进来！”

马乡长的父亲不搭茬，过了好大一会才说："跃啊，爹为啥？我就是想让你们知道，咱老百姓实在啊，我们就喜欢实在的人实在的事！即使是实实在在的小事远比那些虚头巴脑的大事强啊！做官的别给老百姓玩虚的！"

马乡长的父亲说完，起身走了。我和马乡长却一起陷入了沉思，而竟然忘记了送送他的父亲。

不能让他们在一起

好不容易送走了初三毕业生,杨毅本来打算利用暑假好好放松放松,没想到,计划不如变化,这个暑假,会因为一件事闹得他心里五味杂陈,感慨万千。为啥?事情还得从头说起。

那天,杨毅刚给放假在家的学生送完最后一张毕业证,正准备歇歇,突然家里来了客人,来人竟然是自己十年前在师范上学时的语文老师王德海。十年不见,当年不到三十的王老师如今已近不惑,身体发福,脑门上的头发也掉得稀稀拉拉的。杨毅不敢怠慢,热情地把王老师让进屋里。王老师也不客气,简单叙说当年师生情谊,接着便叹了一口气说:“杨毅啊,我今天是有事求你来了!”杨毅看王老师一本正经也不像开玩笑,小心翼翼地说:“王老师,看您说的,有事情您说话,我尽心给您办就是了,还求个啥啊!”王老师点点头:“那就好,我就直说了。当年咱那中等师范学校被改革掉了,我们也被分到市里的中专里去了。不瞒你说,中专现在招生困难,学校把任务分到我们头上来,我分了五个指标,完不成就……你也明白,所以,我来找你,你无论如何在你们县给我找两个学生到我们学校去!”杨毅一听,顿时愣住了,这事的确难办啊!为啥,因为县里已经一级级在教育系统下了文件,生源一律往县里的职高靠,不得向外介绍,如果违犯,从严处理。可,自己的难处怎么向恩师说呢?这么大老远他费了多大周折才找到自己的啊!一边这么想着,一边杨毅还是向王老师点了点头:“您放心,我保证完成任务!”说完,杨毅不易觉察地苦笑,王老师也笑了,然后起身告辞。

本来杨毅就被这个稀里糊涂的承诺折腾得寝食难安,毫无办法,可是没过几天,又有位不速之客登门来了。谁？杨毅师范时的另一位老师阮玉英。阮老师教杨毅的时候,也二十多岁,师范解散后,她被分到市里的另一所中专任教。不用说,她此番费了曲折找到杨毅目的和王德海老师一样!阮老师闲话不叙,直接把话挑明了。杨毅是左右为难,答应吧,有前车之鉴自己受罪;不答应,也不妥,凭啥自己只帮王老师不帮阮老师啊！说实话,当年阮老师对自己这个贫困生照顾得要比王老师还细心周到得多啊。先答应了再说吧,杨毅无奈地答应了下来。

一下子接下这俩难啃的骨头,杨毅真怕再来个李老师张老师什么的,吓得他几乎连家都怕呆了。以前老盼着找个机会和老师聚聚,没想到,事情搁到身上竟然怕见老师了,真是此一时彼一时啊！杨毅顿时觉得自己挺虚伪的。

县里的招生把得越来越严,不到半月,已经有两名教师因对外介绍生源被严厉处分了。杨毅心情沉重却无能为力,但既然承诺,又是恩师,总得给人个交代吧？

思来想去,还真叫杨毅想出了个两全其美的点子。行动前,杨毅先给自己做了思想工作:老师啊,对不住了,恩情我记在心里,饭碗我要抱在手里,学生我实在没办法了啊！杨毅偷偷找来自己最信任的两个学生,一个叫马强,一个叫刘建。杨毅对他们说:“老师今天遇到麻烦了,想请你们俩出马,给老师解了‘脚绳’!”俩孩子见气氛紧张,老师表情严肃,就知道事关重大,纷纷向杨毅表了决心。杨毅放心一笑,把事情来龙去脉说了一遍,见俩孩子不明就里,这才说:“我找你们来是帮老师演场戏,你们俩既是我介绍给王德海老师的中专学生,又是我介绍给阮玉英老师的技校学生。其实,你们俩都不是，只是演演戏而已。你们一要配合，二要保密，对外保密对家里保密更得对我这俩老师保密，能做到吗？”

俩孩子听得一愣一愣的，茫然地点点头：“老师，全按你的吩咐行事，你说咋办吧？”

杨毅叹了口气，说：“那好，我来详细安排一下！”俩孩子凑过去，竖起耳朵听杨毅老师讲了起来。

接下来，杨毅分别给王德海老师和阮玉英老师打了电话，告诉他们，已经为他踅摸了俩学生，一个叫马强，一个叫刘建。学生资料都在他这里，请两位老师放心，所需东西马上寄去，还有，俩孩子的保证金总共两千元也汇到，请两位老师查收。杨毅自己掏腰包垫付了保证金，他想，这下老师该安心了呀。果然杨毅的两位老师一听都特别的高兴，说：“加上咱班其他同学的帮助，这下任务完成地差不多了，还真得感谢你们啊！”老师越激动越说感谢，杨毅心里就越忐忑越不是滋味，自己做的叫啥事啊！

转眼，离开学只剩半个月了，杨毅想：等到了开学，告诉老师俩孩子临时竟然变卦不去上了，当然那保证金也不要了，这样自己没责任，老师也觉得自己做到仁至义尽，这事也就完满结束。没想到，杨毅突然又接到一个同学马树生的电话，马树生在学校那会儿既是班长又是学生会干部，组织能力特别强。他告诉杨毅，他成功地联系到当年班里的大部分老师和同学，定于三天后在陆浑风景区举办毕业十年后的聚会！杨毅一听就傻了眼，天啊，这样的话，王老师和阮老师见面一絮叨，自己的神话不就立马穿帮？自己顶着个欺骗老师的罪过还怎么在老师同学面前出现？

连着三天晚上，杨毅都睡不着觉，也没想到什么补救措施，干脆硬着头皮听天由命吧！

杨毅在同学聚会欢声笑语的动人场面中如履薄冰，大家拥簇在一起不时说着思念和相见的话题，等待市里老师们的到来。

相见？这个话题突然叫杨毅开了窍，来了个逆向思维，不让王老师和阮老师相见不就得了？反正就一天！杨毅找要好的同学竹筒倒豆子把自己的苦衷说了出来，他这一说不要紧，好几个同学都低头沉默着眼光躲躲闪闪不敢看别人的眼睛，然后，都若有所思地点点头同意了他的方案。原来竟然好几个同学都无可奈何地用了和杨毅一样的馊点子！杨毅目瞪口呆。

老师们终于一个个陆续赶到了。吃饭的时候，同学们心照不宣，甚至连座位也有意安排的远远的。游玩的时候，一帮女生拥着阮老师，一帮男生跟着王老师，根本不给王老师和阮老师单独说话的机会。两位老师也时不时对视一眼，似乎感觉到点什么苗头，莫名其妙地轻轻摇头一笑。

到了晚上，大家在陆浑宾馆表演节目，或搞笑或煽情，一派追忆师生谊感慨再聚情的氛围。

轮到王老师表演了，大家热烈鼓掌。他拱手对大家一笑，又看了阮老师一眼，这才沉稳地走到台上，对着话筒沉默了一会，然后竟然弯腰给大家鞠了一个九十度的躬，才说："谢谢大家，为师我给你们添麻烦了，对不住你们了！"大家高喊："王老师，您见外了，学生们多谢您的教导，请您相聚一次，说什么麻烦不麻烦啊！"没想到大家这么一喊，王老师竟然"呜"的一声差点哭出来，他平静了一会儿，才哽咽着说："最是动人师生情，最是难忘师生情啊！"

在这样的氛围中，又有自己对老师做的那档子事，杨毅的鼻子瞬间酸了，眼泪在眼睛里打转。同学们也一样，刚才的闹腾不见了，大厅里一片静悄悄的唏嘘，直到晚会结束。

第二天聚会结束，王老师和阮老师被安排在不同的车上离开，杨毅和同学们也没有给他们留下说话的机会。大家目送良久，突然，有人在大厅地焦急地大喊："叫车先别走，王老师的包落在这里了！"杨毅慌忙打老师的手机，关机。

杨毅和大家无意翻看一下包,这一看不打紧,他们一下子愣住了！包里面装着好几个信封,每个信封上分别写着不同同学的名字,杨毅一下子找到了写有自己名字的信封,打开,里面装着一打钱!

这些信封中间还被杨毅抖落一张信纸,大家慌忙捡起来一看,只见上面写着:“同学们,你们的垫付的钱如数退回。我应该感到惭愧,我没想到害的你们折腾了一个假期！其实,我早已经知道了,因为你们给我的学生名单其实和给你们阮老师的,也就是我的爱人的名单是一样的,那一刻,我们立马就明白了！至于我为什么当时不说出来,是因为,我怕当面会伤害你们,我离开的时候告诉你们,我相信不至于使我也使你们难堪！请一定原谅老师给你们带来的麻烦！我们的师生友谊永在!”

杨毅和大家看完,顿时呆在那里,原来王老师和阮老师是一家人啊！大家想笑也想哭,酸甜苦辣咸各种感觉顿时一齐涌上心头,只感觉心头沉沉的,那感觉,说不清道不明。

大 编 剧

一、剧本上

现在写剧本挺吃香，于是，我也鼓捣剧本。几个月前，我灵感顿发，迅速构思，写个短剧本，我自己满意得不得了，可惜，好长一段时间没被人看中。但我不着急，是金子总要发光，是千里马总会有伯乐，我自信地认为，总会有人用我的剧本。

我把剧本前面的一部分放在我的博客里，等待着欣赏它的伯乐的出现。果然，一个月前，有人找上门来，开门见山地说，从网上看到我的剧本，立马喜欢得不得了，要买了它。来的是一男一女，男的大胡子，一看就像个导演，女的朴素亲切，嘴下角有颗黑痣。我激动得不得了，问他们："你们是导演？要投拍我的剧本？"男的点点头，然后又有些无奈地说："你也知道，如今一流编剧的剧本我们用不起，其他的剧本呢又找不到好的投资人，没办法啊！所以，我看中你的剧本，剧本确实是好剧本，不过，您也别介意，实话实说，我只是想拍个微电影，所以，价格嘛，就有点低了！"我的激动劲儿马上减了一半："那，您看能给多少？"大胡子导演低头想了一下，伸出一个指头。想想，我也能接受，毕竟第一个来钱的剧本，再说，放在家里也是放着，万一这个微电影火了呢？我点点头："一万就一万吧！"我刚说完，导演忽然抬起头盯着我,“这个,您好像误会了,我是说一千!”一千? 这不侮辱人嘛! 我立刻摇摇头,颇为恼火地说:“我们好像没得谈了,请你们离开吧!”

我说完,大胡子望了一下女的,果真起身就要离开。

其实,我刚说完那句话就后悔了,等了近半年,我写的剧本连一毛钱都没见着,好容易有人亲自找上门来,不得图个开门红?“请等一下,看在你们真诚的份儿上,我同意了!”两人一听,笑了,转回身重新坐到沙发上,大胡子说:“是这样,你网上的只有一部分,你给我们的可得是全本啊!”

“那当然,哪里有卖半个作品哩?”于是,我把存稿里的这个剧本的足本找出来,拷给了他们,又谈了一些具体的细节问题,签了协议,这部作品就算顺利卖出去了。

二、骗子

不瞒您说,虽说便宜了些,但大胡子导演他们刚走,我就激动得差一点跳起来,因为这件事对我将来走向大编剧的道路,具有里程碑的意义啊。所以,那薄薄的一千块钱,我数了好几遍。等老婆回来,我果断给了她一个持续了好久的吻,非要拉着她到街上狠狠撮一顿。

老婆像看着一个疯子似的,看了我好久不知所措,等我把一切告诉她,老婆也替我高兴:“应该的,应该的,走,好好撮一顿! 老公啊,这次不花你的钱,你留作纪念,我出钱!”她以前强烈反对我码字的态度在事实面前终于屈服。

往后的一段时间,我心无旁骛地进入创作状态。

半个月后的一天,我忽然发现老婆让我留作纪念的一千块钱不翼而飞。等老婆回来,我一问,她满脸歉意地说:“哦,对不起老公,没和你商量。我一个姐们儿借钱,不多,就一千,我也没去取,就用你那一千了,过几天,我马上还你!”

原来如此，我对她摇头笑笑："小事儿，不必歉意！"

过了几天，老婆一回到家，就把一千块还给我，放在老地方。还喜滋滋地告诉我说："你说，我这姐们儿还真说话算话，当初说借一千，还的时候多还二百，我还不信，再说，都姐们儿，哪能这样。谁知道，你猜怎么着？人家真还了一千二呢！"

我一笑："我的傻媳妇哎，如今就是这样，你还不知道呢！"

过了几天，我正在电脑前忙碌，忽然发现老婆在抽屉里翻东西，我随口问她："神秘兮兮的，找什么呢？"

老婆说："找存折，还是我那姐们儿，这次她又有点儿事儿，问我借五千块钱，人家这回说了，三五天的事儿，还六千呢！"

老婆终于找到了存折，一溜烟噔噔噔下楼去了。老婆也是，自己藏的存折太保密，有时候连自己都找不到。

不过，老婆一走，我突然心里咯噔一下。这场景怎么这么熟悉啊，哦，老婆不会是遇到骗子了吧？我想去追她，可惜哪里追去。只好等老婆回来再说。

晚上老婆回来了，我立刻迫不及待地问她："钱借出去了？"她点点头："是啊，怎么了，看你表情那么严肃，出什么事儿了？"我摇摇头："不，可我总觉得有点问题。这样吧，等她把五千还给你，看她是否还借钱，如果借，你告诉我一声，一定告诉我！"

老婆莫名其妙地点点头。

三、剧本下

还好，没几天，老婆的五千块钱就回来了，而且正如她所说，人家多还了一千。老婆拿着那些钱感慨不已："我这姐们儿真够姐妹儿，吐沫掉地一个坑，值得信任！"我心里多少有些不安，问她："她有没有再提向你借钱？"

老婆说:“没说现在,只是说,过几天,看我能不能给她凑个三两万的用用,当然,她说不会亏待我!”我一愣,果然如此!为了证实我的猜测,我进一步问老婆:“你那姐们是谁啊,我怎么不认识?”老婆嗨了一声:“不是我所有的朋友你都得认识吧?”“她是不是下巴上有颗大黑痣?”我突然这么一问,老婆一愣,吃惊地说:“你怎么知道的?你认识?”我没回答这个问题:“那你了解她吗?”老婆说:“反正人家应该有点实力,他领一个大胡子生意伙伴谈生意,我还见过呢,一看就是土豪哩!”

好了,不用多问了,我把我的剧本拿出来给老婆看:“老婆,她的做法是不是和我的剧本一模一样?”老婆看完,顿时目瞪口呆:“怎么会这样!”我冷笑一声:“因为就是我写的!”我说他们怎么买我的剧本,原来是相中了我剧本上的手段了啊!他们压根就不是拍电影,而是行骗。没想到阴差阳错,还骗到我老婆头上来了,这次三两万可是我全部家当了啊!

老婆认识到问题的严重性,偷偷擦了一把额头上的汗,紧张兮兮地问我:“现在怎么办?”

我一听噗嗤笑了:“钱不是没给他们嘛!紧张啥!不过,老婆,我可没那么傻,一千块钱买我的剧本,没那么容易,老公我留有一手呢!”

其实,剧本我真没给它们全本,结尾一部分我留了下来。

过了几天,我让老婆保持冷静,佯装什么事儿都没发生,但我其实已经按照我剧本的结尾做足了准备。他们向老婆借钱,老婆电话里指挥,做出对他们毫无防备十分信任的样子,让他们在电脑上操作打卡转账。

结果,可想而知,眼看大鱼上钩的骗子激动不已,乖乖地按照老婆的指导,把他们卡里的钱稀里糊涂地转到我们的账户上来了。

看着卡里的数字,我和老婆相视良久,然后,哈哈大笑。老婆说:“没想到老公你还真是个好编剧啊,让他们哭去吧!”我颇为自豪地说:“再好的演员也得看剧本不是,剧本,剧本,一剧之本嘛!剧本都改了,你还演个屁啊!”

四、生活不用剧本

可是,还没等我和老婆从成功的喜悦中回过神来,几天后,警察找到了我家,告诉我们,那个大胡子导演和黑痣女已经因涉嫌诈骗被抓了。我和老婆拍手称快,不过,从警察的表情里我们感到了一丝不安,果然,警察接着说:“不过,二位也有涉嫌诈骗的嫌疑,请跟我们走一趟,接受调查!”

我和老婆顿时目瞪口呆,我竭力辩护:“我没有诈骗,只是把骗子的不义之财收回来而已!”

警察有些想笑,但他们还是忍住了:“你看过那个‘被拐卖女反将人贩子卖掉’的新闻吧?你这叫诈骗嫌疑人反遭受害人诈骗吧!听说你是编剧,应该有点法律常识啊!”我看看老婆,我向她保证,这不是我剧本里的内容,这个结尾我也没写,况且我也没想到。

大 导 演

一、微电影

俗话说,人一老就变小,说的是人老了,跟小孩似的,想起来一出是一出。还真是,这天,在外地工作的赵龙就接到父亲一个电话,父亲第一次用命令的口气告诉他,务必于这个星期天,带上媳妇孩子回家一趟。

赵龙一听就纳闷了,平时父亲连生病都怕麻烦他们,现在突然让回去,一定是出了什么事情了。到底什么事情呢,父亲也不说,一切只好等回去再说了。

好不容易到了星期天,赵龙一家心急火燎地大车换小车回到家。一踏进家门,父亲见他们回来,先是惊喜,接着呵呵就笑:“终于回来了! 好,好!”赵龙焦急地问:“爸,到底啥事啊?”父亲说:“没啥事,你们先吃饭,吃了饭再说。”感情啥事没有,赵龙一下子就火了,说:“我说爸啊爸,你知道这个星期天我推了几个客户,咱损失多少钱吗?”父亲尴尬一笑说:“那怪爸没考虑好,不过,你不知道,这次损失是为了让你以后没有更多损失呢!”见父亲不明就里,赵龙也懒得多说,那就先吃了饭再说。赵龙生气,可父亲却不生气,颠儿颠儿地做饭去了。

父亲做了一大桌子菜,一家人其乐融融地吃了起来。饭桌上,父亲问这问那，一会儿和儿子碰杯，一会儿逗孙子笑，忙得不亦乐乎。赵龙看父亲那样，更觉得父亲今天有事，还没等他问出来，父亲就起身，从冰箱顶上竟然拿出来一个摄像机，神秘兮兮地说："龙啊，我告诉你吧，刚才咱一家吃饭的场景我全录下来了！"赵龙一愣："你录这干啥？"父亲嘿嘿一笑："干啥？告诉你吧，我现在是大导演，你们都是我的演员呢！"看父亲那骄傲的样子，赵龙撇撇嘴，更疑惑了。父亲保存了录像，接着说："其实是这么回事，咱区里要举行一个家庭微电影比赛，我和几个要好的老头一寻思，我们都要参加呢！刚才为啥不告诉你们呢，就怕你们紧张，录出来的效果不好。"

原来是这么回事，赵龙一听，就笑了。父亲以前没啥爱好，老了老了竟然还时尚起来，玩起微电影了呢。父亲得意地说："那是，这顿饭只是其中一个场景，下午你们得配合我拍摄啊，争取拿个奖项！"

二、大导演

父亲的剧本设计的还真挺是那么回事。下午，他让孙子扮演小时候的赵龙，赵龙扮演年轻的自己，儿媳妇扮演妻子。一线贯穿，从赵龙小时候演起，父亲送孩子上学啊，陪孩子玩耍啊，照顾生病的小赵龙啊，拍摄得紧锣密鼓，好不热闹。

眼看拍摄接近尾声，可是，父亲突然"扑通"一声，倒在了地上。赵龙一家人吓了一跳，连忙奔过去，大声地一边叫一边拨打急救电话。父亲大汗淋漓，脸色煞白，在赵龙的臂弯里微微睁开眼睛，看着赵龙说："龙啊，没事，老毛病了，一会就好，不用担心。不过，这些你得给我录上啊，千万得录上！真实的事情比我编的剧本还好哩！"都这样了，还不忘拍摄，赵龙看着父亲点点头，让媳妇拿起DV帮他录了起来。

救护车来了，赵龙和护士们七手八脚把父亲送到医院去了，赵龙媳妇按照父亲的吩咐,一点不落地记录了下来。看来父亲的病并不严重,医生说可能有点累,打点点滴就没事了,赵龙放下心来。病房里,赵龙守着父亲,孙子依偎在床边,父亲看上去既安详又满足。

就在这时候,病房里忽然吵闹起来。父亲睁眼一看,原来,又送进来一个老头,可奇怪的是,一个女孩也正拿着DV正认认真真地对着那老头一家人录着呢。赵龙不禁想笑,看来,这老头也参加了微电影大赛,这会儿也累倒了呢!

果然不出所料,老头打上点滴不大一会儿,父亲就挣扎着坐起来,勾着脖子仔细一看对面那老头,忽然抬高声音说:"嘿,老孙头,不带你这么玩儿的,你咋也跟着凑热闹!"对面老孙头一听,也用力探起身子,愣了一下说:"老赵头啊,怎么叫凑热闹啊,我这不是晕倒了嘛!"父亲一听,嚷嚷说:"你晕倒,也在我后面啊,咱这电影都出现这样的情节,说好听叫撞衫了嘛,说不好听,你不是抄袭嘛!"

老孙头一听,不乐意了:"啥抄袭,你拍你的,我拍我的,谁获奖是谁的,少啰哩啰嗦。突然事故,兴你晕倒,就不兴我生病啊!"

赵龙一听,和对面那姑娘一对视,"噗嗤"一声都笑了:"好了,好了,爸,各拍各的,不算抄袭嘛,你们就别吵了!"

这样一说,俩人赌气似的,倒头躺在床上不说话了。

转眼到了夜里,父亲让孙子和儿媳妇回家,留下赵龙一个人。赵龙实在熬不住,看看父亲没事,便到外面溜达,刚好碰上老孙头的女儿,两人便聊起了两个父亲的事儿。正聊着,忽然听见病房里吃吃的笑声。侧耳细听,只听老孙头说:"老赵,咋样,你今天没露出啥破绽吧?"赵龙父亲说:"凭咱这演技,嘿!我就还担心你呢!"老孙头说:"又小瞧人了不是!哎呀,今天录得太成功了,咱俩资深老演员也超长发挥了呢!明天就出院,让孩子们该工作工作去,唉,别折腾孩子们了。"说完,病房里沉默了。

原来,这俩老头演戏玩儿呢!赵龙瞅了一眼老孙头的女儿,两人大眼瞪小眼,愣在那里。

三、都获奖

为了演个微电影,父亲居然装病,赵龙感到这老人又可笑又可爱,他也没有揭穿他,等第二天,父亲的微电影杀青,赵龙便领着妻儿,急匆匆离开了。

起初,赵龙隔三差五还问问父亲电影的事儿,时间长了也没了下文,赵龙便把这事抛到脑后。过了一段时间,赵龙业务上需要开个证明,得回家里去。赵龙也没来得及通知父亲,便匆匆地回家了,等他赶到家,已经晚上十点多了。

想必父亲已经睡了,赵龙不想惊动他,便取了钥匙悄悄地开了门,蹑手蹑脚地进了屋。经过父亲的房间,赵龙发现门开了个缝,里面竟然有说话声,是父亲和老孙头的声音,还夹杂着电视播放的声音。只听见老孙头说:"你家的你都看了多少遍了,不腻?来看看我的。"父亲说:"不看,看我的,你自己不清楚腻不腻?"说完,俩人忽然沉默了。许久,老孙头感叹似地说:"是啊,哪里会腻啊!儿女们的事儿咋也看不腻啊,只是,孩子们忙,天天想他们啊,又怕打扰他们工作,唉!"父亲苦笑一声:"咱这不是天天都看到了嘛。还好,咱俩合计出这么个办法,晚上孤独的时候,播一遍,好像儿子就在身边似的。你看,咱年轻时候孩子坐在脖子上,还有咱生病的时候,你看孩子们守在床头,真好啊!"说着,赵龙听见,俩老头竟然吸溜了鼻涕。

赵龙突然间愣在那里,鼻子酸了。原来,根本就没有什么家庭微电影大赛,一切都是孤独的老人想出来的花招。想想自己,有多长时间没回来看看父亲,多长时间没陪父亲说说话了啊,在忙的借口中,自己早已经把父亲遗忘在角落里了啊。从门缝里,看着两位落寞的老人,还有电视上播放的根本没有剪辑的凌乱不堪的拍摄镜头，赵龙的泪水终于止不住流了下来。

赵龙偷偷地走出屋门，他要联系到老孙头的女儿，然后一起守着老人的秘密，而且要给老人们一个惊喜：每个星期天都回来，和父亲一起过。

代 号 F

一、新奇的聚会

前天上午,我刚起床就接到一个奇怪的电话。

电话里是个陌生男子的声音,电话一接通,他就迫不及待地问:“喂,是冯海鹏吗?”我回答是,他好像犹豫了一下才告诉我,他组织了一个别开生面的聚会要邀请我,希望我能参加。我疑惑地问:“我又不是名人,只是一个普普通通的教师,参加什么聚会啊?”他说:“你是叫冯海鹏吧? 所以希望你参加!”我愣了一下,又忍不住笑,心想,叫冯海鹏就得参加这个聚会啊,什么逻辑和道理啊! 但对方言辞恳切,语气也不像什么坏人,退一步想,即使是什么坏人,我也没什么好破坏的,就委婉地告诉他,我可以考虑一下。

接着对方表现出特别高兴,长长地松了一口气说:“谢谢,谢谢!”然后,告诉了我聚会地点。

我思来想去,本来不打算去的,但又忍不住好奇,决定前往赴约一探究竟。

三天后是个星期天,也是那个奇怪电话里约定的时间,我一大早就匆匆地赶往那里。车子七拐八拐,终于到了目的地。下了车,我才发现,这里是一条简陋的小巷,找到门牌号421,我推门走了进去。眼前的场景使我一下子愣住了,这是一个小院子,院子里布置一新,连院子中央一棵冬青树也被挂上了彩色的气球。堂屋的门楣上挂着一条红色的条幅,上面写着:欢迎冯海鹏参加聚会！院子里已经有十几个人了,可是没有一个我认识的。见我进来,一个大胡子笑盈盈地走过来,紧紧地握着我的手说:“是冯海鹏吧？感谢你能准时到来!”我一听,确定那天上午就是他打的电话。我疑惑地点点头笑到:“这,为什么欢迎我到来啊?”大胡子笑了,把手冲着其他那些人一挥说:“嘿嘿,不光是欢迎你的啊,是欢迎这里所有的冯海鹏的!”“什么?”我顿时目瞪口呆,“难道他们都叫冯海鹏?”大胡子点点头,其他人也都笑呵呵地冲我走过来一一和我握手。大胡子说:“是的,今天来的都叫冯海鹏,今天我们的聚会就叫‘冯海鹏齐聚首’！咋样？是不是别开生面啊?”

我一时激动起来,真是一个最富创意的聚会！我只知道天下肯定有很多冯海鹏,但从未想过有一天能聚会在一起啊！顿时,新奇激动惊喜和感慨一起涌上心头。

这时候,大胡子冯海鹏大声说道:“兄弟们,感谢大家支持我发起的这个聚会！告诉大家,为这个聚会我花费了不少周折,又是在网上查资料,又是一个个联系,我一共邀请了十九位,很高兴今天竟来了十五位！为了今天我们能有所区分,我提议,我们就以我们冯字的拼音首个字母作为代号,咱们大家按年龄分别叫F1、F2,依次类推,怎么样?”大家纷纷表示同意。

排好顺序,大胡子冯海鹏的代号正好是F1,而我的代号是F9。

二、有趣的感悟

大家都兴奋地叫着自己的代号:“我是F2!”“我是F6!”……接下来,F1宣布聚会活动正式开始,首先要大家分别介绍自己的职业和经历。

F1先走到前面微笑着说:“我是摄影师！我从小就喜欢摄影,当我看着别人手里拿着一部相机的时候,我那个眼馋啊！所以,我最初的目标就是拥有一部自己的相机。然后，我到工地搬过砖头，到厂子里扛过麻袋，吃了很多苦，终于攒够钱买了一部属于自己的相机！现在，我开了一家照相馆，我早已经把我曾经吃过的苦忘记了，因为，我每天都面对一个个的笑脸呀！看着笑脸自己能不笑吗？所以，我挺知足的，心情快乐地面对每一天！”F1说完，大家都报以热烈的掌声！

然后F2走到前面接着讲了起来。他是一个在街道里卖早点的，早点手艺是家传的呢！他有两个孩子，一个上初中，一个上小学。每天他起早贪黑，到晚上回家真是累得脚底发软，可是，一看到亮着灯光的家，想着家里等着自己的孩子还有老婆烧好的饭菜，疲劳一下子就烟消云散了。为啥？他说，这点累算啥！想到家，自己才有目标，自己才活得踏实，才活出了责任啊！

发言的时候，我才明白，原来，十五个冯海鹏里没有一个职业是相同的，有成功的老板，有打工仔，有手工艺人，还有律师，而更多的是平平常常的普通人！说到动情处，我们潸然泪下，说到烦恼处，我们低头叹息，但最终我们惊奇地发现，我们这些冯海鹏竟然有两个共同点：一、我们都叫冯海鹏；二、虽然身份不同落差很大，也有一样的喜怒哀乐挫折痛苦，但有一点最感人：我们都坚强快乐地生活着！

等一个个说完了，我们似乎经历了一次次精神的洗礼，心也一点点地大起来。

F1走过来，示意大家安静下来，转身在旁边的桌子上拿起一块红布，然后轻轻嗓子说：“好，我们每个冯海鹏看到了另外十四个冯海鹏的生活，现在，请大家每人都在这条红布上写下自己的一条感悟吧！”

大家争先恐后地走过去，郑重地写上一句话。我发现F1写的是：一样姓名，一样的快乐！不一样的职业，一样的精彩！F2写的是：一个姓名的十五个选择！F3写的是：我们都坚强地生活着，为我们的名字骄傲！……而我写的是：我们的名字完整无误地出现在一首古诗里，那是李商隐的《武侯庙古柏》：大树思冯异，甘棠忆召公。叶凋湘燕雨，枝拆海鹏风。玉垒经纶远，金刀历数终。谁将出师表，一为问昭融。走好自己的路，千万别玷污了自己的名字，自己祖宗给自己的姓啊！

三、意外的F16

天已经午后，但大家的兴致依然不减，F1小心翼翼地收好红布条，然后似乎又想起了什么，愣了一下，然后大声说："对了，F16还没写呢！"大家哄的一声笑了："F1，你糊涂了吧，我们总共十五个人，怎么会有F16?"可是，F1没有笑，而是郑重地说："不，有F16，可是，他来不了的！"说到这里，F1看大家都疑惑不解地看着他，他忽然一脸歉意地对大家说："请大家原谅我好吗，今天聚会的每一幕我都偷偷录了下来，我曾说过，我要把这份礼物送给F16！你们答应吗?"我们当然答应，如果有F16，他就是我们中间的一员，他应该看到今天的聚会啊！

就在这时候，门外突然有人用哽咽的声音喊了一声："我来了，我是F16!"

大家顿时扭头，然后，呆呆地愣在那里。门口的F16剃着光头，两只手操在一起，他的旁边一左一右站着两个人。

大家鸦雀无声，F1走过去拉着他的手："我告诉你要送你礼物的，我，我，我没想到你会来！"F16把头更低地低下去说："看守所里特意准许我来参加这个聚会，我很早就在门口了，我怕见所有的F!"

现在，我们明白了，我们所有的冯海鹏里，竟然还有一个是犯人，他是F16！大家沉默着，F1看看我们说："是的，F16是我最早认识的一个同名人，可是……所以，我想用今天的方式给他些帮助，让他明白一些道理。"然后，F1转头看着F16，F16长长地叹了一口气，终于抬起头说："所有的大哥大姐们,我今天看到一样的名字走了不同的路,但你们走的都是大路,而我却走了一条歪路,F16对不起大家,走错了路,辱没了咱们的名字！不过,请放心,我以后会珍惜咱们的共同拥有的名字!”

F1点点头,拍拍F16的肩膀,说:“其实,岂止是我们F,每个人都应该对得起自己的名字呀!”

最后,大家一一和F16拥抱,结束了这次代号为F的聚会。

咱们都是“关公脸”

刘明是名东县旅游局的一名干事。最近一段时间，刘明可急得嘴上起了燎泡。因为名东县是个山区县，这几年县里大力开展乡村旅游业，为了尽快把旅游搞活搞火，旅游局的所有人员一律分片包干，尽快挖掘特色项目。眼看别人都已完成了任务，只有刘明承包的月山乡，要啥没啥，更不用说特色项目了！你说刘明能不急吗？

这天，刘明又独自一人到月山乡瞎转悠，希望有所发现，一解燃眉之急。刚走到下瑶沟村口，突然看见一个长相特别的老汉！只见老汉满脸像抹了唱戏的红颜料，红到肉里，红得鲜亮！整个比关公还关公！刘明顿时眼前一亮，心想，这要是要沟村有很多这样的红脸，这特色项目不就有了吗？想到这里，刘明一阵惊喜，便好奇地和老汉攀谈：“大爷，你这脸红啊！”老汉笑了笑又摇摇头。刘明试探地问：“咱村，这样的红脸人多不多？”这么一问，老汉突然疑惑地打量着刘明瓮声瓮气地说：“你，你是干啥的？”刘明说：“我是旅游局的！”然后他干脆把自己刚才的假设一五一十地告诉了老汉。谁知道，老汉一听，发起愣来，然后，甩开大步竟扭头就走。

刘明慌忙赶上去：“哎，大爷，这也是好事啊，要是多的话，特色旅游搞成了，你们不也跟着受益吗？”刘明紧追着说，老汉也没停下脚步，只没好气地丢下一句话：“多是多得很！可你和我说有啥用！找村长去！”“那你领我到村长家去吧！”“村长不在家，你明天来吧！”

看着老汉背着手走远了，刘明却双手一拍，高兴得差一点跳起来！这真是踏破铁鞋无觅处，得来全不费工夫！至少眼下的事情有点眉目了，至于成不成，事在人为嘛，总有法子的呀！

晚上回到家，刘明先给局长做了汇报，然后，躺在床上想，这红脸特色可比别人的项目吸引人多了，将来红脸村的牌子一挂，有这个噱头，再在报纸上一宣传，不怕没人来啊！刘明越往远处想越激动，连觉都要睡不着了。

第二天，刘明就早早地到下瑶沟去。刚到村长家，刘明就迫不及待地把来意亮明了。村长听了刘明的话，吸了一口烟说：“这事，昨晚我一回来老王头他都给我说了，我们村的确这样的人不少，算下来有二十多个吧！特色旅游的事是好事，不过……不过，我也征求了他们的意见，人家都不愿意哩，都说人又不是猴，叫看来看去不好！况且，我也打电话咨询过了，人家不同意也不能宣传呀报道的，你看……我也没啥办法啊！”刘明一听，顿时也犯了难，想了一会儿，只好对村长说：“要不这样吧，你先叫这些人集中到这里，我看他们有什么要求再说！”

村长点了点头，然后到村委会的大喇叭上挨个喊了起来。

不大一会儿，村长家就来了十几个人，其中还有昨天刘明见过的老王头！刘明一看，哎呀，还真是，个顶个的红，个顶个的赛关公啊！可是，接下来村长和刘明轮流给他们讲道理，分析对他们的好处，喉咙都讲得发干，但这些红脸仍是把头摇得像拨浪鼓，就是不同意拿他们宣传。刘明无奈，只好说：“那你们说，到底怎样才肯同意？”这句话刚出口，老王头立马站到前面说：“俺们只想要你答应一个条件！”刘明一愣，心里还真怕他们狮子大张口，趁机要一把。见他发愣，老王头看看村长，又看看刘明说：“要说这条件也好办，只要请你们局长和上瑶沟的牛二柱来，我们亲手敬他们一杯陈年酒就成了！”刘明盯着老王头不相信地问：“这就些？没有别的？”“啊，没别的，局长关心旅游开发是为我们好,我们也表示一下我们的心意嘛!”刘明的心终于放到了肚子里,还想是多难的条件呢,感情这也算是条件啊!好办!不要说局长,就是县长为着他们最关心的旅游开发大事他也会来一趟呢!上瑶沟的牛二柱是局长的表侄子,局长说一声,他还不屁颠就来?转念,刘明又疑惑了:“老王啊,那为啥要请牛二柱来啊?”老王头忽然偷偷瞅了一眼村长,对刘明说:“这个,你就别管了!”见他们不愿意回答,刘明怕出现什么岔子,也不好再多问。

就这样,商量完毕,村长叫大家散了,刘明也赶忙回局里汇报安排相关事情去了。

转眼过了三天,这天,下瑶沟村村长、老王头领着村里的红脸人忙前忙后地准备了一桌家常饭菜,等着局长和牛二柱的到来。

果然,八点多钟,局长和刘明就乘车匆匆来到村里,大家热情地把他请到了席上。局长一看这一屋的红脸关公,喜不自禁地对刘明点了点头。不大一会,牛二柱也赶到了。牛二柱一边坐一边疑惑地看看大家,又看看局长一脸的疑惑,不知道这葫芦里到底卖的什么药。看人到齐了,村长请局长给大家讲了话,这才开了席。

饭吃到一半的时候,老王头突然站起来,从桌子下拿出来一个瓷罐,然后打开笑着说:“这是我们专门给局长和二柱准备的陈年酒,你们尝尝吧!”说着哗啦啦倒了两碗,一碗捧给局长,一碗递给牛二柱。局长和牛二柱一看顿时愣住了,抬头疑惑地看着大家。这是什么酒啊?颜色泛着微红,里面还有杂质随着小波上下浮动。见大家都不说话,只静悄悄地盯着他,局长只好笑了笑,轻轻地抿了一口,然后咂咂嘴,皱起眉头问:“这是什么酒啊?怎么没点酒味,而且还略有苦中带涩啊?”这一问,大家突然一齐看着老王头,老王头却扭头盯着牛二柱,沉默了一下说:“局长,我们,我们对不住你了,其实这是什么酒,二柱应该最清楚!”局长端着碗莫名其妙地看二柱,才发现二柱早已放下了碗把头重重地低了下去！局长疑惑地问二柱："快说，什么酒？"二柱红着脸吞吞吐吐好半天才说："这，这哪里是酒，这就是井里的水啊！"

局长顿时愣住了！屋子里此刻也安静极了！这时候，老王头看着二柱说："二柱，既然事情到了这地步，当着局长的面，我也就实话实说了，我们也知道，你的小染料厂，小造纸厂的确给好些人赚了钱，可这几年，你看看咱的水，咱的地，都成啥样子了啊！以前大家感激你，可现在大家都记恨你啊！"老王头说到这里，突然，刘明站起来，正想说话，局长摆摆手："让他说完！"老王头顿了一下，动情地接着说："我为啥不在你染料厂里干了？我这脸都这样了啊！我就想，啥比命重要，啥比青山甜水重要？"

老王头说着，眼圈红了。

二柱突然把埋在桌下的头抬起来，看看大家，表情沉重地低声说："大爷，其实，其实我早就知道大家因为这记恨我，走到哪里，连个打招呼的人都没有！我很早没了爹娘，是吃乡亲们的饭长大的，我也明白这些道理，可我就是舍不下这赚钱的路子啊！今天，因为你的这杯酒，因为你的这些话，说什么我也不能再对不住乡亲们啊！"

二柱刚说完，一时不语的局长叹了口气，然后端起那碗水像是对大家说又像是自言自语："我明白了大家的心思，大家请我喝的就是酒啊，一碗好酒！二柱的事我替他拦过，我也有责任，我对不住大家了！而且，今天我也找到了我们旅游不火的原因，特色能吸引人，青山绿水更能吸引人啊！这碗酒我一定得喝啊！"说着，局长仰起脖子就要将那碗水一饮而尽！

老王头慌了，抢过去夺下碗，激动地说："不不，局长，今天我们闹这些……也是没办法！"他说不下去了。

局长却轻轻地笑了："老王头，村长，你们给刘明提的条件其实不简单啊，这是将了我一军！看来是早有预谋的啊！我这个旅游局长下一步看来是要争取配合有关部门治理环境了！二柱，你可也是其中之一啊！”

二柱郑重地点了点头。

听了二柱和局长这番话，老王头却不相信地看着他们说：“真的？”刘明连忙插嘴说：“老王，你还不相信还怎么啊？连你提条件时我的样子你都学会了？”一句话，刚才紧张的气氛突然活泛了起来，老王头、村长和大家顿时呵呵地笑了起来。

突然，老王头站起来，高兴地对村里的红脸们高声说道：“大家把真正的陈年老酒拿出来，我们敬局长和二柱一碗！”

那几个红脸一听，“哗啦”一声都出去了，等他们再进来，局长、刘明和二柱一看，顿时目瞪口呆：“这，这红脸咋都一下子变浅了啊？”

村长不好意思地笑了：“都抹的颜料啊，那晚老王头来跟我说那事时候，我们商量的一计呀！可是，现在是浅红，咱还能等到都变成老王头真正的红脸王吗？”

大家顿时哈哈大笑，局长高声说：“这也叫先污染，后治理，看来明白了还不晚啊！”

说着，大家倒上真正的陈酒，喝了起来。

帅人不记小人过

小四决定铤而走险，干上一票。他的胆儿不够大，目标是一家小商店，小商店地处僻静，白天人不多，晚上来的人就更少，关键是店主是一个瘸腿精瘦的中年人，小四到店里踩过点，抽屉里放着有人刚还给店主的一万块钱。

天色已晚，四周一片黑暗，只有小店里开着窗户，露出一团昏黄柔和的灯光。天很冷，但小四的额头却出了密密的小汗珠。过了一会儿，店主开门出来，往店后面走去，那里有个厕所，他尿急，估计上厕所了，而店门却开着。

机会来了！小四腾地跳起来，几步就窜进了店里，“噌”的一声拔出别在腰里的匕首，对着那抽屉就撬。刚撬了两下，外面传来一轻一重的脚步声，不好，店主回来了。

来不及多想，小四“哧溜”一声钻到了床底下，一动不动，大气也不敢喘一下。店主走进来，转身紧紧地锁死了门，打了个哈欠，坐到床上。小四看见两条腿在眼前一晃一晃地抖动。接下来，小四的心思早已经不在那钱上了，他在考虑此刻的脱身之计。

小四准备等店主睡下，然后他迅速从床底下钻出来，跳上柜台，跃窗而逃，没错，门锁了，只有窗户还开着。等店主反应过来，他小四早已经消失在暗夜之中了。只能这样了，这么盘算的时候，店主已经抬脚上了床，小四迫不及待从床下钻出来跃上柜台。可几乎同时，窗户落下，死死地扣住了，小四"哐"的一声结结实实撞在窗户上。可恨！窗户是钢筋焊成的，下面装有自动锁，开的时候用小棍子支着窗扇，一根绳子连着店主的床头和小棍子，要打烊睡觉，店主轻轻一拉绳，棍掉窗合，严丝合缝，即简捷又方便。

此刻，正是如此。小四几乎被撞个人仰马翻，店主惊慌大叫一声，可惜还没等他叫完，小四已经转身下来，掏出匕首，死死地抵住他的脖子："不要叫，再叫我要你的命！"店主脸色惨白，瑟瑟发抖，结结巴巴问："你要干什么？"本来小四已经忘记自己是来行窃的，只顾着逃跑了，这么一问，倒提醒了他，心一横，脑一热，恶狠狠地说："把你的一万块钱拿出来！"店主一愣，说："我哪有一万……""少废话，抽屉里的，人刚还你，别以为我啥都不知道。"店主拿眼看抽屉，才发现抽屉已经被撬出了两道新伤痕。店主无可奈何，只好配合小四慢腾腾下了床，从腰里去出钥匙，打开了抽屉。

果然，抽屉里角躺着整整一打钱。店主抖手拿出来，递给小四。小四腾出一只手放进怀里。

顺利得手。可是，问题来了，怎么走？我一离开，他必定求助或者报警，我依然跑不了，如果杀了他，那罪名更大，更何况，哪里下得了那毒手啊，得给自己留跳后路！想到这里，小四没辙了。心不在焉地用匕首抵住店主的脖子，眼睛滴溜溜四处乱瞅。

小四眼前一亮，有了主意。他的目光落到柜台上的几瓶酒上。小四收回眼神，恶狠狠地问店主："那瓶什么酒？"店主莫名其妙，稍稍扭头："一般的高度烈酒，十块钱而已，您要是要，您就拿走！"小四看着店主那副疑惑连带尴尬相，差一点笑出来："谁要你的白酒，你拿过来，把它吹喽！"

店主立刻目瞪口呆地求饶说："我是爱喝一口，可酒量没那么大啊，没想到您干票还好这一口！""少给我耍嘴皮子，我叫你喝，你赶紧喝！"小四的想法很简单，这一瓶烈酒下去，店主立马晕菜，人事不省，这么一来，可以腾出来足够的时间逃跑了。

店主还在犹豫，小四用匕首用了一下力，狠狠催促说："喝！"店主无奈，只好探手拿过那瓶酒，拧开瓶盖，瞅了一眼小四，愁眉苦脸地说："真要喝完吗？真的，你走吧，我绝不报警，我真喝不了！"

"少废话，喝，喝！"

店主无奈，正要扬脖往嘴里灌，门外忽然想起一个沉闷的声音："老歪啊，和谁喝上了，挺来劲儿啊！"小四和老歪顿时一愣，呆在那里。

小四瞪着血红的眼睛给老歪使了个颜色，同时，匕首又往前推了一下。老歪顿时龇牙咧嘴，心领神会，对外面说："圈儿哥啊，没啥，小喝一下，你忙你的！""忙个屁啊，一个人睡不着，熬了半夜，起来上厕所。你倒好，小酒喝得不赖啊，连圈哥也不叫？"小四和老歪一边听圈哥说着话，一边听见门锁"哗啦啦"一阵响，紧接着门"吱呀"一声开了，一个满脸胡子的大汉应声走了进来。小四一时间慌了手脚，下意识地把匕首收了起来，愣愣地盯着来人。

圈儿哥定睛一看，顿时哈哈大笑，满脸得意："不叫我，我就进不来了？亏你老歪相信我，就给了我把钥匙备用。我地个天啊，老歪，啥时候交了个小哥们？看你们这架势，喝个酒至于动刀子啊！来，小哥，老歪量小，今儿我陪你喝！不是我吹，你问你歪哥，我，人送外号——酒场救星！"老歪看了一眼不知所措的小四，呵呵笑了："啊呀，说的是，说的是！小哥，把小刀儿收起来，喝酒啊，你酒风差劲得很，我喝就是了，何必冲动！"小四听得此言，忽然觉得浑身软了一下，哼哼地笑了几声，接着，把匕首装进了口袋，眼睛里既有恐惧又有不解，当然还有无尽的感激，老歪没有揭穿他。

小四也算沉着，时刻找机会溜走，可惜这圈儿哥哪里肯饶，双手一合，掂小鸡似的把他给一次次掂回来，最后，干脆把门插上，说："老歪的朋友，就是我圈哥的朋友，谁走谁看不起我，来，咱痛痛快快喝！"一点办法也没有，小四拗不过人家，也更打不过人家，只好将就了。

于是，三个人摆了桌子，取出酒杯，随手在柜台上拿了几包花生米，吆五喝六地喝了起来。那酒喝得叫一个别扭，小四想以后这次喝酒定然永留记忆，打死也不会忘记了。小四辞，圈儿哥逼，不喝还不行，开始还勉强应付，接着，不知何故，小四竟然放开了，还喝得泪眼蒙眬，直到最后人事不省，在此之前，小四还颇为不屑地恍惚看到，老歪第一个钻到桌子底下，圈儿哥好像是趴在桌子上了，还酒场救星呢！

小四睁开眼睛的时候，外面已经大亮了。他忽然想起昨天晚上的事情，一激灵，清醒得比任何时候都清醒，再看看呼噜声大作的老歪和圈儿哥，他才长长地松了一口气。慌忙起身，正要离开，忽然看到桌子上一张纸条，纸条上歪歪扭扭写着一行字：小哥，回家吧，你娘在等着你团聚！另，火车票钱给你预备好了，在你兜里，本想告诉你，见你醉得一塌糊涂，又怕明日我们哥俩太困起不来，留个条儿。

小四慌忙一摸口袋，真的有钱，足够回家了。小四心里一动，他们怎么知道我回家没有钱？此刻，口袋里的手触到手机，打开一看，发给老母亲的一条短信息被翻了出来，就是这条短信透漏了信息。圈儿哥早已经在外面听出了所以然，昨天晚上还翻了我的手机。

小四鼻子立刻酸了。他看看老歪和圈儿哥，从怀里取出那一万块钱，恭恭敬敬放在抽屉里，然后，对他们深鞠一躬，转身离开。

水 灾 DIY

一、无意漏水

中午回家打开门,江毅不禁目瞪口呆,出门的时候还好好的,转眼之间家里就水漫金山了。甩下包,他快速踩水进屋,一检查,才发现是厨房的水管冻裂了,此时,水还“嗞嗞”地往外冒。

好在看来水管冻裂的时间还不算长,自家屋子湿了也就湿了,要是再和朋友吃个饭回来,那可就惨了,楼下那家还不成了水帘洞？人家一追究要装修赔偿,也够自己喝一壶了。

想到这里,江毅一面暗自庆幸,一面抓紧时间抢修水管。

可是,正当他关了水闸,撅着屁股拧水管的时候,冷不丁有人在他身后突然说:“哎呀,看来淹得还不够大啊!”江毅一阵恼火,哪有这么看笑话不嫌大的,扭过头一看,是个陌生的男人正若有所思地看着他。江毅没好气地说:“你谁啊,怎么进来的,说什么呢?”那男人一回神,赶紧说:“哦,对不起,路过见你门没关,就进来了,叫我王大炮就成,他们都这么叫我。嗯,那个,你先别修了,和你商量个事儿呗。”江毅乜斜着王大炮,这事儿还能摁个暂停,和你扯淡？回头继续修他的,不理王大炮那个茬。

王大炮见他不理自己,弯下腰说:“真的,你听我说,这事儿要谈成,你就不用修水管了！而且，我还可以给你报酬！”江毅一听，顿时愣在那里，回头看着王大炮。过了一会儿才说：“说说看。”王大炮嘿嘿一笑，四下一瞅，又去关了屋门，神秘兮兮地说：“是这么回事，我出两千块钱，买你别修水管，而且还要把水管敲碎，让水尽情地流。”江毅顿时目瞪口呆：“你，你脑子有问题啊！那我楼下那家还不给泡了！人家的损失你赔啊？”“对啊，赔多少我赔，这事儿和你没关系。再说，我看你家里也没啥东西，也损失不了啥，这么一办，还顺便挣个小钱，何乐不为呢！”王大炮正儿八经地盯着江毅说。

江毅愣愣地看着王大炮，好大一会儿脑子没回过弯儿来：“这么说，你是让我故意泡了楼下那家？”王大炮点点头：“对，你总算明白了。其他的你就别管了，反正一切后果都有我承担。你要还是不放心，我可以和你签个秘密协议，保证不关你任何事儿！给，先给你两千块钱，事成之后，我可以另加两千！”说着，王大炮从口袋里取出一打儿钱递到江毅面前。

看来这莫名其妙的事儿还真不像是开玩笑。江毅看着王大炮，说：“明白了，你和楼下有过节儿？”王大炮摇摇头，“你别瞎猜，你就说干不干，其他的你不需要知道！”

思来想去，这事儿一来简单来钱快，自己不就是愁个钱嘛。二自己不用管，一切都由王大炮收拾也挺划算。于是，江毅向王大炮点了点头。

二、有心放水

接下来的事儿都简单不过，为了打消顾虑，王大炮给江毅签订了协议。临走前，王大炮长长出了一口气说：“等事儿出来，咱一切都在电话中说，你照我说的就成，不过，兄弟你也得辛苦和楼下商量赔偿的事儿，另外，咱这事儿只有你知我知就行！”江毅一笑：“那是自然。”

等王大炮一走，江毅把自己挨地的东西简单一收拾，用扳手把冻裂的水龙头彻底弄坏，这才锁了门，到街道上溜达去了。

等到下午,他的手机就呜呜响了。一接听,对方就心急火燎地说:“是四楼的江毅吧?你在哪里,赶紧回来吧,可能你家的水管子冻裂了,水太大,把我家全泡了。”果然泡了,江毅故意紧张地回答:“好好,我马上回去,你先把楼下总闸关了吧!”说完,挂了电话,便颠颠地往家跑。

一阵忙活,关了水,再到楼下一看,我的天呐,真成了孙悟空的老巢——水帘洞,吊顶上、墙上、衣柜床头,全都淅淅沥沥淋得水湿。楼下那小伙子一见江毅,脸都气绿了,一副哭腔说:“哥啊,可咋办啊,等干了,这墙顶墙面,家具灯饰,还不全毁了!我可就今天不在家啊,一回来一切都成这样了!前几天我还告诉我爹来这里住呢,你看这下咋办啊?”

江毅也一阵心惊,天啊,可千万别出岔子,这赔下来,可不是一千两千的啊。想到这里,他一面安慰小伙子,一面偷偷出来,拨通了王大炮的电话:“王哥啊,真泡了,全泡了,咋办?”那边王大炮扑哧笑了:“听出来,你还怕了,怕啥,我说过我负责,没事儿,你就给他说,全赔,而且还送他一个精装修,外带操心损失一万块!”江毅一听,不禁目瞪口呆,天啊,这王大炮是要干啥啊,这折腾的,没事儿玩破坏赔偿游戏,神经,有钱儿烧的。

挂了电话,江毅找到小伙子,一五一十把王大炮的话全撂出来了:“兄弟,你放心,不会让你吃亏的,我知道装个家不容易,咱明儿就开工,只是,委屈兄弟这几天得到别处寻个住处了!”

小伙子一听,倒愣住了:“哥,爽快,你,你说的都是真的?操心费就不用了,其他的我不坑你,能照我原样就成!”

江毅笑着拍拍小伙子的肩膀:“跟哥儿就别客气了,就按我说的,今天你收拾下,明儿开工!”

三、这人真水

转眼半个月过去了，装修队也结算了工钱撤了，家具也置办齐整了，楼下小伙子也被江毅一个电话叫回家了。两人踏进家门，顿时都惊呆了，屋子里富丽堂皇，哪里还是原来的样子，装修高档，家具高雅，连灯具都金碧辉煌。小伙子结结巴巴地说："哥啊，你太破费了，这得花您多少钱啊，我住着哪里心安啊！"

江毅心里也先是惊讶，接着酸溜溜的，自己要能装修个这样子，宁愿被水泡一百次啊。可是，他还是赶紧平静下来，无所谓地说："钱不是我的问题，就希望兄弟你满意啊！""满意，当然满意，今天下午我就把我爹接来，让他好好看看！"

从小伙子家出来，江毅满脑的不解，这王大炮葫芦里到底卖的什么药啊！他妈有钱也给我装装啊。进了屋，正坐在破沙发上胡思乱想，王大炮来了，一进门就紧紧握着江毅的手说："兄弟，多谢了，这是三千块钱，哥看这事儿你办得好，加上原来的，一共五千，你收着！"江毅接过钱，看了一眼一脸得意的王大炮，突然问："王哥啊，既然事儿都完了，你就给兄弟个明白吧，到底咋回事啊，把我都弄得糊糊涂涂的。哦，对了，楼下对你有恩，王哥你暗地里报恩，是吧？"

王大炮一听，哈哈大笑："兄弟啊，要说有恩，还真有恩，不是以前，也不是现在，是不久的将来。哥也不瞒你，怪你和楼下住了这么长时间也不认识，可是，我是早就认识了啊。人家有权，咱有个项目想求人，这不，那人性子也太正，咱这钱也送不出去不是？没辙！也算天无绝人之路，那天看你大开着门修水管，灵机一动，倒有主意了，这也叫曲线送礼喽！"

江毅一听，愣了一会儿，恍然大悟。可转念一想，不对啊，那小伙子年纪轻轻会有啥权？难道是小伙子他爹？王大炮一听他这疑问，嘿嘿笑了，跷起腿，摆摆手："当然是他爹，他爹周大福！"江毅一愣："不对啊，大哥，小伙子姓曹，他告诉我的，曹小满！"

王大炮猛然收住笑，然后有指着江毅嘿嘿又笑了："你逗你哥，逗你哥！"

"真的，他亲口告诉我的，真叫曹小满！"江毅说。

王大炮坐直起来，放下翘起的腿："别逗了，我查过的，周大福，就住这里！"愣了一下，他接着说，"不行，走，咱去看看！"

说着，王大炮拉起江毅就往楼下跑。进了门，小伙子已经把爹接来了，正给爹介绍新家哩！

王大炮颤手颤脚直勾勾看着小伙子和他爹，吞吞吐吐地说："这是你的家？周，周大福呢？"

小伙子看看他，看看江毅说："你说周大福啊，我认识，原先就住这里，就江哥家水管冻裂的前两天，我才从人家手里买来这套二手房，当然，多亏江哥给我装修了呢！对了，你是……？"

王大炮一听，先是呵呵呵呵一阵笑，接着说一句"我咋这么迷糊呢"，然后，扑通一声跌坐在地上，弄得大家不知所措。

摊上大事了

阿彪经过严格培训,终于成了一名出租车司机,开车上路了。毕竟头天上班,阿彪难免激动。

车刚到幸福路口,就有一个戴墨镜的男子招手乘车了。阿彪那个高兴,开市大吉啊,没想到,刚出门就来生意。阿彪停车,打开车窗问:“到哪里啊?”墨镜男急匆匆地说:“市郊李屯!”说着,向后门走去。阿彪手握方向盘,挂挡加油门,车子呼呼就蹿了出去。

街道上车来车往,汇入车流,阿彪哪敢松懈啊,眼睛直视前方,保证万无一失。还好,车子安全出了市区,驶到乡村公路上,阿彪见车少人稀,不禁放开胆子,提了速。车子正走得欢实,冷不丁,路边一个红灯骤然亮起,阿彪一紧张,连忙踩了刹车,车子吱扭扭蹿出去好远一大截子,才停了下来。

好险啊!幸亏刹车及时,要不,如今闯红灯可不是闹着玩的。阿彪正准备等绿灯,可仔细一看,不禁哭笑不得,这哪里是红灯啊,分明路边一家小饭店招牌上装的灯啊,这灯装得,可不是和红绿灯九分相似嘛!阿彪本来就爱管闲事,这回一下子就火冒三丈,他从车里蹿出来,奔到小饭店门口叫道:“老板,出来一下!”一个妇女应声而出,笑嘻嘻地说:“老板,吃饭呐?”阿彪没好气地说:“哪有心思吃饭!”然后指着红绿灯说,“你们这不是坑人嘛!幸亏我刹车及时,要是换了毛手毛脚的司机,还不出事故?你们安这灯,乱用警用装备,属于违法行为!”听他这么一说,那妇女一撇嘴:“我还以为吃饭呢,没事你一边去,恁多司机都不吭声,你咋呼啥!实话告诉你,我就是要用这灯叫司机停车吃饭,你爱停不停!狗拿耗子!”阿彪一听这妇女夹七夹八一顿臭说,气呼呼地说:“你,我举报你去!”妇女不屑地说:“举报去吧,等你举报,我立马摘掉,谁也没看见,你有啥证据?”阿彪一听,是啊,人家摘了还有啥证据!转念一想,不禁一边兴冲冲地往车边跑,一边嘟囔说:“谁说我没证据!我有活生生的人证,就在我车里!”

可是,等阿彪打开车门一看,顿时傻了眼,出租车后排座位上空空如也。不好!阿彪一拍脑门,那个气啊,只顾和人理论,这家伙竟然趁机没掏钱跑了!那妇女见阿彪一个人站着干着急,瞪了他一眼,胜利似的唱着小曲儿回店里去了。阿彪越想越气,总不能没赚到钱还输了理吧?

想到这里,阿彪眼前一亮,取出手机,对着小店和那假红绿灯就是一阵狂拍,哼!不是没证据吗?这是啥?不举报你我是王八!等他心满意足地照够了,手机突然响了,是公司管理处老王打来的。阿彪问:“什么事啊?”那头老高没好气地说:“小子,你摊上大事了,没想到啊,出车第一天啊!”阿彪纳闷了,心一紧,赶紧追问。

老高严肃地说:“刚才有人举报你,在幸福路口,你拒载!等着挨罚吧,小子!”

阿彪一愣,拒载?哪有的事啊!阿彪一下子成了丈二的和尚摸不着头脑,他急切地请老高调取车载录像,还自己一个清白。

没想到,老高哼了一声:“我们早调查过了,压根就没有上车,你倒好,一个人开车蹿得大老远。行啊,你小子!少废话,回来接受处罚吧!”

谁也别忘记

一、我替你选择

俗话说:树有根,事有因,世界上就没有凭空出现的事情。可是,住在市区文化路的张建家最近却出现了一系列让他摸不着头绪的事情。

这几年,张建一家一直窝在20多平方米的“胶囊”房里,为此,别说妻子经常和他怄气,就是自己想起来也常常觉得窝火。前段时间,张建一咬牙,决定砸锅卖铁买房子。

这天,张建和妻子正在一个刚竣工的楼盘看房子,不知道从哪里突然蹿过来一个民工,一把拉住他的胳膊,惊喜地叫道:“是建娃吧? 刚开始我还不敢认哩! 仔细一看,看见你脸上的痦子了,你看,一晃多少年了!”张建一愣,哪有一见面就说人家痦子的啊,再看他那脏兮兮的模样,他用力甩开胳膊,后退几步说:“你是?”那人笑着说:“你牛明哥啊,咋,忘了?”张建仔细看看,终于想起来,是老家村西头的。张建点点头,表示认出来了,牛明顿时高兴得哈哈大笑,然后想起来什么似的把张建拉到一边,悄声说:“买房子吧? 我告诉你,房子的好坏你别问开发商,他们打死不会告诉你真话,更不用问建筑商,人家死老鼠也说是活大象! 这里面有道道儿哩!”想不到牛明还能摆出些道理呢,张建疑惑地问:“那问谁啊?”牛明用手指着自己。张建说:“问你？”牛明点头：“是哩，问建筑工人！楼里用多少钢筋，有多粗，混凝土比例多少，量足不足，咱盖的多，心里清楚得很！说吧，你是想要质量可靠的还是花里胡哨不中用的？我推荐！”

张建想想还真是，就来了兴致：“好，牛明哥，就听你的，要好看还结实的！”牛明得意地笑了：“哎，对头！一般人咱懒得管，一结工资咱就走，好歹你是咱家里人吧！”

接下来，牛明陪着张建东跑西跑看了不少楼盘，这些楼盘都是牛明在那里做过活的，张建终于选择了一套房子，牛明告诉他，要买了这里的房子，用不着担心楼脆脆，楼歪歪，楼倒倒，请安心过你的好日子儿吧！张建心想，老家的人还怪有意思哩！知道的还不少。

这个首要问题就这么解决了，他就单等签合同，交首付了。

可是，首付又成了张建头疼的问题，东拼西凑还差着两万多哩！咋办？妻子的脸色又不好看了，张建硬着头皮不耐烦地说：“这事，我有办法，你就等着住新房吧！”其实，他哪里有办法啊，要是有，早办妥了。

二、俺给你解决

这天下午，张建愁眉苦脸地刚从楼上下来，远远地就看见有个人正在楼下心急火燎地询问什么。张建走过去一看，那人不是别人，正是老家的牛明。见张建来了，那些人指着他说：“那不是你找的人嘛！自己个儿来了！”牛明转过头一看，喜出望外地扑过来差点把牛明抱个满怀，他又是激动又是责怪地说：“哎呀，建娃啊，终于找到你了，你看你，那天走的急，连你住哪里都没告诉我，还好，我听你说了什么文化路，这才一座楼一座楼挨个打听来了。害得我找了个半个新洛城啊！哎呀，可把我累坏了，比干一天建筑活儿还累！”张建这才注意到牛明胡子拉碴满是皱纹脸上已经布满了汗珠。张建不好意思地说：“都怪我，都怪我！”他还没说完，牛明抢过话说：“还怪啥，这不是找到了嘛！咱赶紧说正事吧！”张建问：“啥事啊，这么急？”牛明不回答，却低下头，把手伸进怀里，小心翼翼地摸索了好一阵，才从里面摸出来个信封递给张建。张建莫名其妙地问：“啥东西啊，这么神秘？”牛明笑了说：“自己打开看看！”

张建打开一看，顿时愣住了，里面是一打钱！

张建疑惑地看着牛明，牛明咧嘴笑呵呵地说：“愣啥！给你的，但可不是我一个人给的啊，这事咱村十二户人家专门托我转交给你的，一户一千，总共一万二，都知道你要用钱哩！你点点！”

张建更糊涂了，自己和村子多少年都没联系了，这平白无故地突然集这么多钱送来，到底是为啥啊？

牛明看出了张建的疑惑，抬手拍了他的肩说：“甭瞎琢磨了，就是给你的，这钱本来就是属于你的，大家给你存着哩，你就瓷瓷实实地用。别的，你甭问，也甭想，好了，这是十二家人的名单，你收着，我得赶紧到工地报到了。”牛明递给张建一张纸条，然后，转身急急忙忙走了！

张建摊开纸，只见上面还有十二个人的签名，每个签名的后面还按了手印！

张建稀里糊涂地捧着钱站在那里，百思不得其解。等他回身上楼的时候才想起来，自己竟还没请牛明哥到家里坐坐呢！

这些钱就像及时雨啊，虽然疑惑，但张建忍不住还是把钱用上了，他想，日后有啥事再还上不就行了？首付问题解决，合同顺利签订，剩下就等房子装好住进去了，张建激动，妻子看他也越来越顺眼了。

可是，没过多久，他家就又出现了件莫名其妙的事。

三、咱帮你送来

这天下班回家，刚走到大门口，门卫老大爷一见张建，就高声叫道：“哎呀,张建啊,有些乡下亲戚就是好啊,咱城里最缺的就是原汁原味的粮食,可人家农村最不缺这个啊,你过来看看吧,人家整整给你送来六大麻袋啊!"

张建连忙走进门卫室,一看,还真是,一个个大麻袋整齐地码在那里。他愣愣地问门卫大爷:"这真是给我的?谁送的啊?"门卫大爷一摊双手说:"看,我能骗你,一个胡子拉碴的农民用车子捎来,卸在这里,说得清清楚楚就是给你张建的,还能有错?这不,还留个纸条,那人说,你一看就知道谁送的了。"

张建接过纸条一看,明白了,是牛明送来的。纸条上依旧写着十二个名字,按着十二个手印。牛明一个个看着,第一个是张喜来,住在村西,自己应该叫他叔,第二个是牛四清,住在村东,应该管他叫三哥……看一个名字,张建的脑海里立刻浮现出他们的样子,一瞬间,张建觉得他们很亲切,可是,自己的回想起来的仍是十几年前的样子,不知道现在他们都什么样了啊。

张建低头想着,他们究竟这是做什么啊?张建无法理出个头绪来。

这天晚上,张建熬了一个晚上,满脑子都是这些日子以来的事情,第二天一大早,他就急急忙忙地买了回老家的车票,张建觉得自己应该回去一趟,问个究竟。

四、谁也别忘记

多少年没回村子,村子里已经模样大变,土瓦房全换成了小楼房。

张建敲开牛明家的门,一看是张建回来,他先是一愣,接着兴冲冲地说:"哎呀,喜来叔说的没错,你真回来了!"张建一愣:"喜来叔知道我要回来?""啊,不知道为啥,但他和我说过!走,干脆咱都到喜来叔家,我带上酒,咱一块喝一盅。"

一见张建,喜来叔高兴得不得了,一个劲儿拉着张建的手不松。几个人热热闹闹吃了饭,张建早已经迫不及待地想把这些日子的疑问弄个水落石出，他问喜来叔说：“喜来叔，咱村里又是给我送钱啊，又是送给我送粮食，这到底是为啥啊？我感激相亲们对我的这份心，也得感激个心里畅快啊！”喜来叔一副不以为然的表情说：“感谢啥啊，那是你应得的，本来就是你的嘛！”说完，喜来叔看张建满脸疑惑瞅着他，这才说：“我这话可一点不假啊，这钱啊粮啊都是你家集扇儿集出来的，我们都应份给嘛！”

张建听糊涂了：“集扇儿？啥叫集扇儿啊？”喜来叔突然愣住了，然后连责怪带解释地说：“你不知道？我还以为你知道哩！看来你早该回来，咱乡下的集扇儿你都没弄明白！哎呀，我好好给你讲讲吧！集扇儿，还有人叫集社儿、砌扇儿，咱农村以前啊，家家困难，逢大事，像红白事儿啊盖房子啊，单凭一家拿不下来，于是，几家十几家就联合起来，你家办事，别家就无条件添米添面添物件添人手，等下一家办事，别家一样办，等这些家儿的事儿都办完，就算集完一扇儿！有话说得好嘛，集扇儿，集扇儿，集一个圆儿，集一个圈儿，家家户户都过坎儿！咱这十二家就是集了一个盖房扇儿，你爹娘去得早，他们都把别家的集完了，大家都等着给你集哩！虽然你到城里了，可大家都惦记着哩啊！建娃儿，我说这是你应当收的，不错吧？“

张建听喜来叔慢条斯理有板有眼地说完，恍然大悟似的点点头，然后看看一边的牛明，说：“所以，牛明哥在工地上看我要买房子就立马回来给大家说了，大家就赶紧又是送钱又是送粮还我这个扇儿？”

牛明点点头：“那是哩，大家都惦记着哩，咱吃了你家的扇儿，咋能不还？那可不是咱村里人的做法儿啊！”

张建突然又觉得不对劲，他皱着眉头说：“喜来叔，那也没有那么多钱没那么多粮食啊？”

喜来叔笑了：“咋？俺们都还嫌少对你不公平哩，那时候每家一百块钱30斤粮，可别人都是那几年盖的房子，就你家到现在，你算算，物价涨了多少倍？”

张建听完，感慨不已，他长长地舒了一口气，看看满头白发的喜来叔，又看看胡子拉碴的牛明哥，动情地说："大家都惦记着我，惦记着这件事，我已经过意不去了，那些粮我收下，钱我还得送回来！牛明哥，你早就应该给我说明白啊！"

"是我不让牛明说的！"喜来叔突然抬高声音打断了张建的话。

"为啥啊？"

"为啥？说明白了，你今天还会回来这一趟吗？建娃啊，十几年前，你考上大学，又分到了市里，多少年了，虽说你爹妈去世的早，可这里是咱的家咱的根啊！大家没忘你的扇儿，你也不能忘了家啊！没事的时候，要多回来走走啊，要不都生分了！"

张建愣住，细细地品味着喜来叔的话，重重地点了点头。

做点好事真不难

周扬租住的小房所在的为民街是条老街道。地势低,再加上年久失修,路面上大坑套小坑,十分难走。街道的居民几年来多次写信向上级反映,问题一直没得到解决。谁知道,前段时间,因为一件做好事遇上的倒霉事,周扬竟然把事情给解决了。

那天晚上,下了一场暴雨,街道上很长一段路立刻被泥水淹没了。这下可害苦了来往的行人。要通过这段路,他们只能各显神通:有的蜻蜓点水飞速跳过;有的干脆脱了鞋袜,挽起裤管趟过去,那些小孩子或者腿脚不方便的只能望水兴叹了。

周扬正趴在阳台上饶有兴趣地观看,突然,他看见一个大胡子骑着摩托车开了过来,走到水边,大胡子减了速犹豫了一下,然后,猛然加大油门想冲过去。周扬刚想喊住他,可是,摩托车已经驶进来水里,然后,只听“扑通”一声,大胡子连人带车骤然摔倒到水里去了!等大胡子起来,他已经是满身血水往下淌了……

周扬无奈地摇了摇头。忽然,他的眼光落在了院子里一辆废旧的脚蹬三轮车上,他顿时有了主意。他想反正自己刚参加完面试在家等通知,闲着也是闲着,何不用这车免费把要过路的人送过去,做点有意义的事情呢?想到这里,周扬兴冲冲地下了楼,找了块纸板,大大的写上“免费拉人”几个字,往车把上一插，便急切地把车推到了街上。

果然，周扬刚把车放好，几个要过路的人就冲着牌子走过来，等周扬把想法一说，那些人都了呵呵地上了车，叫周扬送过去。临走都一劲儿地感谢他。

就这样，一天下来，周扬还真送来不少人。虽然累得不得了，但听着大家都夸奖，周扬心里吃了蜜似的甜。

眼看天要黑了，周扬正准备推车回家，这时候他忽然看见从远处一个穿着时髦的女人一路小跑向这边走来。到了水边，女人却愣住了，周扬正要招呼她帮她过去，可那女人却突然狠狠地一跺脚，气呼呼地跳进水里，哗啦啦地趟起水来。泥水顿时溅了她一身。

周扬看着女人拐了弯，心想，看她那神情，大概是和谁正闹别扭的吧。正想着，一回头，周扬又发现一个穿西装的中年男子心急火燎地跑了过来。一见周扬就气喘吁吁地问："你看见一个卷发女的从这里过去没？"周扬用手往前面一指："刚过去……"还没等周扬把话说完，男子就直接跳进泥水慌忙向前面追去了。

周扬一边骑上车一边笑了，嘿，自己果然猜得没错，这俩不正闹别扭的嘛！可转念一想，要是这男的是坏人，那可就麻烦了！想到这里，周扬顿时紧张起来。这时候，周扬突然听见"哎"的一声，回头看见一个胖女人站在她旁边。周扬笑笑说："要过去是吧？"胖女人面无表情地说："不过去，谁叫你啊，你不是拉人吗？"一句话噎得周扬满肚子委屈，但好事做到底，不在乎再拉她一个！周扬叫她上车，胖女人也不客气，从包里取出张纸垫在车板上，一屁股坐了上去，这才催促道："你快点，有急事！"

周扬满心不耐烦，把气全用在了脚上，他气呼呼地猛蹬了几下，车子就到水中间了。可是，就在这时候，三轮车突然一个趔趄，哗啦一下，连人带车翻到了泥水里。周扬一机灵连忙爬了起来，这才反应过来，天啊，只顾生气了,咋一不小心把车蹬到路坑里了啊！再看胖女人,正浑身泥水弯着腰痛苦地捂着腿大呼小叫。看样子,她的腿一定摔得不轻。

周扬慌了神,连忙把她扶起来,不住地道歉。

胖女人一边喊疼,一边不依不饶地对周扬大叫:“有你这样拉车的吗?想摔死人啊!”虽然是做好事,但毕竟把人摔了,周扬解释说:“大姐,对不起,你看我这也是免费送人,没想到……要不我先送你上医院?”他刚说完,胖女人突然冷笑一声:“算了吧,免费拉人！我还不知道你们这些人,钻窟窿打洞,什么赚钱门道想不出来?打着免费的幌子,拉过去,不宰死你!”周扬一听愣住了,没想到,她竟然把自己想成那样的人了,委屈得周扬差点掉了泪。他强忍着低声说:“大姐,我真的是……”“好好好,不用再说了,你今天不但要送我上医院检查,还得包赔我的损失！少一项,想都别想!”胖女人指着周扬趾高气扬地说。周扬顿时火了,厉声说道:“上医院可以！什么损失我是不会赔的!”胖女人愣了下,接着说:“那好,明天你就等着见报吧,叫你非法载客,投机宰客好好曝曝光,不光罚你,到时候还有人抓你!”

周扬愣住了,他一下子想到了前几天的面试。面试时,周扬受到了一致的好评,看来顺利地被聘用也近在眼前了啊！要是市报上真这么一刊登,这事八成就要黄了。即使说免费拉人做好事,但人家这人证物证都在,一时半会恐怕也说不清啊!

想到这里,周扬咬咬牙叹了口气,无奈地只有自认倒霉了。他冲胖女人点了点头,扶她一瘸一拐地坐上三轮,向医院蹬去。

在医院,周扬忙前忙后,终于给胖女人做完了全面检查,好在她除了一些皮肉伤暂时疼痛,其他并无大碍。周扬付了检查费用,又无奈地按她的要求给了500块钱,这才松了口气,准备离开医院。这时,一个中年男子走进了医院,一见到胖女人就跑过去一脸关切地问:“老婆,你没事吧?你咋现在才打电话?”胖女人迫不及待地把事情告诉了西装男子。

周扬一看，才想起来，这不就是傍晚穿西装追时髦女子的那个男子吗？他走过去说：“大哥我真是免费拉人的，傍晚的时候你不是在为民街口问过我路吗？对了，那人你追上没有啊？”

那男人听了周扬的话，立刻愣住了，然后突然满脸慌张地打断了他的话：“好了，事情就到这里，我们也不追究了！”说着拉着胖女人出了医院，慌慌张张地走了。

回到家，周扬躺在床上翻来覆去睡不着，今天这事，自己受了委屈不说，还倒贴了几百块钱。他越想越气，心里五味杂陈，感慨万千，难道真是好人难当，好事难做？

正在这时，周扬的门“砰砰”地响了起来，开门一看，西装男人站在门口。周扬一愣，男子却自己进了屋，把一打钱放在桌子上，一把握着周扬的手说：“兄弟，我知道你今天受了委屈，你也别和她一般见识，我今天就是来向你道歉的，顺便把你的钱还给你！”周扬顿时感动不已，终于被理解被相信了啊！

可是，紧接着男子又掏出一打钱放在桌子上。

周扬莫名其妙地看着他，不知道他葫芦地到底卖的什么药。

见周扬发呆，男子笑了说：“这些钱，是我对你表示感谢啊，兄弟！”周扬一愣，苦笑一声，心想，谢我什么啊！谢我拉你老婆？谢我承受了你老婆的委屈？

男子问周扬：“你，你认识我吗？”

周扬笑了：“按现在来说，算是认识吧，但今天以前，不认识！”

男子好像松了一口气：“那就好，那就好！然后，他忽然吞吞吐吐地说：“这，怎么说呢？今天，你也看到了，我也不瞒你说，我和那女的好了，今天却闹了别扭，闹得挺厉害，人家寻死觅活的，我才去追。谁知道，竟然叫老婆觉察了，这不，她就追上来了嘛！眼看就追上了，还好，我老婆刚好坐了你的车，幸亏你这一翻车啊，否则差一点就露馅了啊！对我来说，你做了一件天大的好事啊，省去我多少口舌和麻烦啊！你说，我该不该感谢你？”

周扬目瞪口呆，原来，是这么回事情啊！最后，男子告诉周扬，有什么事情找他他都会尽量帮助。

周扬看着桌子上放的钱，哭笑不得地呆在那里，这叫什么好事啊！

突然，周扬听门外“扑通”一声响！他连忙跑出去一看，顿时忍不住想笑，原来，一时慌张，男子一脚踏空，跌倒在泥水中了！周扬连忙把他扶起来，突然，他说了句：“大哥，这事你放心，我不会对任何人说！对了，你得帮我做件好事！”

“什么好事？尽管说！”

周扬说：“能不能把这条路修一下？”说着，周扬递给男子一张卡片。

男子接过卡片一看，顿时愣在了那里，好久他才尴尬地笑着说：“好事，好事，放心，一定做！”说完，急忙走了。

几天后，为民街果然开始动工翻修了。

大家很高兴，周扬也偷偷地乐，因为，只有他知道，这些都是因为他做了这件好心的倒霉事，还有那晚上男人掏钱时不小心放在他桌子上的城建局局长工作证啊！

嘿嘿，看来，做点好事真不难啊！

说句感谢这么难

这天，是张庆一个朋友的结婚大喜之日，张庆本来从不多喝酒，但今天情况特殊，再加上经不住一大帮朋友的苦劝，只好捏着鼻子一杯接一杯地喝了起来。

不知不觉，天已经黑了，张庆摇摇晃晃地出了门。朋友不放心地追出来，他却一把把他推了回去："放心，家我还能找得到！"

大街上，风正呼呼地刮着。本来张庆的头就疼得厉害，经冷风这么一激，酒劲顿时又上来了，脑子一阵阵迷糊，腿脚也不听使唤。又勉强走了几步，就再也分不清东西南北了，他干脆"扑通"一声躺在了地上。

不知道睡了多久，张庆突然感觉到似乎有人用双手抱着自己正吭哧吭哧地拖着往前走。张庆一机灵，努力睁开眼睛，但睁开眼却模模糊糊看不清任何东西，身上也使不上一点劲。张庆只感觉那人把自己拖到一堵墙边，靠墙坐下来，又使劲把身子摆正，这才离开了。

这样舒服多了，张庆又迷糊了过去。等他再次醒来，天边已经晨曦微露，他也彻底清醒了，四处一瞅，发现自己坐在一条小胡同边上。奇怪的是，自己的一只鞋子丢了。再往前面的大路上一看，天啊，自己那只鞋子正丢在车来车往的马路中间！联想起昨天晚上模糊的记忆，张庆顿时惊出了一身汗，这也多亏那个好心人把自己拖过来，要不那么多车多危险啊！

张庆使劲拍了拍脑袋，站了起来，伸了伸酸胀的腰，朝家里走去。一路上，张庆都觉得应该好好感谢感谢人家，虽然事不大，但毕竟人家做了啊，往大处想，等于人家救了自己一命啊！滴水之恩，涌泉相报，这道理，他懂！张庆努力回忆昨天晚上的每一个细节，但除了知道的确是有人把自己拖过来，其他的却无论如何也想不起来了。

眼下找人，有线索也不好找，何况一点线索都没有，人海茫茫，到哪里去找啊！突然，张庆的眼光落在了前面十字路口的一个监控摄像头上，他一拍脑袋，顿时有了主意。张庆连忙转身按原路返回，到那里一看，那里也安装有摄像头，他一阵窃喜！这样的话，只要到交警队调出录像，肯定有线索呀！

张庆正要去，才想起来，这时候去，人家还没上班，找谁啊！干脆先回家吃了饭，一门心思做这事吧，反正自己刚丢了工作，不用上班！

简单吃了早饭，张庆到交警队把情况一说，交警热心地调出来昨天晚上的录像。张庆和几名交警仔细地看完，却又失望了。画面确实远远地记录了一个长头发穿白上衣的青年站在他旁边四处看了一会儿，这才弯腰费力地把他拖走了！但到马路边上就超出了摄像头的范围，什么也没有了，而且，青年出现的时候一直背对摄像头，根本看不见人家长什么模样，有什么特征！

张庆叹了口气："啊呀，感谢一次人家也这么难啊！"交警也无可奈何，只好说："我看你也算了吧，既然人家肯好心帮你，一也是举手之劳，二也肯定不图你感谢啊！"张庆沉默了一会儿说："说的也是，可是，人家不图，咱总要表示啊！不行，我还得想办法找到他！"

交警笑了："那，要不这样，我给你出个主意！"张庆一听，连忙催促他说。交警说："你找媒体，把这事和录像报道出来，人多力量大，说不定还真就找到了呢！"

张庆一想,高兴地说:“对啊,就这么办!”说着就连忙掏出手机分别给市晚报和市电视台打了电话。

晚报和电视台挺感兴趣,立即对张庆进行了采访。面对采访,张庆详细地叙述了事情的经过,最后,张庆动情地说:“有人可能认为我这是小题大做,但我却不那么看!见别人有了困难,伸手去帮一把,得到了帮助,心存感激,就要表达出来,也许这句谢谢就温暖了人心啊!”

第二天,采访张庆的报道就播发了出来。一时间,这件不起眼的小事成了街头巷尾人们议论的焦点。

这天,张庆接到一个电话,电话是一个市民打来的,还没等开口,张庆心里就一阵激动,肯定是有人提供线索了,也许那天晚上除了摄像头还有人看见了呢!可是,那人却说:“不不不,对不起,我不是提供线索的!我只是想表达一下对你的感谢!”张庆愣了,感谢我什么啊?那人说:“你说得对,一句感激的话的确能温暖人心!因为一句感谢,我已经和邻居和好了!”说完便挂了电话。张庆愣了一下然后笑了,虽然不知道他和邻居的具体情况,但他心里很高兴,因为这些天,他已经接到很多很多这样的电话了。

可是,他要等的电话却始终没有打来。

过了几天,张庆正要外出,手机响了。他接听,手机里却沉默不语,张庆再说话,手机却突然挂断了。可是,张庆刚收起手机,铃声却再次响起,再接,依然沉默。这样反复几次,张庆有点不耐烦了,自己公布手机号码,是想方便大家提供线索,可不是叫人这样莫名其妙地骚扰的啊。正想着,手机却又叫了起来,张庆迅速按下接听键,郑重地说:“你是谁,请你说话,如果没事,请别做这些无聊的事!”手机里停了片刻,传来一个男子吞吞吐吐的声音:“我……我就是那天晚上拖你的人!”

张庆愣了,刚才的恼怒顷刻间没有了,他叹了口气,感慨万千地说:“终于等来你的电话了!我们,我们到天一茶社谈谈吧!”对方答应了:“张叔叔,我等着你!”

在天一茶社,张庆见到的是一个十七八岁的男孩子。两人沉默了好大一会儿,男孩子一直低着头。突然,男孩抬起头红着眼圈说:“张叔叔,谢谢你!我,我对不起你啊!我哪里是好人啊,我……那天晚上根本就没打算救你,我看你醉倒在那里,一时糊涂,我怕有人看见,就装作帮你的样子把你拖到小巷口,搜走了你的钱包啊!”张庆舒了口气,拉过他的手:“我怎么会不知道啊,我醒后就发现钱包不见了,那里面装着我丢掉工作的所有补助金啊,本来是准备第二天到邮局汇给我资助的农村孩子的,不想竟丢了!”

男孩子一愣:“那你为什么要把我说成救你的好心人啊?”

张庆笑了:“这样说就是为了今天你坐在我面前啊!其实那天晚上,我隐约看见一张年轻的脸,后来,我猜想,你一定是遇到了难事才做了这样的事情!所以我决定大胆地赌一把!我想,说你是坏人也许就毁了你,说成好人也许他会悔悟走上正道啊!现在,一切证明我赢了!”

张庆说完,发现男孩已经泪流满面了,他哽咽着说:“叔叔,谢谢你,谢谢你,你救了我两次啊!第一次,帮我完成了高中学业;第二次,把我从邪路上拉了回来啊!”

张庆愣住了:“你,你说什么?”

男孩说:“您资助的刘强就是我啊!”

张庆顿时目瞪口呆!刘强对张庆点点头,告诉他,他高中毕业后,一直惦记着张庆的恩情,他决定打工挣些钱找未曾谋面的张庆表达自己的感激之情。谁知道,辛辛苦苦赚的钱竟然被偷了,那天晚上,身无分文的刘强刚好遇到醉在马路上的张庆……后来,他从报纸上看到了张庆的报道,他曾怀疑,报道的张庆到底是不是资助自己的张叔叔呢?于是,他就根据汇款单上的地址找到张庆的住处,偷偷地证实了一切!

张庆听完,顿时感慨万千唏嘘不已,他握紧刘强的手:“刘强,我接受你的感谢,但我要等着你自立自强后的感谢,你会给我吗?”

刘强郑重地向他点点头:“嗯,我会,一定会!”

第三辑

藏在背后的爱

第三辑

藏在背后的爱

刘小北的家庭不富裕，父母忙于生计很少来镇子上的学校看他，再加上刘小北自己的腼腆，他总是像一只离群的小鸟，独自待在教室的一角，很少主动和同学们谈笑。所以，他总觉得自己缺少应有的关怀和温暖。每当看到同学们围在一起谈笑或者同学们的父母来看他们，刘小北都一边羡慕不已，一边暗暗伤心。

这天下午刚放学，天空突然乌云密布，几声炸雷之后就下起了瓢泼大雨。刘小北看着别的同学都和自己的父母一起离开学校，他又站在台阶上愣愣地看着雨幕伤起心来。这时，他忽然发现对面的屋檐下正有一个小孩蜷缩在那里。刘小北觉得小孩子挺眼熟，仔细一辨认才确定，竟是同村上三年级的小雨。小北疑惑又担心地想，天快黑了，又下这么大的雨，他怎么会一个人在这里？会不会出了什么事？想到这里，小北慌忙冲过雨幕来到小雨面前。一问，小雨才哭着告诉他事情的原委。原来，小雨逃学到镇子上来玩，一时玩过了头，眼看天黑又下起了大雨，因为害怕，不知所措地蜷缩在这里。

小北听完，看着瑟瑟发抖的小雨，想想离家还有十几里的路程，顿时着急起来。

小北决定送小雨回家。他跑到班主任王老师那里借了一把雨伞，顺便请了个假,就紧紧地拉着小雨的手上路了。

走出镇子,天已经黑了。在路上,小北才发现,回去的路要比他想象的艰难得多。泥泞不说,走一段就会出现一个被雨水冲坏了路基的泥坑。小北只好蹲下身子背起小雨继续深一脚浅一脚地向前走。

突然,一阵闪电后又响了几个炸雷!小雨吓得大叫一声紧紧地搂着小北的脖子,小雨哭着说:“哥,我怕!刚才我看见后面还有人!”小北回头看,除了黑还是黑,哪里有人!一定是他吓坏了,他安慰小雨说:“别怕,有哥在!”

那一刻,虽然有一把伞在,他们还是都湿透了,可小北觉得自己一下子长大了,责任感油然而生。

当隐约看到村子里微弱的灯光时,筋疲力尽的小北长长松了一口气!

从小雨家出来,小北没有回家,他要赶到学校上自习。

走到村外,小北看着到处一片漆黑,不禁害怕起来。他壮着胆子向前走,突然,他看见前面一座老屋的屋檐下正一明一灭地亮着灯光。小北的心一下子提到嗓子眼,怦怦地跳了起来!这个时候,那里怎么会有灯光,会不会……?

“小北,是我!”竟是王老师的声音!小北一阵惊喜,他跑过去,果然是王老师!

“王老师,你怎么来了?”

“老师担心你呗!跟了你一路,也没跟上,你们走得挺快啊!不过你做到了,老师可是一点都没帮上忙啊!”王老师笑呵呵地说。

小北明白了,原来小雨确实看见人了。是老师一直在自己身后,怪不得一路上自己有使不完的劲呢!想到这里,小北楼着老师的胳膊说:“老师,以后我就知道了,你就在我身后,我什么也不用怕了!”说完,小北的泪流了下来。

小北和王老师手拉着手向学校走去。

谁知道刚走了不远,小北和老师顺着手电光猛然发现一个穿着黄雨衣的人站在他们不远处。

一说话,他们明白了,那是王老师的丈夫冯老师!

“你咋也来了?”王老师问。

“担心你们呗！追了一路,没帮上忙!”冯老师笑呵呵地说。

“可是,以后,我知道你在我身后,我什么都不怕了!”王老师故意用了小北的话。

看着冯老师一脸莫名其妙,他们呵呵地笑了。

在路上,王老师用力地握着小北的手,轻轻地对他说:“小北,其实,爱有很多方式,有些爱是藏在我们身后的,只是我们没有发现,有时,仅仅需要我们一回头,就看见爱啊!”

小北听着,重重地点点头。此刻,连滴在他脸上的雨滴也暖暖的!

第一天和第三天的爱

一、初到农家

吴非的父母靠自己的一亩三分地省吃俭用供他上完了大学。吴非这孩子也争气,毕业后两年就在城里站稳了脚跟,而且还和地道的城里姑娘谈上了恋爱。姑娘叫田梦,长得清新脱俗,亭亭玉立。田梦的父母都是大学的教师,虽说吴非是个农村出来的孩子,可人家一点也不嫌弃,也一百个放心地同意了他们的事。

两年后,两人已经把结婚的事情正式摆上议事日程。

这一天,俩人坐车准备回老家,一来让田梦和父母见见面,二来和父母商量商量结婚的有关事宜。下火车坐汽车,下汽车坐三轮,到傍晚两人才手挽手走在了乡间的小路上。田梦开玩笑对吴非说:“你家好像住在外星球!都快把我的腰颠断了,这损失你得包!”吴非一刮她的小鼻子笑着说:“那好呀,我背你走总行了吧。”说着就跑到田梦的前面蹲下身不由分说把她背了起来。两人继续嘻嘻哈哈地向前走。大热的天,不大一会儿,吴非就大汗淋漓了。

刚走到村边,田梦和吴非就傻了眼了,天呐!村口熙熙攘攘竟站满了乡亲。等他们走到跟前,乡亲们顿时鸦雀无声,睁大了眼瞅着田梦!原来,吴非在电话中告诉父母今天要回来,父母立马就自豪地把这个消息宣传了出去。田梦可是山沟里第一个从城里来的准媳妇呀！再说,穷山沟里的老年人从来就没有走出过山沟,今天都想亲眼见见这城里的姑娘啥模样。

见到父母,吴非奔过去做了介绍,田梦大大方方地喊爸妈,乐的吴非父母两个庄稼人合不拢嘴,左端右详心里暗自夸赞城里的媳妇就是不一样！这时,村里的快嘴李三婶悄悄对吴非妈说:“嫂子,你可得小心点,听说城里的媳妇可不好伺候了,刚才有人看见吴非背了媳妇一路呢!”吴非妈的心咯噔一下就沉下去了。

一家人边说边往家里去,乡亲们也跟着瞅热闹,尾随而来。

到了家,吴非妈连忙搬来凳子,让田梦坐,可田梦说:“妈,别忙活,都是自家人,我坐车坐了一路了,想站一会儿伸伸腰!”吴非妈拿眼瞅瞅吴非心说:这该是嫌脏吧？不坐就不坐吧,连忙又转身回屋抱出一个大西瓜,拿出刀,三下五除二切成了块,乐呵呵地捡了一块最大的给了田梦。田梦刚要去咬,却发现红红的西瓜瓤上竟粘着一小团黑乎乎的东西,田梦知道那是切西瓜时刀上带下来的,她一时愣在了那里。吴非妈这时也发现了,心里想:他二婶说的没错,城里人就是难伺候呀！她一不高兴就没好气地说:“闺女,不想吃就放那吧!”田梦不好意思地把瓜放下了。

围观的乡亲们顿时说什么的都有,他们说着笑着离开了吴非家,这时吴非妈的脸更加的挂不住了。

晚上,吴非妈把他单独叫到屋里,委屈地向吴非诉起苦来:“她就是嫌咱脏,当着那么多乡亲的面,让娘丢面子!”吴非连忙解释:“娘,田梦根本就不是那个意思,那是人家的生活习惯,你多理解多担待嘛。”吴非妈说:“我看她就是看不起人,刚见面就这样,以后还不成精？不行,这婚必须照咱的老规矩办！如果不答应,她就不是吴家的媳妇。”吴非和母亲理论了好大一会儿,也没有改变母亲的主意,见母亲态度坚决,吴非只好无奈地退了出来,心想,婚事在家里,还得照村里的老规矩办,这可怎么给田梦说呢?她会同意吗?

二、乡村婚礼第一天

吴非为了不引起田梦的不快,他暂时向田梦隐瞒了按老规矩办婚事的内容。只告诉田梦父母决定在乡下举行婚礼。没有想到,田梦听后特别高兴,她说正想亲自体验一下乡村婚礼呢!吴非见她高兴,却在心里叹了一声,到时候,你还会像现在这样高兴吗?

吴非带田梦欣赏了乡村的田园风光、阡陌小路,转眼一个星期过去了。吴非送田梦回去,各自准备结婚的事情去了。

可是,这段时间,吴非的心里总忐忑不安,当然,经过这两年的相处,他了解田梦不是那种不讲理的人,但毕竟城里乡下人都有自己的生活习惯和心态上的差别呀。

终于到了婚礼的前夜,吴非不得不说了,他张了几次口才说:"田梦,我妈说,要咱们按老规矩办婚礼!"田梦一听笑了:"我要的就是传统!""可是,别的我都告诉你了,有一项我一直瞒着你没有说,我怕你不能接受。"田梦说:"你说说看。""就是……就是在婚礼的第一天早上,要赶在爹娘起床之前,你要端着爹娘的夜盆绕村子转一圈,然后倒掉。"果然,话一出口,田梦就愣住了,惊得张大了嘴巴!"老辈人说是试探新媳妇的孝心,哪家的媳妇转的路远,说明越孝顺,爹娘就越有脸面。"

直到吴非说完,田梦也没有说一句话,不表示同意,也不表示不同意。吴非没有办法,只得硬着头皮,走到哪里算哪里了。

婚礼的那天,天还没有亮,整个小山沟就沸腾了,乡亲们早早地就起了床围在吴非的家门口,等待第一个城里的媳妇的婚礼。可是,当吴非睁开眼起床再跑到田梦的屋子里一看,他傻了,屋子里早已经人去屋空!

吴非挨了当头一棒!他急忙返身出来,他看见田梦正从父母的屋子里出来,双手端着父母的夜盆!

吴非激动地说:“梦,委屈你了,看来我是多心了。”田梦说:“吴非,你小看我了!”就向门外走去。

门口的乡亲们立刻惊得睁大双眼。他们跟在田梦的身后。走到一处,街上看热闹的就先惊喜地看,然后一拨一拨地加入到队伍中来。全村的人几乎都到齐了,他们热热闹闹议论纷纷。田梦端着夜盆觉得特别滑稽,但同时也体会到乡村这测试媳妇孝心的方法的朴素大胆与美好,她决定要走全村最远的路。

田梦走过一条又一条街,直到太阳升起来,双手酸麻,乡亲们直竖大拇指田梦才决定回家,这时候,她发现公婆正站在她的对面。吴非妈快步走过来,眼含热泪地说:“好闺女,行了,别累着了!”田梦点了点头,刚要转身准备去把夜盆到掉,吴非妈拦住了她说:“好闺女,别倒了,你端的哪里是屎溺,那里面是一坛咱自酿的高粱酒呀,娘寻思好让你们天长地久呀!”

田梦又一次惊得张大嘴巴,一闻说:“还真是!”乡亲们顿时哈哈大笑起来。

三、乡村婚礼第三天

这两天,乡亲们天天议论着吴非娶了个好媳妇。吴非的父母挣足了面子,心里乐开了花。到了第二天晚上,经过这两天的忙活,吴非和田梦早已疲惫不堪,倒头就进入了梦乡。

第二天早上,吴非突然醒过来看看表已经是5点多了,吴非大叫一声:“不好!”就急忙推醒了田梦:“最后一个仪式了,快起床,做五谷饭!”田梦一听见“五谷饭”一机灵从床上弹了起来。

原来,这是乡村婚礼的老规矩的最后一道了。新婚第三天早上,新媳妇要用黄豆、绿豆、谷子……做一大锅五谷饭请全村的乡亲来吃。这做的好不好,应时不应时可都关系着父母的脸面呀！这可好,两人竟睡过头了,这可怎么办呀?

吴非和田梦慌慌张张地起床,就直奔厨房。

奇怪的是,厨房的灯亮着。田梦推开门,看见婆婆正埋头烧火炖着一大锅五谷饭。田梦不好意思地说:“妈,我睡过头了!”婆婆抬起头笑了:“你们累,我不忍心叫,我就替你做了,看,都熟了!”田梦看着那能装下一头大牛的锅说:“妈,应该我做,可是……你半夜就起来了吧?”婆婆擦了一把汗说:“我昨晚根本就没有睡哩,可妈高兴,你帮妈,妈也帮帮你不是?”

田梦的眼泪在眼里打转。

这天早上,田梦一个个为乡亲们盛饭。乡亲们吃着,都夸:“城里的闺女就是不一样,这饭香！真香！田梦望着婆婆,两人都笑了。

方言专家

当妈的都盼着孩子能回家过年,可街道里的赵大妈偏偏为这件事犯愁。

赵大妈是街道的妇女主任,老伴走得早,闺女出嫁了,儿子又在外地工作,平时家里就她一个人。这天早上,她刚要出门,突然接到儿子刚子的电话,说年底要回家过年。一开始,赵大妈还挺高兴,可放下电话,她却越想越发愁,最后开始翻箱倒柜地收拾起行李来。

刚巧闺女翠玲来看她,一见这情形,就问:“妈,你这是要干啥啊?”赵大妈一拍脑门:“啊呀,你看,我光顾忙了,忘给你说。我……我正准备去四川你表姑家住一段日子。”

翠玲一愣:“咋突然要去那里啊? 多少年都不联系了……妈,是不是有啥事啊?”

赵大妈连忙说没事。可她越说没事,翠玲越不放心,一再追问。赵大妈只好吞吞吐吐地说:“闺女,我……我想去学学四川话!”

“啥? 学四川话?”这一说,倒把翠玲逗得哈哈大笑,“妈,你这是演的哪一出啊? 年轻时说湖南话,如今连做梦都说咱这儿的话,现在又要学四川话? 你还想当个方言专家啊?”

赵大妈有些尴尬地说:“我就是想学学……”

翠玲笑着接口道:“好吧,妈,你要当专家我也不拦着,可去这么大老远的地方,总得先联系一下吧,我回去给表姑家打个电话,明天再来帮你准备。”赵大妈只好点头答应。

第二天,赵大妈刚起床,翠玲就来了。在她的身后,还领着一个老太太。一进门,翠玲就对赵大妈说道:“妈,你不用去四川学四川话了,我把人给你领来了。”说完,一指身后的老太太。

赵大妈疑惑地问:“她能教四川话?”翠玲点点头。

赵大妈忙握住老太太的手,说道:“那太谢谢你了。”

可没想到,那个老太太却把手抽出来,一边打手势,一边发出啊啊啊的声音。赵大妈半天才明白过来,原来老太太是个哑巴!赵大妈顿时气呼呼地瞪着翠玲。翠玲却笑了,说这老太太是自己的邻居,有个儿媳妇叫幺妹子,从小在四川长大,说一口地道的四川方言,前几天刚巧回来,一听说赵大妈要学四川话,幺妹子便高兴地答应来教。

翠玲说完,一脸得意地对赵大妈说:“这不,人家婆婆非得来亲自告诉你哩,要不你该说我诓你了!”

赵大妈瞅瞅哑巴老太太,又比划了两下,见老太太点了头,这才把心放下。

就这样,当天晚上,赵大妈就住到了翠玲家,天天到幺妹子那里学四川话。一回家,还蹩脚地练习一通,逗得翠玲哈哈大笑。可每当翠玲问她为啥要学四川话时,赵大妈总是嘿嘿笑着说:“等刚子回来你就知道了。”

转眼两个月过去了,赵大妈的四川话已经学得很像了。这天,赵大妈告诉幺妹子,说自己耽误了她不少工夫,现在四川话也学得差不多了,就不打算再学了。虽然幺妹子一再说没事,可赵大妈还是说自己改天就不过来了。

谁知道,到了傍晚,哑巴老太太却拎着礼物来找赵大妈了。她把礼物放下,对着赵大妈比划了一阵。赵大妈看明白了她的意思,疑惑地比划道:“啥?让我继续去学?”老太太点点头,焦急地盯着她,然后又是一阵手舞足蹈的比划。

等哑巴老太太停下来，赵大妈突然间沉默了，过了一会儿，她拉了拉老太太的手，叹口气，比划道："嫂子，啥都不说了，我学这四川话也是为了这个，咱当娘的一样的心啊，你放心！明天我还去。"

赵大妈的眼圈热热的，她发现老太太的眼中也亮晶晶地闪着泪花！

转眼快到过年了。这天是刚子回来的日子，傍晚的时候，赵大妈正在家里忙活，突然听见门铃响。赵大妈打开门一看，刚子拎着大包小包站在门口，身边还跟着一个漂亮的姑娘。还没等赵大妈开口，刚子就笑着介绍道："妈，这就是我电话里给你说的英子！"

英子冲赵大妈甜甜地一笑。赵大妈则笑呵呵地说："娃儿些，你们那远回来，快进来撒！"竟然是四川话。这话一出口，刚子和英子顿时都愣住了。见两人发愣，赵大妈笑了："愣啥子嘛？外头冷，快进去撒！"

"哎！"姑娘一边激动地答应，一边和刚子进了门。

等进屋再一看，刚子和姑娘更惊讶了，只见屋里竟然挂着辣椒、腊肉，就像个四川人家。

赵大妈让刚子帮着姑娘安顿，自己跑到厨房给他们泡茶。没两分钟，刚子也跟了进来，笑呵呵地说："妈，你这是干啥啊？满口四川话，还把家里都弄成了这个样子？"

赵大妈神秘地一笑："儿子，先别问这些，你先说说，妈这四川话说得咋样？"

刚子忙竖起大拇指："哎呀，妈这水平简直比四川话还四川话哩！"

赵大妈乐了："别给我油嘴滑舌！妈是说……妈是说，妈说四川话，英子没说啥？"

"这个啊，说了。"

"说啥了？"赵大妈急切地追问。

刚子顿了下，说："妈，我说了你可别生气啊，她说，她还真不习惯你说这话哩！"

赵大妈一听，顿时失望地叹了口气，自言自语道："那我不都白忙活了吗？我可是专门为她学的四川话啊！"

刚子一愣："妈，你说啥？为她？"

赵大妈点点头，这才把学话的事情从头到尾说了一遍，最后，赵大妈说，"刚子，娘这都是为你们好啊，妈当妇女主任，常和大嫂子小媳妇打交道。那些外地来的媳妇就跟我说，刚来的时候婆媳语言不通，不仅觉得生分，还闹了不少误会。妈也是外地媳妇，也懂啊！可咋办啊？妈就想学学四川话，一方面少闹点误会，另外，大过年的，能让人家姑娘有个到家的感觉啊。"

刚子听完，愣了许久，才动情地说："妈，难为你了啊！"

赵大妈笑了："难为啥啊，只要你们好，妈都高兴！"

正说着，刚子却突然大声咳嗽了一声，然后狡黠地冲外面叫道："进来吧！都听到了吧？"赵大妈一抬头，发现英子已经站在门外！只见英子快步走进来，一把拉起赵大妈的手，眼圈红了："妈，有你恁好的娘，这就是俺的家了呀！"

赵大妈一听，顿时目瞪口呆地问刚子："刚子，她是不是你说的那个四川的英子啊？咋说咱这里的话啊？"

刚子望了英子一眼，笑着说："咋不是？就是她！英子为了和你这未来的婆婆相处好，跟我学了好久家乡话了。你们呀，想到一块儿去了。"说完，刚子哈哈大笑起来！

赵大妈一听也乐了。正在这时，翠玲领着幺妹子也来了。

赵大妈介绍道："这是幺妹子，也是四川来的。我学这四川话还得谢谢她呢。"

还没等说话，幺妹子忙说道："别，婶儿，我还要谢谢您呢。刚来那阵，家里没人陪我说话,我婆婆虽然说不出话,可她心里急啊。幸好翠玲姐提起你想学四川话,我婆婆才想了这个主意,就是想让你来陪我说说话啊!你和婆婆待我都像亲闺女一样。”

赵大妈拉起幺妹子和英子的手说:“孩子,说这些干啥?当娘的都是一样的心。要我说,哪里有这份情,哪里就是家啊!”

爹的那些事儿

一、车祸

刘老根一辈子没留下什么财富，总觉得心里亏欠儿子太多。前段时间，他觉得身体不舒服，偷偷到医院一检查，天啊，竟然是癌症。问医生还有多长时间，医生如实告，最多两年。刘老根长叹一声，既然板上钉钉的事儿，也不必让儿子花冤枉钱了，不过，还不算晚，趁着离死还有段时间，得想办法给儿子留点钱，多少了却了自己的一块心病。

这么一想，刘老根干起了自己的老本行，当司机，租车倒腾点干货。

这天，刘老根拉了一车干货，正在公路上呼呼地走，突然，他发现一个老头从路边快步走了出来，老根连忙按喇叭踩刹车，可是，随着刺耳的刹车声，车还是把那老头撞倒在地上。刘老根顿时脑袋里“嗡”的一声，真是屋漏偏遭连夜雨，怕啥来啥啊！待了片刻，他赶紧下车，那老头先是一动不动，接着就哼哼唧唧地叫开了，地上已经流了一摊血。别的不说，救人要紧！刘老根想也没敢多想，三下五除二，把老头弄到车上，赶紧向附近的医院开去。

到了医院，也算抢救及时，老头的生命并无大碍，只是断了腿骨，伤了元气。看来，得要些时日住院治疗了。

遇到这么个事儿，刘老根欲哭无泪，他默默地坐在病床前，思来想去，终于拿定主意,这事儿说啥也不能让儿子知道,自己一竿子承担到底。

二、协议

老头也醒了,刘老根便满是歉意地说:“老哥,对不住了,你看出这事儿。我也不逃也不跑,别担心,我铁定给你治。不过,你说,我按了喇叭,你咋也不知道躲呢?”那老头叹了一口气,看着刘老根,忽然大声说:“我王忠耳朵不好使,不过,你说啥我看你嘴巴就能懂,现在就说吧,咋办,治疗你是肯定得治,其他的咋办?”

怪不得这老头不躲呢,原来耳朵背。刘老根看了老头一眼:“其他的?老哥,其他的,你是指……”王忠老汉说:“赔偿的事儿啊!”

刘老根脑袋好像又挨了一拳,嗡嗡直响。

刘老根最怕这个问题,但看来还是回避不了了。他想了一下,说:“老哥,你看这样行不行?你安心养病,医疗费用我承担,至于赔偿,你再拖拖,眼下我也拿不出来,不过,一定会给你!”

王忠老头听他说完,呆了好大一会儿,才说:“这个不行,总得让你家里人来吧?”刘老根赶紧求他说:“老哥,就这一条,别让我儿子知道,我亏欠他太多了啊,你我都是爹,换了你,你希望儿子知道?”王忠摆摆手:“那我不管,反正我又没儿子!”

见谈不妥,刘老根顿时有些恼火:“怎么就说不通呢,老哥,你想,当时我撞了你,跑了,谁知道?就现在我尥蹶子,谁知道?人不都是敢作敢当嘛!”

说到这里,王忠老汉似乎软了心思,顿了一会儿说道:“那好,我答应你,我好了之后,你给一万元!同意的话我就和你签个协议。”

刘老根有气无力地叹了一口气,点头答应了。于是,接下来,俩人悄悄写了协议,签字画押,刘老根一边继续拼命跑他的车,一边来医院缴医疗费照顾王忠老汉。

三、纷争

转眼一个多月过去了，王忠能下地走路了。这天，刘老根刚给医院缴了费用，迎面和一个急匆匆的小伙子撞了个满怀。小伙子扔下一句道歉话，就往前跑。刘老根突然一激灵，这小伙子的面容咋和王忠那么像呢？可是，王忠不是说自己没儿子吗？也许是巧合吧，天下长得相似的人多着哩。刘老根摇摇头，正想迈步，但最终还是回头，悄悄朝小伙子跑的方向跟了过去。

这一跟不要紧，刘老根竟然发现，那小伙子真就走进了王忠的病房。刘老根的心紧绷了起来，偷偷在病房门口听了起来。刚听了几句，他就目瞪口呆。

王忠还真是骗了他，那小伙子就是王忠的儿子叫王毅，这么长时间王忠骗儿子说去做活儿了，儿子不相信，这才一再逼问，王忠终于对儿子说出了实情。王毅目瞪口呆地看着王忠："爹啊，你受的这些罪，难道只值一万块？不行，你要不说，你通知他来，我和他说！怎么也得三两万吧！""我和人家签了协议的！""协议？协议你甭操心，我来办！"

刘老根在外面听得倒吸一口冷气。看来，这事儿不能轻易解决了，眼看着窟窿越来越大，自己贩干货赚的钱哪里顶得住？

后面的话，刘老根听不下去了，他心情无比沉重地悄悄走出了医院。此刻，他感到特别后悔，没替儿子赚到钱，却捅了个大篓子，该怎么办？

一边胡思乱想，一边溜达，不觉已经走出了几里远，看看天色已经暗淡下来，刘老根也没理清个头绪，就在这时，一辆车忽然开启了大灯，向这边开来。

不知道怎地，刘老根突然热血上涌，等车到跟前，他一个趔趄，往路中间靠过去。那车和自己撞王忠一样，一阵刺耳的急刹车，刘老根眼前一黑，倒在地上。

四、都是爹

等刘老根睁开眼睛的时候,已经在医院里了。他浑身疼痛,用力抬头一看,王忠正心急火燎地站在他的面前。刘老根立刻就哭了:“老哥,你别急,钱的事儿……”还没等他说完,王忠已经接过话说:“老弟,什么钱啊!我一分都不要了,我照顾好你,咱一了百了,谁也不欠谁!”

刘老根瞪大了眼睛,几乎不相信自己的耳朵,自己这一撞,竟然把这个恼人的纷争给撞没了?王忠摇摇头:“老弟啊,天意啊,报应啊,你知道撞你的人是谁?”“是谁?”刘老根问。

“我儿子,王毅!”

刘老根再次目瞪口呆。原来,王毅和爹王忠商量完赔偿的事儿,就急匆匆地开车走了,刚走那么一会儿,在路上就把刘老根给撞了。

王忠把拐杖放在一边,在病床边上坐下,忽然间一吸溜鼻子,老泪流下:“老弟,既然如此,我也不瞒你了,其实,我是故意往你车上撞的!”

刘老根愣愣地看着他:“你,这是为啥?”

“为啥?为儿子呗。我这一辈子啊,窝囊,没给儿子留下任何财富。老了老了,儿子烦啊,话里话外地拿这个说事儿。我耳朵不好使,但我能看懂嘴啊,能懂话音啊!听多了,心里就难受,窝囊的一辈子,如今哪里找钱留给他们?只好去撞车,讹你啊,老弟!”

刘老根沉默在那里,许久才说:“都是爹啊,老哥,都是爹啊,我也活不长了,想给儿子留些念想,就出来贩些干货,这下倒好。那天晚上,听了你和儿子的对话,我怕啊!思来想去,有什么办法啊!就往你儿子车上撞!”

“这么说,你知道那是我儿子?”王忠问。

刘老根点点头:“知道,我知道他来,知道他开的车,知道他走的路,我一直等着呢!”

他说完,王忠却忽然嘿嘿嘿地笑了,笑完又呜呜地哭:“你说,咱这当爹的,为啥啊,为啥啊?”

刘老根也擦了泪:“为啥,为儿子呗!”

正说着,门开了,王毅走了进来,突然“扑通”一声跪在王忠面前,涕泪横流:“爹,刚才的话我都听见了,儿不孝啊! 爹,往后,您啥也别想着给儿子留,您已经把最好的东西留给我了,是对儿子的爱啊!”然后,他转头,对刘老根说:“叔,对不起,我差一点逼死您啊,我会找到您儿子,告诉他,老爹都给我们留了啥!”

动人的翻译

一、谁会翻译

现在会外语的人多得一摸一大把，找个翻译还不简单？可是，有些语言恐怕很多人都翻译不了。

就说大林吧，他就正为这事急得团团转。大林他爹老周头前几年从厂子里退了下来，好好的一个人说病就病了，最终落了个全身瘫痪，话也说不清楚了，满嘴的啊啊呜呜，谁也听不懂他的话了。

前几天，老周头的病情加重了，新来的保姆阿会连忙打电话通知为生意忙得团团转的大林，大林只好抽空回去把老周头送到了医院，经过抢救，老周头病情稳定了下来，但接下来几天，他都不停地看着大林啊啊呜呜。

大林知道父亲一定想告诉他什么事，可自己哪里懂他究竟要说什么啊！大林犯了难，就把自己能想到的一条一条猜给他听，谁知道，大林说一条，老周头摇摇头，再说一条，他还是摇摇头，最后大林说完了，老周头还是摇头，急得脸都憋得通红。

大林无奈地看着父亲。这时候，一直坐在一边的阿会忍不住小心翼翼地插了一句嘴："大林哥，周伯伯是不是要……说遗嘱啊？"突然，老周头长长舒了一口气，安静了。

大林看着情形估计阿会猜对了。可是,父亲当了一辈子工人,除了他住的那套七十来平方米的房子,还有什么遗产可交代的呢?转念一想,也许他还真有什么事情一直瞒着自己呢!

想到这里,大林试探着对父亲说:“爸,难道你还有存款?”

想不到大林试探地这么一问,老周头连忙高兴地轻轻点了头。

大林一阵惊喜,关键时候还是父亲雪中送炭啊!这段时间,大林生意上的贷款到期了,可货又没有脱手,正为资金这事犯愁呢,要是父亲真有个十来万的,不正好救了自己的急嘛!

但接下来,大林就又失望了,问父亲存折在哪里,父亲一阵嗯嗯啊啊,问密码是多少,仍是一阵嗯嗯啊啊。

大林想,只要有存折肯定能找得到,但要是没有密码,就麻烦了。可是,谁能懂父亲的嗯啊呜呜啊?

二、她会翻译吗

这几天大林不光被生意的事情折腾得焦头烂额,父亲听不懂的话也成了他的一块心病。

这天,大林刚赶到病房门口,却听见病房里有个女人说话的声音,她说句,父亲还激动地啊啊地回应着。听声音显然不是阿会,那是谁呢?大林透过小窗口一看,愣了。怎么是她?她来干什么?

女人叫惠芬。三年前,老周头得病的时候,大林忙不过来,就从劳务市场把惠芬领回家伺候父亲。后来,大林才知道,惠芬家在农村,丈夫刚刚在小煤窑里被砸死了,她还有个刚满五岁的孩子。为了生计,她把孩子留给上了年纪的公婆,这才到城里打工来了。惠芬老实本分,对老周头伺候得很周到,帮他翻身擦洗,喂饭说话,家里一点异味都没有。大林也十分满意,一心一意地做他的生意去了。

惠芬这一干就是两年多。有一天，大林突然回家探望父亲，刚走到门口，忽然听见惠芬正说房子什么的。大林多了一个心眼，站在门口偷听起来。果然，惠芬大声对父亲说："好好，我一定把乡下的房子卖了，带公婆孩子来住，这就是俺的家！"父亲啊啊答应着。听到这里，大林的心里咯噔一下，没想到，惠芬竟然打起了房子的注意，怪不得把父亲伺候着这么好，原来心思全在这里啊。

大林本想当面揭穿她，但考虑到她这两年多也的确对父亲尽了心，有意给她留了面子。他重重地敲了敲门。惠芬拉开门一脸惊讶："哎呀，大林哥回来了。我正想对你说一声，孩子病了，我想回家一趟呢！"大林冷冷地一笑，一眼瞅见了惠芬放在门边的一个大包。大林收回目光说："那这样吧，眼看中午了，你先做饭，咱吃了饭你再走，也算给你送个行！"惠芬愣了下，还是答应了，慌忙进厨房去了。

趁惠芬做饭的功夫，大林悄悄打开了惠芬的大包，这一翻看，他惊呆了，更肯定了自己的猜测。包里装的全是自家的东西，大到太空被，小到父亲曾用过的钢笔都有！

大林腾的一声火就起来了！幸亏我发现的及时，要晚了，她还不把这房子给被骗走了！大林一回头，发现惠芬正在他身后愣愣地站在那里。

大林也愣了一下说："既然你都看见了，咱也把话挑明了吧，这两年多你也费心照顾我爸，我感激你，但你也不能动这歪心思啊！"

惠芬吞吞吐吐地说："大林哥，什么歪心思啊？我……这……都是周伯伯非叫我拿的啊！"

大林哼了一声："我爸会说话吗？"

这一问，惠芬的眼泪刷刷地就流了下来，她目瞪口呆地站了一会儿，然后，解下围裙，夺门而出……

三、她真的会翻译

大林推开门走进病房，惠芬冲他一笑说："大林哥，我听一个在这里当保姆的姐妹说，周伯伯住院了，就过来看看他！我……马上就走！"大林尴尬地说："谢谢你还惦记着我父亲！"

突然，老周头一脸焦急地啊啊开了，惠芬连忙转头看着老周头笑着说："好好，周伯伯，我不走，我是和大林哥说着玩的！"说完，老周头一下子安静了下来，脸上还带上了笑容！惠芬回头不好意思地小声对大林解释说："大林哥，周伯伯刚才说不叫我走呢！"

大林忽然间一愣，难道她真的能听懂父亲说的话？要真是那样，父亲存款的事情也就好办了！这么一想，大林问："惠芬，你真能听懂我父亲说的话？"惠芬点点头，然后低头沉默了。

过了一会，惠芬抬起头说："大林哥，周伯伯的心里其实啥都明白，他就是没办法和别人说啊！他心里苦啊。刚开始，他冲我焦急地叫，我也不知道他究竟要干什么，干脆就不管他，任他叫嚷，可每次我看到他痛苦的表情，无助的眼神，我的心里难受啊，我想帮他，可咋帮啊？后来，我就渐渐摸索他说的话的意思，不对就猜，一直到对！有时候，他啊啊一阵，我要忙活一个上午啊！好在，经过两年，我终于对周伯伯的话懂个八九不离十了！"

惠芬忽然激动地学着老周头的声音说："你看啊，他这样说是想喝水，这样说是想听我念报纸上的新闻，这样说要我出门多穿件衣服………还有，他这样啊几声就表示几呢！"

惠芬说着，渐渐的声音低了下去，然后，泪水就顺着脸颊流了下来。这时候，她才想起老周头也在听着呢，她回头冲老周头一笑说："周伯伯，我说的对不对？"老周头啊了一声，眼里的泪水哗地流到了枕头上。

大林早已经目瞪口呆地愣在了那里！他突然狠狠地一拍自己的头，自己父亲的话自己竟然不懂，而眼前和自己非亲非故的惠芬却能这样细心地读懂了，都怪自己平时只顾着忙忽视了父亲啊！他满怀歉意地看看父亲，又看看惠芬："惠芬，我……我对不起你，我误会你了！"

惠芬突然紧张地制止了他，小声说道："不要让周伯伯听到，其实，那些东西真是周伯伯让我带的啊。事情已经过去了，就不要再提了。不过，现在你相信我还不晚啊，我还要给你做翻译呢！"

四、翻译错了

大林抬起头，疑惑地盯着惠芬。惠芬说："周伯伯都告诉我了，他的房子和存折啊！"

大林笑了。

惠芬站起来，走到老周头床头，对他一笑说："周伯伯，现在你说吧，我说给大林哥听！"

老周头冲惠芬咧咧嘴，顿时激动地啊啊开了。

等老周头说完，惠芬却愣住了。不过，愣了一下，惠芬就转过身对大林说："周伯伯说，房子和存折自然只能留给你了，存折的密码是772510。"惠芬刚说完，病床上的老周头突然间神情激动，瞪着眼满脸通红地冲惠芬啊啊开了。

大林疑惑地说："惠芬，我爸怎么了？你翻译得不对？"没等惠芬回答，老周头倒响亮地啊了一声。

大林看看惠芬："你说的肯定不对！惠芬，你照我爸的意思说，哥我现在都能想得开！"

惠芬沉默了，老周头却又焦急了，啊啊个不停。

过了一会，惠芬擦了一把脸上的泪，深情地看看老周头，轻轻地摇了摇头："周伯伯，我知道你是为我好，但那钱我不能要啊，那是你一辈子辛辛苦苦攒下的啊！我照顾您是收您的工资，天经地义的啊！”

老周头啊啊着，泪水再次流下来。

惠芬拉拉他的手：“周伯伯，您放心，我会常来看你！您就把我当成您姑娘就成了！我……走了！”

说完，惠芬起身往病房外走去，身后是老周头一声接一声的啊啊。

大林表情凝重地站在那里，忽然看着父亲郑重地说：“爸，你放心，我会尊重您的选择！”

老周头一时间停止了啊啊，看着儿子，舒了一口气，安静了下来。

父子悲情

一、出了大事了

这一天，黄水村的罗宗强还顶着大日头在地里热火朝天地干活，村主任王天水气喘吁吁地跑来，黑着脸告诉他，乡长让他火速去一趟。

罗宗强连忙放下锄头便向乡里跑去，一边跑一边疑惑地想，到底是怎么回事？竟连乡长也惊动了？到了乡政府，罗宗强也顾不得擦汗，直奔乡长办公室。乡长办公室里静悄悄的，气氛显得有些紧张，乡长坐在那里闷着头抽烟。

罗宗强探头问："乡长，你叫我来?"乡长扭过头长长吁了一口气说："罗宗强，你进来！"罗宗强战战兢兢地走到乡长对面，像个犯错的学生，乡长又点了一根烟，指着椅子说："宗强，你坐下！"然后从抽屉里拿出一封信摔在桌子上，声音忽然提高了八度对罗宗强说："宗强，我知道，你收养六个流浪老人是好心，可好心不能办坏事呀！你不能给乡里脸上抹黑呀。当初，我给你说，没有金刚钻就别揽这瓷器活，你却信誓旦旦地保证过没问题!可你怎么能这么办呢?"乡长越说越生气，但罗宗强却云里雾里越听越糊涂，乡长见他皱着眉头，满脸疑惑，就敲着桌子上的那封信说："有人把你告下了，说你组织流浪老人外出拾破烂赚钱！"罗宗强一惊，站起来："乡长，这……这没有的事呀!”乡长说:“有没有,你最清楚!这信上,可是证据确凿呀!还说,准备找记者来查实报道!宗强,有些话,我不愿说,在干部考评的节骨眼上,我不想让乡里出任何差错呀!”

罗宗强一屁股跌坐在椅子上,强忍着心里的愤怒和委屈说:“乡长,请你相信我,这是没有的事情呀!”顿了片刻,他接着说:“那你看,我该怎么办呢?”乡长说:“依乡里的意思,咱乡里穷,你家负担也重……我看就散了吧!”听乡长这么一说,罗宗强的脑袋轰地大了,他张张嘴,却说不出话来。

二、你们还是走吧

罗宗强慢吞吞地回了村,他站在村边的大青石上,望着那边虎头坡下的那座土瓦房小院落,不禁潸然泪下。那院子是他亲手盖起来的,三间土瓦房,一圈土院墙,这时候看起来格外温馨。自从两年前收留第一个老人以来,他又陆续收留了几个老人,现在一共有六个。老人们不图别的,只图有个地方安身,宗强也待他们如亲人一样,自己累死累活也不薄待老人。为了有个盼,宗强有一次干脆把他们称为大爹,二爹……大娘,二娘……罗宗强流着泪傻站了一会儿,径直向小院走去。他一进院,老人们就慌忙把堆在院子里的破纸烂布往屋里藏。宗强越看心里越不是滋味。最后他一狠心说:“爹娘,我……我真的支持不下去了,你们……你们还是散了吧!”说完,他把头扭到一边去了。话一出口,老人们惊呆了。然后大家相互看看,低下头,流着泪,默不作声。

突然,大爹唏嘘着说:“孩子,俺明白,俺难为你了,俺们收拾收拾就走!”大爹走字说出口,罗宗强顿时心如刀绞,不愿再回头看他们一眼。

宗强跑回家,把家里仅有的300块钱分给老人们。

晚上,宗强心事重重地向村外走去。他原本想去散散心,但初秋的夜晚凉意一阵阵袭来,他不禁打了一个寒噤,想到几个老人现在的处境,不禁蹲在地上抱头呜呜地哭了起来。突然罗宗强听见不远处有窸窸窣窣的声音，连忙过去一看，他惊呆了，在一大堆玉米秆下，几个老人正相互依偎在一起，怀里抱着行李，默默地坐在那里……

一见罗宗强站在眼前，老人们惊喜万分，大爹站起来一把拉住宗强的手说："俺们就知道，您一定会来接俺们的，所以俺们根本就没有走远，就在这儿等你呢！"宗强一愣，顿时笑着说："我接你们来了，走，咱回家去！"说完这句话，他的心里顿时有说不出的轻松。

三、爹娘一个都不能少

这段时间，下起了入秋以来的第一场透雨，而且下起来就没完没了。宗强不能到砖厂做活了，眼看没有了生活的来源，心里急得不得了。

这天半夜，宗强刚睡下，就听见有人焦急地拍门。他慌忙披上衣服，刚一开门一个人影就扑了进来，紧张地说："宗强哥，不好了！"宗强这才看清，是小五。宗强扶起小五，让他慢慢说，小五说："我外出回来晚，经过虎头坡时，听见忽地一声，滑坡了，小院埋了！"宗强顿时惊呆了，他突然大叫一声，就冲到了雨里。一边跑一边大叫："乡亲们啊，虎头坡滑坡了，帮帮忙，救人呀！"

宗强跌跌撞撞地到了那里，乡亲们也都提着手电赶了过来。借助微弱的灯光，宗强这才看清了，虎头坡的"虎头"已经整个掉了下来，重重地挤压在小房的一侧，房子已经歪向一边，摇摇欲坠，而更加让人揪心的是，坡上的泥土正随着雨水继续向下移动，房子里面却没有一丝动静。宗强顿时后悔，当初怎么会选择这里盖房子呀！但情况紧急，来不及多想，宗强夺过一只手电一个箭步向小房冲去。乡亲们顿时都焦急地大叫："宗强，小心，危险！"

冲到变了形的门口，宗强爬到淤泥里，钻了进去。正屋的后墙已经被冲倒，屋子里全是淤泥。西屋住着爹，东屋住着娘，先到哪一边？来不及细想了,宗强径自向西屋爬去。刚到门口,就听见大爹微弱的声音:"强啊,我们在这里,救我们啊!"宗强一阵惊喜,但他抹了一把脸上的泥一看,门却被冲进来的泥土杂物堵得死死的。正在这时候,宗强突然发现,身后的泥里,有几人正爬进来。"宗强!"一听声音,是小五和几个乡亲。宗强几乎是命令他们:"你们几个去东屋,我和小五在这里挖门!抓紧时间!"

宗强和小五迅速地搬动杂物。

时间一分一秒地过去了,宗强他们也都累得筋疲力尽。

门终于打开了,宗强和乡亲们一个个拖着满身泥污的老人迅速地向外转移。

当宗强背着最后一个老人爬出小屋时,突然听见"咔嚓"一声响!宗强一惊,猛然把身上的老人向前摔了出去,他却重重地倒在地上,几乎同时,整个房屋承受不住泥土的压力顿时倒了下来!一根房梁却突然弹了出来,恰好砸在了宗强的腿上……

四、大爹死得蹊跷

事后第三天,雨停了。宗强睁开眼睛时,发现自己是在乡医院的病房里。他的双腿已经打上了厚实的石膏。他突然大叫一声:"爹娘怎么样了?"才发现老人们正围坐在病房里。见他醒来,老人们高兴地松了一口气:"强啊,你可醒了!"宗强也笑了说:"没事,我命硬着呢,我还得照顾爹娘呢!"说完,大家都笑了起来。

突然,宗强一愣,脸也顿时沉了下来。然后他急切地问:"大爹呢?"大家也愣在那里,相互看着却都不说话。最后,二爹吞吞吐吐地说:"他在家,看家哩,没……来!"

看看他们的表情,宗强判断一定出了事。他顿时号啕大哭说:"二爹,不用再瞒我了。我咋这么笨呀,咋没有救出大爹呀!"

“强啊,不……不是……”

见瞒不下去,二爹哆哆嗦嗦从怀里掏出一张烟纸递给了宗强。

宗强慌忙接过来看,只见上面用铅笔歪歪扭扭写着几行字:“我的死是自愿的,不关俺宗强的事。张汉生。”看完字,宗强疑惑地大吼:“到底怎么回事,快告诉我呀! ”

顿时,老人们都呜呜地哭了起来

原来,罗宗强原本为了老人们就没有了积蓄,靠做一天工吃一天饭,这又为救老人们砸断了腿,哪里拿得出住院的费用啊!老人们一个个都愁得老泪纵横,却没有办法。那天夜里,六个老人在宗强的屋子里合计了大半夜,终于做出一个惊人的决定,让车撞死!这样一来,既减轻了宗强的负担,又可以得到一笔赔偿帮宗强住院了。可是,谁去呢?好一番争执,最后,大爹阻止了其他人,痛苦地做出了决定。可是,又怕自己的死又给宗强惹来麻烦,于是就当着众人的面在烟纸上写下了那几句话。

二爹流着泪接着说:“俺们只想尽你的一份情啊!”听二爹说完,宗强早已经号啕大哭起来:“大爹,你傻啊!我这哪里是留了你啊,我这是害了你呀!”

几天后,在乡亲的帮助下,大爹入土为安!而在医院里的宗强坚决拒绝了那个撞死了大爹的司机送来的钱,并告诉司机,一定会还他一个清白!

五、神秘人物突然出现了

一个月后,罗宗强拆掉了石膏。俗话说,伤筋动骨一百天。宗强只好在乡亲们的帮助下窝在家里静养。

这一天,宗强正和五位老人在家里吃饭,突然,门被推开了。宗强抬头一看,是本村的长福。谁知道,他刚一进门就“扑通”一声跪倒在宗强面前。

大家顿时愣住了。

宗强连忙上前扶起长福说:“福哥,你……你这是唱的哪一出啊?”这一问竟问得长福泪流满面地说:“宗强,哥对不住你啊!哥是小人,哥因为虎头坡下的那块地给乡里写了匿名信啊!”

宗强一愣,这才明白过来。原来,当初宗强收留老人向村长要地方盖房子,村长就把虎头坡下的那块地划给了他,长福是一百个不愿意,那是全村最好的一块地啊,但长福怕村长只好把怒火强压在心里。时间一长,长福竟越想越觉得窝囊,把气都撒在了宗强的身上。恰巧,宗强到砖厂做活的时候,老人们偷偷地捡破烂叫他看见了,就悄悄向乡里写了匿名信,栽赃说宗强利用老人捡破烂敛钱!“宗强,现在,哥服了你了!你是个爷们,和你比起来,我……我做的都叫什么事啊!”

长福说完,宗强叹了一口气,上前扶起他说:“福哥,什么都不用说了,一切都过去了!我不怪你,可是……”宗强故意顿住了。

“可是什么?”长福紧张地问。

“你说,记者是你家亲戚?”

长福一愣,随即说:“这个,我不骗你,你嫂子她二姨家孩子就在报社上班呢!”

事情就这样结束了。

几天后,当地晚报刊登了一篇题目叫《一个儿子和他的六个父母的旷世情》的报导,宗强和他的五个父母在一起满脸幸福笑容的大照片做了压题照片。

五傻闯天下

一、闯了祸，咱得走

玉皇山现在成了旅游景点，山脚下有条沟叫龙驹沟，沟边建了个供旅游团队休息吃饭的玉皇旅店，但这旅店不是老段家的，他家住在旅店旁边。老段真名段老根，无儿无女孤身一人，也没有房子，就在沟里挖了个窑洞当房子。平日里，老段给旅店打打短工，帮人家干点零活，日子勉强过了下来。

后来，老段在沟口发现了一个十七八岁的无家可归的傻子，老段见他可怜，一激动竟把傻子收留了下来。从此一发不可收拾，老段接二连三又收留了三个，老段干脆把自己也加入到傻子的行列，加上自己一共五个人，老段管自己叫大傻，其他按收留时间分别叫二傻、三傻、四傻、五傻。

傻子一多，就不好管理。老段一出去，几个傻子要么闹腾个天翻地覆，要么一溜儿坐到人家旅店门前傻乎乎地出神。这天，老段到别处做小工回来，玉皇旅店的老板娘玉华气呼呼地找到老段，对他说："老段，你要么管好你那几个傻子，要么干脆走吧！"老段一愣说："凭啥啊，傻子傻他的，你做你的生意啊！"老板娘玉华是个胖子，一听老段这话，本来还压着的火气顿时爆发了出来，她脸一红，一把拉着老段说："走走，你去看看！"老段被拽着到旅店门口里一看，天哩，真是狼藉满地，泔水洒得到处都是！老板娘越看越来火,大叫道:“洒泔水不说,你那群傻子竟然还来抢客人吃剩的饭菜,吓得客人一溜烟都走了,你看还把我精装修的墙弄成包公脸,还有,他们安静下来的时候一个个鬼似地守在门前,哪个客人还敢来?我告诉你大傻,你今天不说出个子丑寅卯,包赔我的损失,咱们没完!”

老段目瞪口呆地站在门口,不住地赔着笑脸说着软话。可老板娘是吃了秤砣铁了心要和他干到底了,说什么都不依不饶。老段气呼呼地扭头任凭老板娘叫嚷,蹬蹬噔蹿到家里,抽出一根棍子就要找傻子算账。傻子们正横七竖八地躺在屋子里,脸上手上到处都是泔水渣。老段跳进来,一棍子打在二傻身上:“叫你们作乱!叫你们添事!”二傻用手一挡,棍子落在胳膊上,咔嚓一声断掉了。傻子们吓坏了,惊恐地看着老段:“饿,饿!”老段一愣,终于扔下手里的半截棍子。是啊,以前自己一个人吃,现在五个人吃,换来的食物咋能够分呢?

这天晚上,老段开个家庭会议,五个人围着个圈坐在那里。老段说:“饭店里的损失我是赔不起了,其他也没啥法子,我看咱只有走这一条路了,你们说去哪里?”老段看看二傻,二傻呵呵地笑了。看看三傻,三傻吸了一下鼻涕。老段摇摇头:“对牛拉胡琴,和你们说有啥用,咱五个还就属我懂点事儿,好,决定了,咱闯天下!明天一早就走!我就不信咱活不下来!还有一点你们必须记住,都别给我闯祸!”

二、千万别再闯祸

一个晚上,老段就把将来的生活明明白白想了一遍。第二天一大早,老段叫傻子们每人背些编织袋子浩浩荡荡出发了。步行走了三天三夜,终于到了市里,一群傻子累得更傻了。老段找了个偏僻的地方把他们安顿下来,花光所有积蓄美美地叫大家吃了一顿,然后睡了。第二天,老段给他们上了一节课:如何拾废品!很快,几个傻子就掌握了基本要领,并熟知了集中地点,接着开工。

到了中午,几个傻子陆续背着战利品归队了,可是,唯独二傻没回来。老段焦急地等待着,直到午后,二傻才满脸是血一瘸一拐地回来报到了。老段吓了一跳,赶忙拉着他问:“咋回事?”二傻龇牙咧嘴地说:“打了,打了!”“谁打了?”二傻胡乱做着动作说:“哼,哈,打了!”老段的火一下子来了,对傻子们一摆手:“走!”傻子们立即跟了上来。

走了不远,二傻忽然惊恐地一下子转身就要跑,嘴里说:“打了,打了!”老段一愣,仔细一看,发现不远处有两个脏兮兮的人,其中一个就背着二傻的编织袋。老段一手拽住二傻,一边快步追上去大喝一声:“嘿,站住,你们打了人!”两人回过头来,一个大胡子冷冷地说:“我们打的是人?不就一个傻子嘛!是打了,打得就是这个不懂规矩的傻子!”“啥规矩?”大胡子恶狠狠地说:“这地方老子早就来了,所有的废品归我,这就是规矩!”老段一听,竟然还有这规矩?老段火了:“这规矩能不能改啊?”一句话火星四射起来。大胡子和另一个人对视一眼,领着拳头就冲了上来。老段一看回头大声对傻子们说:“他们有吃的,你们不是饿吗?快去拿!”傻子们一听来了精神,一股脑冲了上去。软的怕硬的,硬的怕横的,横的怕不要命的,不要命的怕啥?怕啥都不懂的!一阵混战,大胡子两人败下阵来,破衣服更破了,脸上胳膊上都是血道道,鼻子还往下蹿着血!大胡子擦了一把血说:“好,胜了这里就是你们的!”老段一笑说:“打架我们不怕,我们平了,这里咱都有份!”

大胡子悻悻地走了,老段笑了。五傻有了根据地,这里的废品一定能养活他们了。

三、因祸得福

过了几天,老段刚把队伍集中好,突然来了几个警察,还有一些背着摄像机的人。警察对老段说:“把你领的几个智障人集中起来跟我们走!”老段一见警察找上门,浑身哆嗦了说:“我们……我们咋了?”警察说:“有人举报你虐待智障人,并组织他们拾废品敛财!”老段一听委屈得想掉泪,这话从哪里说起呢!但警察不听他的解释,叫他到所里去说。

到了所里,老段这才一五一十把事情的来龙去脉统统说了出来。警察皱着眉头反问:“要是这样的话,你说你傻不傻?”老段点点头:“我叫大傻啊!”警察“扑哧”一声笑了:“好了,我们也调查过了,也没见你虐待他们,近来这类案件挺多的!看来,这个故事的主题该换换了!”警察指着背摄像机的记者说。

第二天,电视台和报纸还真报道了这老段和傻子们的事。接着好事就找上了门。一个福利厂找到了老段,说可以收留那些傻子。老段一听,乐得一蹦三尺高,好啊!可是,结果呢,人家只看中了二傻,说二傻还能做些稍微精细点的活儿,其他的就爱莫能助了。

二傻跟着来人走的时候,惊恐万状,说什么也不走了,老段正没辙,突然,眼前一亮,把编织袋塞到二傻手里说:“去,拾废品,一个月咱集中一回啊!”二傻一愣,接着编织袋,回头看了老段好一会儿,乐得颠儿颠儿地走了。可老段鼻子一酸,眼圈红了。其他的傻子倒乐呵呵拍手蹦跳,嘴里叽里咕噜地喊:“呵呵,走了,走了!”

这时候,老段忽然瞅见远处角落里大胡子竟然躲在那里。老段走过去,大胡子想躲,但来不及了,老段站在他面前,还没开口,大胡子倒腾地先红了脸。老段一笑说:“老弟,你这一举报还举报对了,二傻有了好去处!咱都有手有脚,脑子好使,我呢,还有任务照管剩下这几个,你们就去找个事吧!”大胡子一愣,眼圈红了:“大哥,我还是误会你了,更对不住你了,不打不相识,我走了,以后见面有用得着的尽管说!”

老段点了点头。

四、祸不单行

二傻走了，其他的还得带着啊。老段继续领着三个傻子拾废品。可是，这天晚上，剩下的四傻都睡下了，有两个神秘人物找到老段，他们把老段叫到一边说：“老段，你也上过电视，我们都知道你的事儿，但我们也没办法，恐怕你们要离开这里了！”老段一惊，咋又不让在这里啊？那人说：“正创文明城市，查的很紧，你们在这里不太好！”老段说：“既然知道我上过电视，你们不怕我把事情闹得沸沸扬扬？”那人哼了一声：“正因为这样，我们才来找你说，不过，我们也的确相信你把事情闹不大！”老段不明白啥意思，但他看着昏黄的灯光照耀下，那人脸上泛着青光，就长长地叹了口气说：“好吧，我们，我们走！”

这天晚上，老段看着几个傻子睡得挺香，他自己却无论如何也睡不着。好不容易安生下来，咋就又容不下了呢？老段自信地明白，不是因为自己，而是他带着的几个傻子。

第二天一大早，老段叫醒了傻子们，打点行装准备上路，到哪里去呢？老段昨天晚上已经想得焦头烂额，但也没想出个法子。

眼看太阳升起来了，留下的时间越来越少了，可咋办啊？老段坐在编织袋上，看着几个傻子，正准备去买些吃的，可一摸口袋，他的心咯噔一下沉了下来，天啊，装钱的红塑料袋子不见了！那里面装着一百二十多块钱，一定是昨天夜里被谁偷走了。

老段咬牙切齿心事重重地领着傻子漫无目的地往前走，突然一回头，傻子不见了。他正准备喊，拐角处卖早餐那里几个傻子蹿了出来，他们手上捧着别人吃剩下的油条油馍，一个个兴冲冲地捧到老段眼前嘿嘿笑着说：“你吃，你吃！”老段一下子来了气，一把把油条打掉在地上，大声吼道：“我们不是要饭的，我们是找工作的！都会抢了啊，净给我惹祸，我领你们有什么用啊?"傻子吓坏了,都愣愣地待在那里,不敢去拾地上的食物。

可是,老段的泪瞬间流了下来。

就在这时候,突然,有人叫了一声:"老段,还真在这里呢!"老段猛然回头一看,愣了,是大胡子。"你咋来了?"大胡子看看老段,又看看傻子,叹了一口气,从口袋里取出几张红票子递过来说:"大哥,咱那一打,倒是你把我打醒了啊!是啊,连这些傻子都会拾废品,咱有手有脚就不会做点事?所以俺兄弟俩在高速路工地上找了活儿,这不,发工资了,我来看看你!"老段接过钱,一愣,心想,我咋没想到呢,这工地离自己原先那老家还不远呢!他把钱又塞给大胡子:"兄弟,这样啊,我们又在这里闯祸了,没地方去,你能不能带上我们,到工地上找个活儿?"

大胡子一听,看看那几个还待在那里的傻子,犹豫了一下说:"大哥,我试试吧!"老段笑了,对身后的傻子们大吼一声:"走咧!但愿你们别再惹祸了,我真怕了你们了!"

傻子们也笑了,老段和大胡子打头,傻子们紧随其后,出发了。

五、这祸闯得险

事情很挺顺利,老段在工地找到了工作,至于那几个傻子,你说能做些啥事呢?老段心一横,自己先做着,走一步说一步。

从此,老段在工地上出力,几个傻子就在野外傻转悠,等老段弄来饭菜,他们狼吞虎咽地吃。老段在工地上也就做个杂工,这天中午快下工了,做桥墩的师父告诉老段,自己一时疏忽将焊机工具忘到做桥墩底的洞里了,自己又有急事,让老段帮忙取出来,说完,人家急匆匆走了。老段答应下来,到那里一看,做桥墩要先往地底下挖洞做基,洞里焊了钢筋网,再添上混凝土才行,那洞黑乎乎很深。但既然答应人家就下去取吧。老段刚要动身,忽然想到焊工和混凝土工是轮番倒班,万一倒下来混凝土自己不就完了?自己完了，傻子咋办？看看四处无人，老段只好把傻子们叫来了，交代了几遍说："如果有车来，说下边有人！不能倒东西！一定得记住啊！要不，你们以后就不能跟着我了！"傻子们终于明白了，对老段嘿嘿一笑，迅速在洞口四周结结实实地围了个圈一动不动地守着。

老段拍拍他们的肩膀，会心一笑，放心地下洞去了。

老段沿着钢筋网好大一会儿才下到了洞底，洞里阴森森的，抬头一看，只能看见一块天和伸出来的三个傻乎乎的黑脑袋。老段背起焊机就往上爬，没爬一会儿，他就累得气喘吁吁了。

这时候，老段觉得洞壁在轻声隆隆地震动，老段一惊，坏了，混凝土车来了。他抬头往上一看，顿时脑袋里"嗡"的一声目瞪口呆，几个傻子的脑袋不见了！老段急切地使劲地大声叫："三傻——四傻——"可是没有人答应。

正在他揪心的时候，轰隆声突然停了下来，只听见上面一阵闹哄哄的吵闹声，老段不明白怎么回事，只好迅速往上爬！

等他露出脑袋，几个傻子大叫着挤出人群惊喜地把他围了起来，伸手拉着老段的胳膊，嗷嗷地叫着："嘿嘿，车来了，不敢倒东西，要不不能跟你了！嘿嘿，嘿嘿，没倒！"

老段却一下子惊呆了，他看见几个傻子龇牙咧嘴满脸都是血和着泥沙，一个个龇牙咧嘴像刚上了重刑似的，三傻裂开的嘴里掉了门牙，血正滴答滴答往下滴；四傻的破衣服掉了一只袖子，半条胳膊几乎没皮了；五傻呢，掉了一只鞋，脚上满是血糊糊！可老段看见他们还是裂开嘴笑着。

老段看看不远处的混凝土车和围着的人群，他立刻明白了，一瞬间，老段的鼻子一阵酸涩。他从洞口跳出来，一把把几个傻子揽住摇着他们说："傻子，真是傻子啊！你们不要命了！"傻子们直说一句话："嘿嘿，倒东西就不叫跟你了！"然后傻子们突然静了下来，一个个低下头说："闯祸了，闯祸了！"老段一愣，叹了一口气，狠命地摇摇头一声高过一声地说："没有，没有，没有闯祸,你们是救了我的命啊!”傻子们一愣,猛然抬起头,你看我我看你嘿嘿嘿笑了:“没有,没有,没闯祸!嘻嘻!”老段再也忍不住,泪水哗啦啦流了下来。

原来,就在刚才那会儿,围成一圈的傻子傻傻地呆坐着,忽然,傻子们一回头,看见远处已经有人吃饭了,他们一愣,起身撒腿就往那里跑!跑到那里,抓了几个馒头就想跑!谁知道,有人冷不防一把打掉傻子抓在手里的馒头,馒头咕噜噜滚了很远!那人大声呵斥说:“嗬!今天傻子自己来拿馒头了,去,拾起来,拾起来我给你们肉吃!”傻子怯生生地看着那人,眼睛盯着馒头却不敢去拾!那人哈哈大笑,故意逗他们说:“哈哈,看来,肯定是老段不要你们了,他自己早走了呢!”傻子们一听,顿时愣住了,扭头一看,混凝土车正呼呼地朝那边开了过去,这会儿,正慢慢倒车准备把料倒进洞里呢!傻子们顿时目瞪口呆,嗷的一声,疯了一样地朝车上蹿了上去!

傻子们跑得飞快,一到车跟前,不顾三七二十一,三傻一个箭步扑上去就抱住了车头,四傻手忙脚乱地拽住了车身,五傻死死地拉住了车屁股!

司机一看着架势,脑袋里“轰隆”一声,莫名其妙不知道这些傻子是咋回事,只好拼命踩住了刹车!咚咚咚,三个傻子摔在了地上,在地上滚出去老远!

此刻,老段擦了一把脸上的泪,忽地跳起来对着人群大叫道:“都愣啥啊,叫车,叫车,赶紧把他们送医院!”大家一愣,顿时行动了起来。

傻子被装上车的时候,老段心里不知道哪里来的火,对着一群人大吼道:“你们他妈的谁再吓唬他们,老子和你们拼命!”

垃圾里的宝

一、失误很重大

赵英俊小夫妻俩在城里安了家，平时生活倒也顺溜，可自从儿子小宝出生，家里可就乱了套。赵英俊经常出差，老婆小娟歇完产假也要上班，儿子小宝怎么办？于是，住在老家的赵英俊的母亲张老太太火速进城，担当起了这个重任。

这天晚上，小娟下班刚踏进家门，便急匆匆蹿到卧室。然后，又心急火燎地冲出来，一见婆婆就大声问："妈，我放在化妆台下边的黑塑料袋你见没？"婆婆摇摇头，说："没见啊，啥东西啊，看你慌的，别急，慢慢再好好找找。"小娟眼圈一红，生气地说："里面是我积攒的一万块钱呢！"原来，小娟中午顺路到银行取出了自己的一万块私房钱，用废报纸包着回来后就顺手放在梳妆台下面，因为赶着上班，随即也就把这事给忘记了。可现在，钱和黑塑料袋却怎么都找不到了。

小娟一边返身回屋继续仔细寻找，一边嘟嘟囔囔地说："怎么会凭空就丢了呢？我明明放在这里的啊，那么大一个黑塑料袋怎么可能找不到！"小娟这一阵牢骚刚说完，外面的婆婆突然呆在了那里。

停了一会儿，婆婆突然"啊呀"一声，头也不回地慌忙打开门往楼下跑去。

等小娟听到动静出来一看,婆婆已经不见了。

小娟正不知道该怎么办,屋里小宝却突然大声地哇哇哭了起来。也顾不了那么多了,小娟进屋照看小宝去了。

足足过了一个多小时,婆婆才气喘吁吁、失魂落魄地回来了。

小娟一看,忙问:“妈,怎么了?”不问倒好,这一问,婆婆狠狠拍了一下自己的大腿,呜的一声哭了:“小娟啊,都怪妈老糊涂了啊,你那钱很可能是叫我弄丢的。”

小娟一愣,听婆婆接着说:“今天下午,小宝睡了,我也没事,就想替你整理下屋子。往常小宝的尿片我都是装进塑料袋丢进楼下的垃圾池,妈想起来了,我今天下午就是随手用的一个黑塑料袋啊!你说我咋就不看看呢,刚才我去垃圾池一看,那里的垃圾已经被运走了啊,这可咋办啊!”

小娟一听,顿时目瞪口呆,可是,她看着婆婆魂不守舍的样子,旋即叹了一口气,她知道要找回那些钱看来已经不可能了。平静了下情绪,小娟安慰婆婆说:“妈,反正已经丢了,丢就丢了吧,您别再自责了!”

可婆婆哪里能不自责啊,儿子儿媳不光辛苦还着房贷,还养着个小人儿,那一万块钱可不就是一分分省出来的啊!这下可好,叫自己这个老糊涂转眼就给白白糟蹋了。婆婆一边哭一边不停自责,小娟劝了好大一会儿,她才止住哭。忽然,婆婆抬头看着小娟说:“对了,小娟你说,咱这里的垃圾都运到哪里去了?”

二、后果很严重

小娟一愣,莫非婆婆还真要去寻那些钱?哪里还找得到啊,小娟摇摇头说:“妈,您就别再惦记了,您知道媳妇也不是小气的人,咱就只当这事没发生,这钱咱重新慢慢攒!”可是,小娟越是这么说,婆婆越是追问,看从小娟这里问不出个所以然来，婆婆叹口气，神色黯然地不再说话了。

简单吃了晚饭，婆媳俩都回屋睡觉去了。

第二天一大早，小娟和婆婆促膝长谈，安慰了她足足一个多小时，这才上班去了。

可是，小娟怎么都觉得不放心，只好提前请假回来了。刚走到小区门口，她一眼就看见邻居周大妈正抱着小宝，就是不见婆婆的身影。小娟一愣，连忙跑过去问周大妈。周大妈满脸焦急地说："你可回来了，你婆婆也不知道怎么了，今天紧张兮兮地找到我，让我先照看小宝，她说她有急事，问她她又不说，急匆匆就走了！"

听到这里，小娟立马明白了，自己就是怕她真去找才没有告诉她垃圾场在哪里，看来，她是自己找去了。

想到这里，小娟让周大妈继续照看小宝，她大步流星朝垃圾场走去。

垃圾场的垃圾堆成小山，小娟她们生活的这一片区的生活垃圾全都被运送到这里，想从这里找黑塑料袋里的钱，简直是大海捞针。可是，小娟还是一眼从垃圾堆里看到了正埋头翻捡的婆婆。

垃圾场难闻的刺鼻气味，婆婆毫不在意，全身沾满了各种各样的污物，她也浑然不觉，远远看去，婆婆和一个乞丐疯子毫无二致。

小娟的鼻子一酸，泪水"哗啦"一声就流下来了。她赶紧擦干脸上的泪，叫了一声："妈——"婆婆一听，手里抓着一把垃圾愣在那里，然后一阵慌乱，这才回头尴尬地看着小娟，笑说："娟啊，你，你来了，妈，就想——"说到这里，她忽然站起来，激动不已地说："你可不知道啊，妈没白来啊，妈告诉你，咱那钱找到了！"说着把手里的一只黑塑料袋递到小娟面前，小娟这才看清她手里的那只塑料袋子。

三、结局很动人

小娟看看塑料袋子又看看婆婆,一下子也惊喜不已,因为激动,更因为感动,她一下子扑过去紧紧搂着婆婆:“妈,找到了就好,找到了就好,就是委屈妈了!”婆婆一把推开小娟:“委屈啥啊,你看我身上脏,把你也弄脏了!”说完,俩人都笑了。

婆婆这一天都特别的高兴,她终于从深深的自责中走出来,小娟也安心了。

到了晚上,婆婆在屋里哄小宝,小娟正在开心地吃饭,忽然听见有人敲门。开门一看,门口站着顾大爷。小娟愣在那里,还没等她开口,大嗓门顾大爷伸着脖子往屋子里一瞅,就嚷嚷到:“哎呀,小娟啊,真不好意思,我今天上午临时有急事,没上班。你叫我办的事情我没办成,这不,一万块钱我给你送过来了。对了,没露馅吧?你婆婆没真去垃圾里找钱吧?”小娟一下子急了,一面往里面指,一面差点捂上顾大爷的嘴。好在,婆婆的屋子里没出什么动静。

原来,昨天晚上,小娟瞒着婆婆还做了一件秘密的事儿呢。昨天晚上,婆婆屋里不时传出来的一声声叹息,强烈地牵着小娟的心,她心里隐隐有些担忧,怕婆婆真难受出个病啊灾啊的,自己心里哪里过得去。除此之外,更令她担心的就是婆婆要真的去垃圾场,让一个老人去垃圾场里寻找根本不可能找到的东西,心里哪能过意得去啊。这段时间,家里的洗洗涮涮卫生饭菜,最重要的还有小宝,不都是婆婆给做得和照应得井井有条嘛!想到这些,那些钱对小娟来说已经微不足道了,她愿意再花一万元买婆婆一个踏实。于是,她悄悄起床,蹑手蹑脚地偷偷溜出了门,把取出的钱交给一个在垃圾场工作的熟人顾大爷,请他帮忙,等婆婆来翻垃圾的时候悄悄让她发现并找出来。

没想到，昨天晚上的事情，阴差阳错却没有办成。接下来，小娟心里“咯噔”一声，就疑惑地呆在那里了，既然那不是自己的一万块钱，婆婆给的一万块钱是从哪里弄来的呢？

悄悄送走顾大爷，小娟满脑子疑问坐在那里发呆。这时候，婆婆出来了，没等说话，婆婆倒是先拉起小娟的手哽咽了：“小娟，什么都不要说了，妈谢谢你，妈让你操心了！”小娟紧紧地攥着婆婆的手摇摇头说：“妈，我该谢谢你，你为咱家付出了太多，还让你心里不安，我心里也不好受啊！对了，妈，那一万块钱你是从哪里拿来的？”

婆婆苦笑一声，低下头说：“我昨天上午从老乡那里借的。我就是觉得你和英俊辛苦，好不容易攒的钱让我扔了，我心里不安啊。我本来打算直接给你说找到了，可我心不甘啊，所以，还是去垃圾场找找，万一要找到了呢！”

小娟的泪水流了出来：“妈，你就没想借的钱怎么还吗？”

婆婆一笑说：“那我当然想了，我给人家打了借条，让他回家找你公公把牛卖了还给人家呢！”说到这里，婆婆叹了一口气，接着说，“唉，看来垃圾是白翻了，还是没找到咱的钱啊！”

小娟把头靠到婆婆肩上，轻轻地说：“妈，钱没找到，可是咱从垃圾里找到了咱家的宝啊！”

青春游戏

上高中的时候,欧阳无意在校园里捡到一个废旧的信封。信封是浪漫的红色,欧阳眼前一亮,鬼使神差地把它捡起来之后,发现上面只有寄信人的姓名,字体娟秀,叫程泽馨。

从此之后,他对这个名字便发自心底的偏爱。也许是因为他心里隐藏的那种如这个名字般的温馨氛围,或者是那份叫人怅然若失的神秘?总之,欧阳一想到这个名字,便莫名地心慌激动。有时候,欧阳也觉得自己的心理挺那个的,不就是一个名字嘛!

欧阳曾想过找到这个名字的主人,但,很快他就否定了这个可笑的想法。大家都在忙碌地学习,迎接高考,自己总不能拿个信封到处问谁叫程泽馨吧?

欧阳无奈收了心,把心思用在高考上去了。还好,那年欧阳以优异的成绩考上了一所大学。大学里,看着师姐师兄们成双成对,花前月下,欧阳那个隐秘的心思便又浮现脑海。

那是个雨后的上午,太阳暖暖地照着校园里偌大的草坪。欧阳一个人低头在草坪上走,忽然,他夸张地大叫了一声,原来他在草丛里看见一个硕大的黑天牛。黑天牛根本不会对他一个大男孩造成多大的伤害,但欧阳对这东西有一种近乎天生的恐惧,就像女孩子怕毛毛虫一样,欧阳顿时起了一身鸡皮疙瘩！他慌张地跳起来，远远地落下来，但，脚下竟还有一只！他于是忘记了看看周围是否有人盯着他幸灾乐祸地嘲笑，就那么叫一声跳一下，惶恐地向外逃！

终于跳到水泥路上，欧阳拍拍心口，舒了口气，发现自己已经是满脸汗水了。这时候才感觉到不知有多少眼睛在盯着他看呢，顿时红了脸。不远处，一群女孩正纷纷指着他边笑边朝他这边走来。随着她们的逼近，欧阳越来越感到尴尬窘迫。还好，女孩们很快从他身边飘了过去。

欧阳一回头，刚好和她们中间的一个身穿白色连衣裙的女孩的目光撞了个正着。不知道为什么，欧阳的心顿时一阵悸动。接着，他的心里冒出来那个名字，程泽馨！

欧阳一愣，脑海里突然有了个奇妙的想法。他听师哥们说过，有时候缘分来的不可思议，但关键是你得把握啊！欧阳决定对她们喊出那个名字，也许她们没有一个叫程泽馨的，但如果有呢？想到这里，欧阳转过身来，对他们大叫一声："程泽馨，是你吗？"女孩们愣住了，然后一起回头，莫名其妙地望着他。片刻之后，那个穿白裙子的女孩指指自己问："你，是叫我吗？"其他女孩突然相互一看，顿时嘻嘻哈哈地跑开了！

欧阳简直不敢相信刚才发生的这一切！他目瞪口呆地看着程泽馨："天啊，你叫程泽馨？"程泽馨快步走过来："对啊，我就叫程泽馨，难道我不能叫程泽馨？""不不不，我……那个……真是太有意思了！"欧阳感慨地说。程泽馨一愣："你说什么？什么太有意思了？"欧阳一愣，缓过神来："不是，我叫欧阳，认识你很高兴！"

这真是天注定的缘分，你想啊，从捡到一张写有程泽馨名字的信封，再到叫一声名字，程泽馨就从茫茫人海中站到自己面前，和自己认识，并且成为好朋友，也许将来，还有可能成为……

想到这些，欧阳就忍不住感慨万千。

这天,欧阳像以前一样,背上他的吉他,约程泽馨到学校后面的山上,靠着那棵老桦树弹他的曲子。程泽馨托着下巴,静静地望着他听。等他弹完了几首曲子,程泽馨却满脸失望地说:“哎呀,可惜啊,这么好听的曲子,却只有我一个听众!”欧阳笑了说:“我觉得一个听众就足够了啊!只要你喜欢,我会一直弹下去,好吗?”没想到,程泽馨一听忽然不高兴地说:“不好!一点都不好!欧阳,我跟你说过多少次了,你为什么这么固执!一个人怎么能永远生活在自己的世界里呢?那样你会没有朋友,没有交流,更谈不上什么成功了啊!”

欧阳一愣,说:“可是,我不是有你这样的朋友吗?”

程泽馨哼了一声:“如果你永远这样,恐怕你会失去我这唯一的朋友了!告诉你吧,下周学校举行演奏赛,我希望你去参加,我会在台下一直看着你!”

说完,程泽馨站起来,转身下山去了。欧阳待在那里,看着她的背影,好心情荡然无存,而且顿时恼怒起来,一个自以为是的女孩!欧阳最不喜欢的事情便是参加那些毫无意义的比赛了,他就愿意一个人静静地待着,弹弹他的吉他。

回到宿舍,舍友们都外出去了,静悄悄只有他一个人。顿时,莫名的孤独占据欧阳的心。

接下来好几天,欧阳都没有再见到程泽馨的身影,打她的手机,手机关了。到女生宿舍找,当大家听到程泽馨这个名字时都茫然地摇摇头:“不知道啊!”欧阳想,程泽馨一定串通好的,和他玩起失踪来!

欧阳焦急起来,坐在宿舍,他重重地叹口气,自言自语地说:“好吧,我投降了!”

几天后,学校的演奏赛开始了。欧阳出现在舞台上,他怀抱着吉他,眼睛却不住地在观众中间扫来扫去!突然,看见程泽馨正一袭白裙坐在那里,满脸激动地看着他！当两人的目光碰到一起，程泽馨站起来，双手拢到嘴边，对他大声说了一句话。人太多了，声音太嘈杂了，欧阳没有听到她说的什么，但忽然间他明白，是那句："我会在台下一直看着你！"

欧阳心潮澎湃，忘情地弹了起来。

那次比赛，欧阳得了亚军，一下子在整个大学里成了名人！程泽馨和朋友们一起到小饭店为他庆贺。女孩子们大呼小叫，其他客人都纷纷侧目。欧阳看着高兴异常的程泽馨第一次忘乎所以地喝了酒。女孩们起哄："吉他王子，敢不敢吻一下我们的程泽馨宝贝啊？"欧阳和程泽馨都睁大眼睛愣住了！

突然，欧阳不知道哪里来的勇气，一把把程泽馨搂在怀里，轻轻地吻住了她！女孩们顿时欢呼起来！"谢谢你，是你给了我勇气！"欧阳动情地对程泽馨说。程泽馨低下头，过了一会，她才抬起头来，轻声说："我会一直在台下看着你！"

后来，欧阳经常参加一些演奏比赛，他在台上忘情地弹，程泽馨会静静地在台下望着他。

最后一次，是在又一届毕业生要毕业的时候，欧阳在市里获了奖！他兴冲冲地要和程泽馨庆祝，却无论如何也找不到她。她又一次神秘地失踪了，似乎和他失去了所有联系。

欧阳呆呆地想，她大四，我大二，虽然她要毕业，但她一定不会一声不吭地走掉的，一定不会！欧阳先前的兴奋顷刻间烟消云散，突然变得失魂落魄起来。

第二天，毕业的同学已经开始陆续提着大包小包离开学校了。欧阳在人群中着急地搜寻程泽馨的身影，但结果总是失望。

就在欧阳几乎绝望的时候，有个女孩送给他一封厚厚的信！说是有个叫程小丽的同学叫转交给他的。欧阳愣了！程小丽是谁啊？他打开信封，一个学生证从信封中掉了下来,捡起来一看,照片上一个长发女孩,正是程泽馨,但上面却写着,程小丽,女,英语系……欧阳又是疑惑又是不知所措地读了那封信:“欧阳,请不要怪我,你看这封信的时候,我已经回到我家乡的那座小城。对不起,我不叫程泽馨,你也看到了,我真正的名字叫程小丽,一个大众又土气的名字!其实,一开始,我就和姐妹们要做个游戏,一个友情爱情的游戏!一个关于青春的游戏!我们相约用友情用爱情改变一个男孩,幸运的是,我们做到了!那天,我猜你也是在做个游戏是吗?你叫出程泽馨的名字的时候,我毫不犹豫地就答应了!请你原谅,想起我的时候,给这个游戏取个名字好吗?”

欧阳目瞪口呆地愣在那里,然后,他的鼻子一阵酸涩。

不过,欧阳想,这个关于青春的游戏不是挺美妙,挺温馨感人的吗?

那天夜里,欧阳仔细地端详着程小丽的学生证,看着那长发飘扬的女孩,他想,我要去你的小城找你!程小丽,这个游戏,我已经取好了一个名字,游戏的名字叫程泽馨!

拼 爹 游 戏

几个月前,当刘海孤零零地站在大学门前看着停在门口的那些小车,强烈的自卑顿时劈头盖脸地向他砸来!别人的爹有轿车,自己的爹只有他的架子车,别人背的是行李可乐,自己背的却是爹给自己的沉重的债务!

刘海低下头,悄悄从大门边的小门溜进了学校。

从此开始的大学生活可想而知,对钱,他从来不敢随意乱花。揣着几张零票,寒酸的样子连自己都讨厌。刘海常想,该怪爹还是怪自己,为什么爹要生下他,为什么自己会出生在这样的家庭?

好在,未来还有光明,等自己毕业了,找到工作,这样的境遇也就摆脱了。但不久,刘海却又从师哥们那里听来了不好的内幕消息:自己找工作?想吧你,现在找工作说白了,就是个拼爹游戏!

刘海彻底地失望,自己的爹有什么可拼?凭那一身的使不完的力气吗?笑话!

从那时起,刘海开始恨爹,这心酸,这屈辱,这无奈,这无望不都是贫穷的爹,贫穷的家,贫穷的家乡给的吗!爹隔三差五来的一封信,刘海也懒得回了。校园里,教室里,食堂里,他都孤独而行,郁郁寡欢。

明天就要放暑假了,刘海正在考虑是回家忍受父亲还是打工忍受老板的时候,张明一老师来找他。张老师送给他一台小巧的数码照相机说让他假期用。刘海很奇怪:“张老师,我用不着这个!”张老师笑说:“肯定用得着!你带它回去,照几张你父亲的手的照片,回来我有用!”刘海一下子想到张老师肯定看出了自己对父亲的不满,该不会用这么小儿科的方法来教育自己吧?但张老师神秘地没给他解释,叮嘱他一定照办,一定照得清晰些!

刘海疑惑地接受了。

转眼,两个月的假期结束了,刘海一到学校便把父亲手的照片交给了张老师。看过照片,张老师很满意,他说:“现在,我想再照一张你的手的照片可以吧?”刘海越发纳闷了,张老师这葫芦里到底卖的什么药啊?刘海无奈地伸出了双手。

过了几天,张老师毫无动静,倒是把刘海急得心急火燎,老想把事情弄个水落石出。

这天,张老师果然找刘海了。张老师把刘海领到他的办公室,刘海一看,办公室的两面墙上贴了几十张手的照片,不过每张照片的背景全都一模一样。刘海莫名其妙地问张老师:“这是?”张老师笑了说:“刘海,今天,咱们来做个拼爹游戏!”“拼爹游戏?”刘海目瞪口呆!张老师哈哈大笑:“你可不要误会,咱可不叫爹打架啊,你只要从这面墙上的照片里把你父亲的手找到就可以了!”

刘海脑袋里一团迷糊。问张老师,他却不解释,只说,一会儿你就明白了。

刘海只好到墙边找爹的“手”。可是,他看完这张看那张,远看,近看,仔细看,天啊,那些照片全是起来茧的手掌,几乎一模一样,给爹照手的时候都没来得及细看,这一时半会真找不出来啊!

好半天,刘海只好无奈地看看张老师。张老师向他点点头:“你跟我来!”便把刘海叫到了里间,然后交代了几句,出去了。

刘海按照张老师的话,轻轻地开了门,偷偷地盯着外面。

不大一会儿，张老师从外面进来了。令刘海吃惊的是，爹竟然跟在张老师的身后！

只见张老师指着另一面墙上的照片说："大叔，你看这些手的照片里有您儿子刘海的，你能帮我们找出来吗？"

爹一笑："那有什么难的，我能呢！"

爹快步走到照片前仔细地看了一会，突然取掉一张兴奋地说："就是这张呢！"

张老师翻过照片，对他念到："刘海，啊呀，就是这张，您老眼力好啊！您是怎么找到的啊？"

刘海爹笑了，指着照片说："简单啊，你看，看我儿子的十个手指头纹，六个'斗'四个'簸箕'，第一个是'斗'，第二个是'簸箕'……"

"大叔，你这心真细啊！"

"张老师，不瞒您说，孩子他妈去得早，我这心能不细吗？我咋能不心细，我是爹也是妈啊！……"

看着苍老的父亲，听着父亲的话，刘海的泪水已经流了出来！此刻，他想跑出来扑进父亲的怀里，但他没有，他怕面对父亲啊！

父亲出去了，张老师沉默了一下，说："刘海，你明白了吗？父亲对你的爱已经完美得无可挑剔啊！是的，现在是有人在拼爹，可是，不应该是拼爹的权钱，应该是拼爹的爱啊！拼权钱是一时，拼爱才是永远！你父亲哪里输给别人了？真正的爱永远不会输，当然还有儿子！"

刘海从张老师办公室出来的时候，父亲正在走廊地坐着，看见他一把拉住他激动地说："刘海，张老师说学校要邀请家长来参观学校呢！学校真好啊！要不是没路费，我早想来看看呢！"

刘海的鼻子又一阵酸！这时候，他看见和自己一样来自农村的同学王一民正向张老师的办公室走去……

领着父亲去表演

月山底是八百里伏牛山脉的一个偏僻的小村庄。俗话说穷山沟里飞出金凤凰，山子就是小山村里走出来的第一个大学生。怎奈这年山子大学毕业后，东奔西走四处推荐却没能找到一个合适的工作。

无奈，山子只好垂头丧气带着一肚子怨气地回到了家。把情况对父亲王仁修说，山子心想，让父亲给自己宽宽心解解气，谁知道父亲竟一副不痛不痒的样子说："没找到工作就回来吧，活人饿不死！咱爷俩这么多年不就这样过来了吗？"山子一听，顿时血往头顶上蹿，他狠狠地瞪了父亲一眼，抓起院中的一把斧头把满心怒气怨气全撒在那捆柴火上，一根接一根地劈了起来。

喀喀嚓嚓，顿时，院子里木屑乱飞。

这天，山子又在院子里拿柴撒气，父亲远远地蹲在那棵枣树下吸旱烟。山子拿出一段木头"咚"的一声戳在地上，然后把一柄大斧头抡过头顶，照住木头哗就劈了下去！等劈到第五根时，突然，山子抡过头顶的斧头顿时脱了柄，只见斧头闪着寒光在空中转了几圈，"嗽"的一声向下落去！

等山子用尽力气把空斧柄在木头上击了一下，再抬头时，他顿时目瞪口呆！

斧头已经不偏不正恰好劈在父亲王仁修的背上。猝不及防的王仁修

“哎呀”一声趴在地上！山子一惊，扔下斧柄慌忙奔过去把父亲扶起来，掀开他的衣服察看。可令山子意想不到的是除了白褂子被斧头劈了一道寸把长的口子外，父亲的背竟完好无损！山子又好奇地摸了摸，他惊奇地发现，父亲隆起的背特别坚硬，就像背着一个硬硬的壳儿，怪不得连斧子都没能劈进去呢！山子问父亲：“爹，你的背……？”父亲这才舒了一口气：“吓了我一跳！我这背，没事，老毛病了，这几年越来越硬了！”山子说：“你咋不说呀，快去查查！”父亲一笑不在乎地说：“查什么啊，不耽误吃喝不耽误做活，咱那石磙我还不照样抱着它走！”

话虽这样说，但山子还是怀疑父亲得的会不会是自己以前听说过的一种怪病，全身会慢慢变成石头！但看看结实的父亲，他很快否定了自己的想法。可同时，另一个奇怪的想法突然在山子的脑海里一闪而过。

后来几天，父亲和往常一样，看起来真没有什么大碍，山子也彻底放心了。不过，那天脑海里闪过的念头还是不时地缠绕着他。思来想去，山子决定和父亲商量商量，不行，就当自己什么也没有说，要是父亲同意了，这可是个生财的好门道呢！其实，山子是这样想的，父亲力气大，远近无人能比，现在再加上他的背上刀劈不破，可真称得上民间绝技了。既然是一种资源，不利用不就浪费了。

这天晚上，爷俩拉了一会家常，山子才吞吞吐吐把自己的想法对父亲一说，父亲抬头望了一眼山子，问：“我这出去表演能行？”山子自信地说：“肯定行，你就说你会气功，别人谁会知道？”父亲认真想了一会儿说：“那好，你咋说就咋办吧！“

山子没想到父亲这么爽快地答应了，心中的顾虑一下子烟消云散。于是，他风风火火地忙碌起准备工作了。

这天，是镇上的赶大集的日子。山子领父亲早早地来到镇子上早已经拾掇好的场地上等待他们的第一场表演。

临近中午,四面八方的赶集人都来了。王仁修的表演也开始了。只见他按照儿子的交代,手舞足蹈了一阵,然后大喝一声,双手抱定一盘石磙,一用力,顿时,他脖子上青筋暴起,大石磙呼地就离了地!

人群中顿时爆发出一阵叫好之声。

紧接着,王仁修脱掉上衣,弯腰运气站在人群中间,请观众用一把锋利的刀子划他的背。不一会儿就过来好几人跃跃欲试。但无论他们几个怎么划,刀锋就是进不了他的背,一个个不得不满脸佩服地钻进人群。这时,场地上更是掌声不断,喝彩声不绝。

父亲表演,山子也没有闲着,他忙得不可开交地向观众们收钱。

一天下来,收获果然不小。山子激动地把钱递给父亲看:“爹,我说得没错吧!”没想到父亲不但没有表现出山子想象的高兴,反而闷闷不乐地叹了口气。山子疑惑地说:“爹,咋不高兴呀,照这样下去,那咱的日子……”还没等他把话说完,父亲就又重重地叹了口气打断了他的话:“山子,那滋味咋有点不好受哇!”山子一愣,安慰父亲说:“不比你在外闯挣钱容易?”

这天不逢集,山子和父亲没有出去演出。可是,快到晌午的时候,家里来了几个人。原来竟是市报的记者和县医院的医生。听说王仁修的绝技特地来采访的,顺便为他检查一下身体。

山子特别高兴,这等于免费宣传啊。等采访完毕,医生给父亲检查身体。医生查看了他的背,突然莫名其妙地望着山子,看得山子浑身不自在。山子疑惑地问:“我爹的身体……”“啊,不,没有任何问题!”

等一行人走后,山子又回想起医生的举动,莫非我爹得真得了什么病?可是医生当着记者的面说没问题应该没问题吧!

第二天,王仁修的身怀绝技的事情就被报纸报道了。接着,就传遍了四面八方。他的表演也越来越多了。

就这样,山子和父亲就忙不迭地在城乡间游走表演。

这天，山子和父亲在小县城广场上表演。那里早已经人山人海，热闹非凡。王仁修的表演也增加了不少新节目，比如托石碾、拍石镲等，但刀划脊背这个节目必不可少，好多人都是冲这个节目来的呀。

其他节目表演完了，接下来就是刀划脊背了。

好几个人都像往常一样信心十足地上台，带着佩服下台。就在这时，一个胡子拉碴的中年人走上台去决定一试！他细细地检查了刀子，又细细地查看了王仁修的脊背，嘴里说："不过粗硬一点，再有气功，不也是肉不是！"说着，中年人也不客气，长吸一口气，却猛然把到尖扎下去，左右用力一扭，向下划了下去！顿时，只听见"啊"的一声惨叫，王仁修一个趔趄向前爬倒在地上。再看他的脊梁，一股鲜血正流下来，滴到地上。中年人早已经一把丢掉刀子，吓得目瞪口呆！

大家突然看到这一幕，一时间鸦雀无声。正忙着收钱的山子也呆了，他慌忙奔过去，一把抱着父亲，大叫起来："爹，你怎么了！怎么了？"父亲咬牙从地上起来，缩着身子痛苦地紧闭双眼。

"怎么了！怎么了！那人说得对，他的背也是肉长的！明白了吧！"突然，人群中有人高声说道。

山子一惊回头看，是一个和父亲差不多年纪的老头。老头一边说一边向这边走过来。王仁修听见声音，睁开眼说："副哥，你咋……"老头摆手不让他说话，接着他转过身面向大家提高了声音说："今天，王师傅演砸了！对不住大家！其实，告诉大家，他那绝技我也会，还有我们几个老伙计都会，今儿，我们就接替他继续演，让大家开开眼！"说完，台下已经又走上来三个老头。

观众顿时热闹起来。山子更是疑惑地看着他们。可是，父亲却不时地阻止几个老头，但，没有人听他的。

几个老头走到台子中央，一起脱掉上衣，弯下腰，露出脊梁，竟"扑通"一声跪在了地上！一看脊梁，山子惊呆了，几个老人的背和父亲的一模一样，粗糙，硬实，像扣着一个龟壳！

老人们低头默默地跪了好久，却再也没人愿意上去试了，都好奇地小声议论。

这时候，山子发现几个老人相互望着，接着，泪水从他们眼睛里流了出来。而父亲早已经泣不成声。

山子丈二和尚摸不着头脑，象坠在云里雾里，这几个唱的是哪一出啊？被父亲叫做副哥的那个老头突然哽咽着说："这背上挨刀的滋味是不好受啊！山子，我们和你父亲一样都有绝技，我们都背着一个龟壳，可是，你这龟儿子知道我们这绝技这龟壳是怎么来的吗？"一听这话，王仁修也顾不得疼痛了猛地窜过来急切地打断了他的话："副哥，不要说了，说那些干嘛！""我偏要说，你不说，这龟儿子啥时候能明白！"他转过头看着山子："山子啊，你爹从煤矿上捡到你，你才几个月，你爹就是用这背把你背回家，用这背背着你拖着你二十四年啊！这哪是什么绝技，这是你爹和我们几个没日没夜地从煤窑里一趟趟背煤磨出来的厚茧啊，把你拖大还不够啊，你龟儿子又打起这龟壳的主意来了啊！你啥时候能明白，你爹这几十年的滋味不好受啊！"几个老人，此时已经泪水涟涟泣不成声。

山子一听，像头顶响了一个炸雷，顿时呆了！原来，自己竟是父亲捡来的，自己只知道父亲在矿上工作，竟不知道父亲为自己背了一辈子煤，那背上竟背出一个厚厚的壳！自己还……

"扑通"一声，山子跪倒在地上，抱着父亲的腿，仰天大哭："爹啊，山子对不住你，对不住你呀……"

台下的人看到这一幕，都默默地站着，泪水早已悄悄流了下来。

爱情 DIY

黎曼经常对朋友感慨说，我就纳闷了，如今男的比女的多，按理咱应该是抢手货啊，为什么我就嫁不出去呀？朋友们都笑她，你啊，是乌龟盯着马哈鱼，没碰见对眼的呗！黎曼一笑，虽然这么说，心里多少还是有点失落。

黎曼在街头卖石膏像，但她不用动手，只备足了原料模具让顾客自己做，然后让顾客再拿她的颜料涂上色，最后笑呵呵地交钱走人。黎曼说自己这行当往大了说叫手工艺术，时尚了说叫街头 DIY，说白了，叫坐收渔翁之利！每天，黎曼倒也自得其乐。

这天，黎曼带上她的行头在街角开了摊，她正在指导一个客人上色的时候，突然，有个身材高大的男子猛然走了过来，也不知道怎么回事，他竟然一个趔趄，差点趴倒在地上，这下好了，他的一只手不偏不倚正好压在黎曼摆在油布上的样品上，一只小老虎样品哗啦碎了！

黎曼一看顿时来了气："你怎么搞的？这可都是我辛辛苦苦做出来的啊，你看怎么办吧？"男子听他说完，非但不脸红还趾高气扬地说："大不了赔你就是了，我又不是故意的！一个姑娘家家的大呼小叫！"一句话噎得黎曼直瞪眼，他倒有理了！黎曼没好气地说："当然得赔了，可你怎么赔？"男子撇撇嘴说："我也 DIY 一个，钱照付，东西留下总可以吧？"黎曼说："那好吧，不过，你和其他顾客不一样，人家说消费，你是将功补过，我概不负责指导！"男子一听说:“切！这玩意儿还要指导?”说着动手倒了石膏粉挑选了模具自顾自地做了起来。

黎曼不再搭理他,忙着招呼其他的顾客去了。等黎曼送走了好几个顾客,再看那男子,一个还没做好呢！不是石膏糊稠了就是稀了,要么就是去了模具立马碎掉了！看着他急得抓耳挠腮地在那里摆弄,黎曼白了他一眼,心里那个解气啊！再看他的脸,叫石膏粉快把他涂成石膏像了！黎曼忍不住偷偷幸灾乐祸地笑了。

眼看到了半晌午,满头大汗的男子终于忍不住无奈地看看黎曼,堆起笑脸说:“那个……对不起了,还是指导下吧,要不我看到晚上我也弄不好!”这回,黎曼终于哈哈地笑了,说了句“这人啊,话不能一下子说死了,要不再返回挺丢人啊!”过来帮他做了起来。

手把手教了男子好一会,黎曼才又照顾其他顾客去了。等这拨客人走了,再看男子,他已经把一个完好无缺的小老虎交到黎曼手上:“赔你了啊,咱俩两清了!”黎曼细细一看,真佩服自己指导有方,竟然比自己做的那个还细腻动人！不过一听他这话,生气地说:“什么两清？你还没给钱呢!”男人愣了,过了片刻才想起什么似的,盯着白乎乎的手惊呼说:“啊呀,你还要钱,告诉你吧,我的戒指一定是刚才和石膏的时候和进去了！不行,我得毁了它找到我的戒指!”黎曼张大了嘴巴:“不会吧？你什么戒指！你不会找不到又讹我吧?”男子失落地说:“实话告诉你吧,戒指的确是个山寨货,不过也值几十块哦！要不这样,我不找戒指,咱抵消了吧!”

黎曼叹了一口气,哭笑不得地想,敢情绕了这么大个圈子,这家伙目的还在这里啊!

抬头看看男子,男子正充满期待地盯着她等着回答呢！不知道为什么,黎曼的心里一动,冲他一笑,点了点头,然后在男子的帮助下,黎曼收了摊,走了。

下午收摊回家，黎曼躺在床上，突然想起上午的事和那个可爱的男子，不禁自己笑了。她站起身来，取出那只小老虎呆呆地看了起来。突然，她发现小老虎的底座上好像有一行刻上去的字。黎曼一愣，连忙凑近仔细一看，上面竟然写着：秦刚DIY作品，有缘人请联系！还有一串数字，是个手机号码！

那一刻，黎曼的心突然怦怦地跳了起来。她不由自主地走到桌子前，伸手去取放在桌子上的手机，突然，她停住了，心想，这家伙也太自信了吧，好，偏不给你打！

就这样，又过了几天，黎曼出摊的时候，老禁不住向四周偷偷地张望，希望秦刚能突然出现。但失望的是，秦刚没再出现过，黎曼的心里总莫名地失落起来。

一段时间来，黎曼眼前总浮现出那天上午的一幕，挥之不去。这天晚上，黎曼终于拨打了秦刚的电话，但他的手机关机。拿着手机愣了一会儿，黎曼写了一条短信息发了出去——你的戒指找到了，来取吧！黎曼想，他只要一开机，肯定会收到的，发完短信，黎曼才心满意足地睡了。

第二天早上，黎曼刚打开手机，就接到一条未读短信：呵呵，我说过戒指当DIY费了！黎曼，你是否考虑过放弃摆地摊而开个手工DIY店呢？个人观点，仅供参考！秦刚。黎曼一阵激动，他怎么知道我的名字啊？自己也没告诉过他啊！不过，仔细想想，他的这个建议倒还不错啊，自己怎么就没想到呢？有个店自己不光不用风里来雨里去不说，店里还可以再增加些其他的服务，客人可以惬意的DIY，顾客肯定会多起来啊！

想到这里，黎曼顿时惊喜起来。她立刻匆匆出了门，物色合适的门面去了。

一个月后，黎曼的"黎曼手工作坊"开业了，她还依照后来秦刚发来的神秘短信，增加了泥塑、草编等手工项目，配备了各种饮品服务，没过多久，作坊里的顾客就逐渐地多了起来。

可是，当她静下来的时候，黎曼心里总感觉少了些什么。其实，她心里清楚，自己能走到这一步，多亏了秦刚的主意和指导！自己欠着秦刚的这份心意该怎么还啊？更重要是，黎曼觉得不知不觉地，自己的心里装的全是他！但奇怪的是，秦刚除了不知道什么时候突然神秘地发来个短信，其余的时间总是关机，黎曼根本联系不上他。

这天，黎曼刚打开店门，忽然发现门前早已经聚集了一大批顾客，大家站在门前指着门上的招牌说："对，宣传的就是这家！"说完，大家兴致勃勃地走进店来。今天的顾客不光要比平时的多得多，而且他们都说是看到她店里的新奇的宣传才来体验一下的！黎曼疑惑了，自己并没有宣传啊，况且自己根本就不知道要宣传的呀！

一直到天色微暗，黎曼都忙得不可开交。直到店里剩下最后几名顾客，黎曼才猛然想起问问宣传的事情。一个顾客不相信地说："你们店里的新奇宣传，你自己不知道？那你还是到滨河广场去看看吧！"

黎曼疑惑地匆匆赶到滨河广场，广场上人特别多，黎曼发现他们这里围一圈，那里围一圈好像在看什么。她走过去，只见一个男子一动不动地摆了个超人的动作，他的背上背着个广告牌。原来大家都在看这个啊！黎曼仔细一看，他愣了，广告上宣传的正是她的黎曼手工作坊！再到另一堆人群，里面也是个男子，他同样摆了个造型，背上的广告牌上依然是宣传她的作坊！

黎曼百思不得其解地一个个看下去，直到最后一个，他目瞪口呆地站在了那里！是他，真的是他！秦刚！黎曼一阵激动，叫了声秦刚。满头大汗的秦刚狡黠地笑了："黎曼，今天顾客多吧！"黎曼笑着点点头。秦刚说："我就知道有效果！对了，那几个都是我的朋友，我从新闻上看到有人出租脊背做广告就想了这招。算是赔你那个DIY的样品小老虎吧！"

黎曼心头一热，拉着秦刚来到广场边说："谁叫你赔了！我得谢谢你呢！"还没等秦刚说话，黎曼就又急不可待地一边拉着他往前跑一边说："我要你看一样东西！"秦刚问她是什么，黎曼说到我店里你就明白了。

到了店里，黎曼把他拉到一个蒙着红布的柜子边，在秦刚疑惑的目光中，黎曼打开了红布！秦刚呆了，里面竟是一个又一个自己的石膏像，在心里默默一数，整整五十五个！最前面放着那个可爱的秦刚的作品——小老虎！黎曼低头红了脸轻轻地说："秦刚，从那天见到你，我每天都为你做一个！"秦刚愣了片刻，动情地拉起黎曼的手："黎曼，谢谢你给我做的石膏像！不过，我骗了你！"黎曼一惊，一下子抽出手来："什么？你骗我什么？"秦刚说："我很早就喜欢上了你，我总偷偷躲着看你。那天，我做不成石膏像，是我故意的，我怎么不会做呢？我在城西开着一家秦刚手工作坊呀！我只是想接近你，然后帮你开这个店！"

黎曼愣了，好大一会儿，她才恍然大悟地叫道："好啊，秦刚，原来，你是早有预谋啊！那，那你这么长时间为什么不接电话？"

秦刚笑了："黎曼，你能在街头摆摊，我就知道你是个自立的女孩，你不会靠别人，更不会靠我这个陌生人的帮助啊，那样会伤害了你，所以……"

黎曼猛然抬起头，她的目光和秦刚炽热的目光交织在了一起！

几天后，市电视台播出了一个爱情短片，短片的主人公就是黎曼和秦刚，爱情短片的名字就叫《我的爱情DIY》！

这奖必须领

这天，村长刘一林心急火燎地通知各家各户的当家人，到村委会去召开一个紧急村民大会。

阿明家就他一个人，不用说他就是当家人，况且，看样子，村里肯定又发生了什么大事，阿明连忙往会场跑。

到了那里，阿明发现，大家比他还快哩，都到齐了，就等他呢。

刘一林狠狠瞪了他一眼，这才说："大家知道，咱村来了个流浪大妈，问她，又啥都不愿意说，大妈肯定有啥难言之隐。大妈也怪可怜的，我就安排他住在了村委会，可是，我寻思老这么着也不是长远办法，我们昨天晚上商量了一下，决定开这个会，看谁愿意把大妈领养回去！大家寻思一下，愿意的就举手!"

刘一林刚说完，大家顿时"嗡"的一声纷纷议论开了。但阿明也不议论也不打算举手，只管在一边饶有兴趣地看着他们。

过了好久，没有一个人举手。

刘一林叹了口气，示意大家安静下来，眼珠一转说："我也知道，各家都有各家的难处，要不……咱设个大奖？谁领养大妈大奖就归谁。"

人群里又是一阵激烈的议论。有问啥奖的，有问能不能兑现的……可就是没人举手。

刘一林生气地从口袋里掏出一沓钱放在桌子上，并说请大家放心，我承诺奖品一定是养老付出的百倍千倍，你付出多少，将来千倍百倍地还给你，但具体是什么，现在还不能说，我愿意押一千块钱作保证，到时候一定兑现。

话说到这里，按说该有人心动了吧，但出人意料的是，大家你看我我看你，还是没人愿意。

这下，刘一林犯了难。他尴尬地愣了下，无奈地说："既然这样，我看只能用老办法了，抓阄！大妈必须有人领养，咱不能让外村人笑话咱几十户人家连个老人都养不起！"说完，不由分说，吩咐会计去准备纸蛋。

纸蛋准备好了，刘一林说："开始吧，抓到'领养'两个字的就把大妈领走！"

会计把纸蛋放进一个小纸盒里，盖上盖子用力摇了摇，这才一一端到大家面前。捏一个，当场展开，会计确认后再把结果唱出来。

轮到阿明了，别人都说无字，阿明的心顿时紧张起来，要是抓到了不等于抓了个累赘嘛！阿明盯着纸盒里的纸蛋，他犹豫了一下，哆哆嗦嗦捏了一个，展开一看，他顿时目瞪口呆！纸蛋上写着两个字：领养！

阿明直喊倒霉，但人家有言在先，当这么多人的面也不好反悔，只好垂头丧气地对刘一林说："那，那你说那大奖还算不算？"

刘一林顿了一下，说："算！当然算！"

阿明这才气呼呼地把大妈领回了家。

就这样，流浪大妈在阿明家住了下来。其实，大妈也不用特意照顾，她身体结实着呢，说领养，只不过给她个安稳的地儿！

这段时间，村里谁家杀只鸡宰只羊都不忘给阿明家送一些。可是，阿明本来领回来个累赘，就对大妈横挑鼻子竖挑眼满肚子气，再加上这个，心气更不顺了。阿明想，领的时候你们个个都当缩头乌龟，我倒霉抓到了，你们反倒这样埋汰起我来了。

越想心里越不是滋味，过了几天，阿明干脆不声不响地跑到附近的一个建筑工地上打工去了,眼不见心不烦,倒落个清静!

转眼,两个多月过去了。这天,工地完工了,阿明回来家。他刚一推开门,顿时愣在了那里!

只见院子里扫得一尘不染,农具也摆得整整齐齐!大妈正端着一盆水乐呵呵地对着他笑,然后拿来干净衣服,叫他洗了脸换上。进了屋,桌子上正摆着一桌子热气腾腾香气四溢的饭菜呢!

这场景让阿明忽然间想到了自己的妈,这才是家的感觉啊!阿明向大妈笑了笑,坐下来,狼吞虎咽地吃了起来,不一会儿,一桌子菜就被他一扫而光!

吃了饭,阿明一声不响地坐着。大妈却搬个小凳子坐在他跟前,说:"阿明,大妈麻烦你了。这些日子,你不在家,大妈一直寻思,你一个人也怪单得慌,我就找邻居帮忙给你说了个姑娘,人家答应过些日子就跟你见见!"

阿明愣了。然后惊喜地转头看着大妈说:"大妈,你……我……"大妈笑了:"啥都别说了,大妈也是妈呀,我明白你的心思。大妈临走得给你办个事,大妈才放心啊!"

听大妈这么一说,想想这段时间哪里是领养了大妈啊,分明是大妈时时在为自己操着心啊!阿明鼻子一酸,眼睛湿润了。然后他又一愣说:"大妈,你说你要走?"

"是啊,这么长时间也想家想儿子了,一会儿,村长就安排送我回去!"大妈说完,突然又神秘兮兮地说,"阿明,有件事情大妈觉得要和你说清楚,其实,大妈能到你家里来,都是村长故意安排的呢!"

阿明糊涂了,"什么?故意安排的?这……这是为啥啊?"

"那天抓阄无论怎样抓到的都会是你啊,因为,头天晚上一林已经挨家挨户说好了,况且,纸蛋上写的也全是'领养'两个字啊!至于村长为啥这样做,他叮嘱我现在不能告诉你,到时候你就明白了!"

阿明目瞪口呆。

正在这时候,刘一林来了。阿明正要向他问个清楚,却被刘一林一口阻止了:“阿明,现在什么都别说,我是来通知你,下午送走大妈,你到村委会去,咱开颁奖会!”

阿明还要说什么,刘一林已经大步流星地走了。

下午,果然刘一林派人把大娘送走了。阿明坐在家里,心里却突然特别不是滋味。

呆坐了一会儿,阿明才想起刘一林告诉他领奖的事,他慌忙起身朝村委大院走去。

院子里已经来了不少人。阿明却几步跑到刘一林身边,犹豫了一下,对他说:“一林哥,这奖我不领了!我还有事,要到江明去!”

刘一林却一脸郑重地说:“那不行!这奖你一定得领!咱说过的事一定要兑现!要不我押那一千块钱不就打了水漂了吗?”

话说到这里,阿明只好无奈地张了张嘴。

看人到得差不多了,刘一林这才走到台上,对大家说:“两个月前,我承诺给愿意收养流浪大妈的人一个大奖,大奖必须是他付出的百倍千倍,既然承诺,就要兑现,不过,颁奖前,我想,还是应该把一些事情向阿明说个明白!”接着,刘一林把抓阄骗阿明的事情说了。

刚说完,阿明大声说:“这个大妈都告诉我了,可,你们……为什么……要这么做?”

刘一林叹了一口气,说:“阿明,其实我们还是为了今天这个大奖啊!”刘一林一边说,一边示意会计,把奖品请出来吧!

这时候,屋子里走出来一个满头白发的老太太!刘一林指着老太太对阿明说:“阿明,这,这就是我们给你的奖品!张大娘!”

阿明顿时目瞪口呆,突然,他大叫一声:“妈!”然后就一动不动地站在了那里。

张大娘就是阿明的亲妈。一年前,因为阿明整天游手好闲,张大妈看在眼里急在心里，刀子嘴豆腐心的天天和阿明拌嘴，生气。一气之下，阿明竟然绝情地说："我真不想再看见你，烦都烦死了，我怎么会有你这样个妈！"张大妈伤心极了，当晚就到远在江明的女儿家去了。这一去就是好几个月，这娘儿俩谁都不服个软，渐渐地就没有再联系过了。

还没等阿明明白过来是怎么回事，大家忽然看见一个年轻人搀扶着个老太太，后面还跟个戴眼镜的人径直走进来村委大院。

那老太太竟然是流浪大妈！

只见年轻人几步走到阿明妈面前，拉着她的手说："大娘，这段时间多亏你像亲妈一样照顾我，我……连句谢谢都没来得及说啊！"

阿明妈笑了："傻孩子，谢什么，哪个当妈的不都图儿子有个好啊！"

年轻人忽然又转身对阿明说："你就是阿明哥吧？"阿明点点头。年轻人突然一指流浪大妈声音哽咽地说："阿明哥，我叫陈冬，谢谢你这些日子照顾我娘！其实，咱都对不起娘啊！"

阿明更加疑惑了，他看看陈冬，又扭头看看刘一林，这是怎么回事啊？

刘一林却走过去拉着那个戴眼镜的人手，对阿明说道："阿明，这是离咱这几十里外的下河村的村长老赵。那段时间，我们到乡上开会，我无意中向他说了你气跑你娘的事，谁知道恰巧他们村陈冬竟和你一样。我们俩心里怪不是滋味，于是，我们一商量，就偷偷把二老接了回来设个大奖，又串通村里人叫你们换了个娘来养啊！"

刘一林顿了下，继续说："你看，阿明，我看得出来，陈冬娘这段时间对你的付出，你就惦念在心，那自己的娘呢？一辈子对你付出的岂止是这些的百倍千倍！阿明，你想想，这个奖能不说是天底下最大的奖吗？"

"一林哥，你不要说了。我明白，今天这个意想不到的奖，是个充满了情谊的大奖啊！我领，我领！我要好好珍惜一辈子！"阿明流了泪。

大家纷纷鼓起了掌。

我要给你个惊喜

这些年,陆浑村男人们都出去打工了,村里就剩下些老人孩子留守妇女。

这天,刘素华抱着孩子在家里发呆。她男人刚子已经出去快一年了,刘素华是打心眼里想他啊！突然,刘素华一激灵,竟然“扑哧”一声偷偷笑了,她这一笑,让正扫地的婆婆莫名其妙地愣住,问她:“冷不丁笑啥哩?”刘素华的脸腾地红了:“不笑啥,没笑啥!”

其实,刘素华是突然想要偷偷到刚子打工的地方去,给他个惊喜呢！这么一瞬间就决定了,刘素华立刻行动起来。她首先要决定的是孩子问题,这个好办,留给婆婆。然后是收庄稼的任务,这个也可以解决,自己又不是去一年半载,到那里十天半月就回来了。

一整天,刘素华都激动不已,但刘素华面子薄,怕实话实说后叫婆婆忍不住告诉村里的姐妹们,姐妹们往后还不笑话死她？她故意撒了个谎,只告诉婆婆一个远房亲戚家出了点事,要去些天。

婆婆听刘素华这么一说,顿时愣住了,呆了好大一会儿才欲言又止地说:“既然这样,那,好吧！你放心去吧!”

刘素华的心几乎扑通一声跳出胸口来。第二天天不亮,她就收拾了随身物品出发了。

大车换小车,第二天晚上十一点多,终于到了刚子打工的城市。虽然心急,这深更半夜去找刚子还真要费一番周折,刘素华决定先找个旅馆住下,第二天一大早再找也不迟。

刘素华终于把天熬亮了,费了不少周折,她终于找到刚子打工的电子厂门口,刚要进去,突然,她看见一个熟悉的身影,揉揉眼仔细一看,没错,是婆婆拿着张纸条一走一问地往这边走来!

刘素华惊呆了,婆婆怎么会出现在这里? 来不及多想,她正要躲过去,却发现婆婆已经发现了她,愣在那里呆呆地看着她!

刘素华只好奔过去,吞吞吐吐地说:“妈,你怎么在这里?”

婆婆低下头,又抬起头,一张老脸涨得通红:“素华,我说了你别笑妈,都快一年了,刚子也没回来,妈想他啊,好几天前妈都决定来看看他,想给刚子个惊喜,可妈不好意思对你提,刚好趁你出门,妈就心急火燎的来了!”

刘素华一下子呆在那里,眼圈突然红了:“妈,妈,我,我骗您了,我来也是这回事情啊!”

婆婆一听,先是一愣,然后老泪一流又笑了:“你看,咱娘俩做的啥事啊,早知道一块来了! 既然这样,找刚子去吧!”

“好,妈,我打他的手机,叫他出来接咱!”

刚子的手机打通了,刘素华说:“刚子,你在哪里啊?”

刚子不回答她的话,神秘兮兮地说:“素华,我没打电话给你呢,你倒先打给我了! 想我了吧? 嘿嘿,我正要给你的惊喜呢,你推开咱家的大门,叫上咱妈,站到门口,我要给你个惊喜,五分钟后,我立刻出现在你眼前! 我已经到家了!”

刘素华一听,看看婆婆,然后搂过她,呜呜地哭了。

第四辑

倒视人生

倒 视 人 生

一、车祸

钟离秋孤身一人,无牵无挂,特别喜欢独自一人驾车远足,时不时关机离网,远离尘嚣就做次失踪族。

这天,钟离秋装备完毕,车子呼啸般地离开都市,直奔白云山。白云山的盘山公路有一处被称为两界弯儿。顾名思义,是阴阳两界的分水岭,可见此处的危险。山高,路陡,弯儿急。钟离秋驾的车似乎漂浮在空中,白云伸手可得。此刻,她格外惬意。

前面就是两界弯,不知道为什么,钟离秋的心突然紧缩了一下,接着就无缘无故地怦怦跳了起来。一只山鸟突然从山林一侧要飞到悬崖一侧,可刚到路中间,不偏不倚,刚好撞击在钟离秋的车前挡风玻璃上,"嘭"的一声,鲜血在玻璃上溅出一朵花来,前面什么也看不清楚了。钟离秋吓了一跳,本能地把方向盘一打,车子顿时失去控制,向悬崖边冲去。

钟离秋顿时懵了,身体和车子翻滚着,成了悬空状态。片刻之后,钟离秋只觉得一阵猛烈的撞击,车子上下晃了几晃,不动了,她头晕眼花,仔细一看,自己仍在倾斜的车子里,头正重重地撞击在车门上,鲜血直流。再往车外看,她顿时惊恐万状。

车子离开公路道不是太远,但已经在峭壁上悬空,斜生出来的几棵粗壮的树刚好把车死死地卡住了。往下面看,除了黑森森的树枝一直向下延伸,便什么也看不清楚了。钟离秋想动,可刚挪了一下身子,车子便跟着晃动起来,她甚至都听见了树枝断裂的咔咔声。

钟离秋小心翼翼地撕下衣服上的布条,包扎了伤口。可是,就在这时候,支撑她的那扇车门瞬间打开,钟离秋接着大叫一声,身子也从安全带里脱落出来,悬空在车外。好在,她还本能地死死抓住了安全带。此刻,连恐惧也来不及感受了,钟离秋唯一的想法便是自己如何活下去。

她求救,没有人回应,渐渐的,钟离秋支撑不住了,手臂由酸到麻,再由麻到僵,一直到失去知觉,然后,她感觉到浑身的刺痛,坠了下去。

二、怪异

等她醒来的时候,已经在医院了。全身都包裹着厚厚的纱布,似乎变成了一具木乃伊。但不管怎样,总算还活着,是那些斜生的树枝一次次接着她,然后,进山采野生木耳的山民发现了昏迷的她,并救下了她。

此时,一个多星期已经过去了。钟离秋睁开眼睛,眼前一片模糊,接着渐渐清晰,可是,她瞬间惊恐地呆住,因为,她看见一张变了形,更准确地说,是一个颠倒的人脸一脸焦急地和他对视,这是最爱她的一个男人,刘元峰。钟离秋用力地闭上眼睛,又缓缓地睁开,眼前的景物似乎一阵旋转之后,不错,除了这张颠倒的脸,还有墙上挂着的物品,包括电视和救护装置,全都是倒过来。

钟离秋心里强迫自己冷静下来,她明白,这可能是车祸撞击留下的症状,以后慢慢就好了。她故作平静地对刘元峰挤出一个微笑。刘元峰顿了一下,顿时惊喜地哭了起来:"小秋,你终于醒了,终于醒了,可吓死我了!"

几个月之后,钟离秋出院,刘元峰负担起照顾她的责任。

回到家,钟离秋的痛苦开始了。首先,她要面对的是彻底的不适应,美景不再美丽,甚至连家里的很多东西在她眼里都变得陌生。她看到水龙头里的水向上流动,看到坐便口朝下,电视机的画面颠倒……接下来,便是由此而产生的恐怖折磨着她。陌生之后是恐怖,恐怖后是孤独。她整夜整夜地做噩梦,蜷缩在床角,无法平静入眠。她甚至不愿意睁开眼睛来看这个怪异的世界。除此之外,她吃连饭的时候都感觉无从下手,有时候只能靠自己的感觉判断刀叉要切插的位置,接着便是失误连连。

可是,这一切她都暗暗承受了下来,并且想方设法地掩饰过去。她不想让刘元峰知道,她怕痛苦的自己再失去一个无法忍受自己的爱人。

三、好转

这天,刘元峰兴冲冲地拿着一束鲜花找到钟离秋,一开门,他就满脸幸福地说:"小秋,看来你身体完全康复了,但可能心理上还有阴影,我们今天一起到外面呼吸一下新鲜空气吧!"不料,钟离秋一听,却突然大叫一声:"不,我喜欢黑夜,喜欢什么也看不到!"说完,她便意识到自己的失态,连忙对莫名其妙的刘元峰说:"对不起,我想静静!"刘元峰呆了片刻,忽然严肃地说:"小秋,我喜欢你,就是因为你开朗大方,可是,你看看你,自从出了事以后,整天把自己关在家里,闷闷不乐,你以为我心里好受吗?我不喜欢郁郁寡欢封闭自己的女孩!你知不知道,任何事情都可以承受,你是从生死线上走来的,你比我更懂!"

钟离秋呆着,泪水顷刻间滑落下来,然后,默默地点点头。

这一天,游览的地方景色美好,但,钟离秋却只有忍受着痛苦和恐惧。好在有刘元峰相陪,她小心翼翼,刘元峰耐心等待,甚至,她几次都准确地抓住了刘元峰的手。

晚上回到家,刘元峰安顿好她才恋恋不舍地走了。可是,钟离秋却突然大叫起来，而且还在原地兴奋地蹦跳不断。因为，她曾经看到的颠倒的家什竟然在此刻有许多都恢复正常了，柜子不再颠倒，台灯不再颠倒，甚至她用遥控器打开电视，也出现了正常的画面。唯一不足的是，她在镜子中看到的，还是倒立的自己的头像，水龙头里流出的水也是向上的，她只好对着向上的水柱，摸索着在下面接。

不过，这已经令人激动不已了，至少，她已经看到了希望。钟离秋的心情好了许多。

几天后的早晨，钟离秋找衣服穿，却忽然发现正常的柜子竟然是不正常的，因为，打开以后，她才发现，柜子被颠倒了过来，她疑惑地再去摸电视，真的，电视也被颠倒了过来……

钟离秋呆呆地坐在那里，泪水顷刻间流了下来。她明白，一定是有人做了手脚，这人是刘元峰无疑！他早已经知道了自己的病，而且也配合着她，掩饰过来了。他怕自己多心，在出去的那天，偷偷把家里的东西颠倒了过来，为自己重装出了一个自己眼里正常的颠倒房，那么，也就是说，刘元峰每次在这里，都要忍受颠倒过来的怪异和不便啊！

四、真爱

心里五味杂陈，有幸福甜蜜，又有心酸难受的钟离秋默默地坐在那里。刘元峰开门走了进来，毫无防备，钟离秋一下子扑到他的怀里。不用说，刘元峰知道，事情露馅了。刘元峰紧紧抱着钟离秋说："对不起，我不想骗你！"钟离秋轻轻摇头说："不，是我骗了你。害你难受了这么长时间！"刘元峰笑了："我习惯了，适应颠倒的家具还挺难受的啊！"钟离秋问他是怎么知道自己眼睛视物颠倒的。刘元峰顿了一下，说："开始，我发现你总要习惯性的弯腰侧头，我就疑惑不已，后来，刚好看了一篇报道，确实有这样的病。为了证实，你是否还记得我多次向你询问扑克牌是'6'还是'9'？还拿出许多图片让你看?”

钟离秋点点头。是的,自己沉浸在痛苦之中忽视了刘元峰暗中的测试。刘元峰接着说:“小秋,我到医院找了个专家询问过,这种病叫视物颠倒综合征,目前……”刘元峰顿住,望着钟离秋,钟离秋瑶瑶头:“目前没有治疗的任何经验和药物对吧?”刘元峰点点头。

两人沉默了许久。刘元峰忽然抬头说:“你能接受这个事实吗?无论如何,我永远爱你!”钟离秋始终沉默。刘元峰说:“我知道这需要时间。对了,我今天来是想邀请你参加一个活动!”

“什么活动?”钟离秋终于开口。“走,到了我再告诉你!”说着,刘元峰拉起钟离秋的手往楼下奔去。

原来,报道说仁峰火山今晚有小规模的喷发,许多人都争相去参观。那里早已经熙熙攘攘,人头攒动了,远处的火山正升腾着白烟。刘元峰紧紧地拉着钟离秋的手:“你一定会看到一个不一样的景象!”终于,火山喷发,红色的岩浆从山口冒出,壮观地向下流出来。大家尖叫声不断。

刘元峰似乎迫不及待地问:“快告诉我你看到的景象!”钟离秋终于兴奋起来说:“如同天空中泻下一团红云!”刘元峰笑了:“小秋,你看,你看到了两个世界!是的,你很幸运,死神本来要带你走的,结果,不仅没有,你还比我们多拥有了一个世界。你曾看过一个世界,然后,如今又看到另一个全新的奇异的世界,不是吗?”

钟离秋一听,久久地愣在那里,似乎心有所动。刘元峰接着说:“如果人间是美好的天堂,你却同时踏入了两个天堂。如果世界上所有的人都在用一种眼光感知这个世界,但你却不同,你用两个不同的角度审视这个世界。想想看,你的感知你的快乐你的幸福不是比我们多得多?是不是比我们更深刻地理解这个世界?你那么幸运,难道还不满足吗!你要知道,有许多人正想用另一种眼光看世界呢,可是,唯有你做到了!”

钟离秋突然愣在那里，仔细品味着这句话。是啊，难道我真的幸运？以前自己不是希望过上一种与众不同的生活吗？

此刻，钟离秋有了一种豁然开朗的感觉，她紧紧地拥抱着刘元峰。远处，仁峰火山正在酝酿着第二次壮观的喷发。

尾声

一年后，钟离秋用自己的视角，用相机拍摄出了一大批精美的摄影作品，比如，把倒挂睡觉的蝙蝠正着看，趣味横生；把壮观的瀑布倒过来……钟离秋和刘元峰结了婚，她的摄影事业也如日中天。

虫　　蛊

蜈蚣

昨天下午到今天早上,我总感觉脑袋里嗡嗡响,右耳朵眼儿痒痒的,还带有刺啦刺啦的响声,我被折磨得不胜其烦,晚上几乎都没有睡好觉。

早上醒来,我急匆匆地跑到医院去。廖其开医生是我熟悉而且最信任的医生,我直接找到他,他听我叙述了症状,摇头笑了一下说:“不用紧张,可能是中耳炎之类!”可是,当他认真地为我做了检查之后,我明显感觉到他的异样,他先是目瞪口呆,接着眉头紧皱地问我:“最近,你在什么地方睡过觉?”我有点惊恐地说:“这有什么关系吗?”他严肃地点点头,我只好说:“一般都在家里,对了,上星期我到野外玩耍,露营过一次!”我说完,他点点头,自言自语地说:“这就对了!”我看着他凝重的表情,心里顿时忐忑起来:“什么对了?”他摇摇头:“这样吧,等对你的耳朵进行处理之后,我再告诉你,免得你害怕!”难道我的耳朵有严重的问题?他越是这样,我便越害怕。不过,既然我最信任的医生这样说,我只好答应。

我侧身躺在他诊室一张铺了白色床单的小手术床上,他把我的头镶嵌在一个半圆形的器械里,几乎动弹不得。廖医生戴上检查灯,一手拿起镊子,慢慢地靠近了我的耳朵。我闭上眼睛,接着就清晰地感觉到,冰凉的镊子尖儿在我耳朵里上下左右游动,忽然,一阵刺痛,我浑身顿时冒出了冷汗,感觉耳朵里有什么东西被刺啦啦地拖拽了出来。

“好了,你起来吧!”廖医生上前松开我头上的铁箍,顺便扶我起来。我看着廖医生,他的额头上竟然也有几颗豆大的汗珠。我问他:“廖医生,这下该告诉我了吧,我耳朵里到底怎么了?”廖医生说:“问题不大,不过你要有个心理准备,别害怕啊!”我点点头,于是,他回身把桌子上的一个医用托盘端过来,示意给我看:“你看,你的耳朵里有这个东西!”

我一看,脑袋里“嗡”的一声,浑身的冷汗顷刻间又冒了出来,心脏开始砰砰地狂跳。要不是廖医生按住肩膀,我几乎都要跳起来。托盘里放着一只吸管粗细的蜈蚣,头是红色的,血红血红,浑身都是毛茸茸的腿,我甚至看见,那蜈蚣在托盘里腿还一抖一抖地颤动。

我远远地看着,一阵恶心:“廖医生,这个,这东西在我耳朵里?”廖医生点点头:“可能是你在露营的时候钻进去的,不过,我也怀疑,这么个东西钻进你的耳朵,你竟然毫无觉察!但,的确这东西就在你的耳朵里!”

我呆了很久,终于相信了,因为那天的露营,我很劳累,睡得死过去一般,也许就是那时候,它钻进去了。

毒杀

一只小小的虫子,让我心神不宁了好长一段时间,也打断了我一个不为人知的计划。现在,惊恐过去了,我决定重拾计划。

两年前,我父亲还在,我是独子,任何事情我都不用操心,钱他会随时打到我的账户,我也可以随时花天酒地地挥霍。也就是这个时候,我认识了小宁。小宁很性感,也很会玩。开始我真的对她神魂颠倒,然后就办了结婚证。结婚证嘛,对于我来说,没啥大不了的,一点约束力也没有,除了小宁,我还有无数的女朋友。一年后,我彻底对她厌烦了,便想方设法摆脱她。但这不过是我的一厢情愿而已，我越反感她，她反倒越黏我。一直到后来，她开始用种种女人常用的方法对付我。我把她揍了一顿，我质问她："你到底看中我什么了？"她擦了擦嘴角的血说："以前是人，现在是钱！"她看我的眼神让我莫名地恐惧。

我愣了，赤裸裸的摊牌啊。她彻底激怒了我，既然如此，我让你人财两空。

我决定让她消失。我分析过了，小宁的农村老家一个亲人也没有，这两年除了我，她认识的人也不多，对于她的消失，谁也不会注意，这正是我的优势。

那天晚上，我很友好地约她到野外露营。她答应了，但颇感意外："怎么突然就对我好起来了呢？"我一笑："我突然发现，和你在一起踏实，那些女人几乎一个个都是毒蛇！"小宁终于咯咯咯地笑，紧紧地拥着我的脖子。

露营的目的地谁也不知道，甚至连小宁也不认识那里。那里几乎是原始的森林，在那里埋藏一个人，连一只鸟都不会发现。

我让小宁喝些红酒，其实红酒里是下了迷药的，等她睡熟，已经是半夜时分了。我拍拍她的脸，毫无知觉。我四下一望，除了黑暗没有别的，我打开装行李的箱子，把小宁蜷缩起来放进去，刚刚好。我把她推到我已经事先挖好的一个墓穴里，然后，我站在那里，用手电照着深坑里的箱子，箱子里没有任何动静，然后，我用土一捧捧把她深埋，上面覆盖上厚厚的腐烂的落叶。

一切处理妥当，我有点困了，便回到帐篷里，迷迷糊糊睡着了。

第二天醒来，天已大亮，阳光穿过林子，照在地上，野鸟叫个不停，我向埋藏小宁的地方望去，其实，连我自己都看不出来，到底埋在哪里了。

我心满意足，回家去了。

一个星期过去了，风平浪静，果然，没有一个人注意到，小宁从我的生活中消失了。

惊惧

想来，那只血红头的蜈蚣就是那天晚上钻进我的耳朵里的。除此之外，我删除了那天晚上的所有记忆，继续若无其事地享受我富二代的生活。可是，我心里最清楚，那只虫子老在我脑海里浮现，挥之不去。

这天晚上，我夜里十二点才回到家，酒喝的不是太多，可是，我忽然觉得太阳穴突突地跳个不停，脑子里似乎有一条软体的虫子在游走一般，眼前一会儿黑一会儿明的。我打开卧室里的灯，对着梳妆台上的镜子，坐下来。脑子里有东西蠕动游走的感觉愈发强烈起来。我看到镜中我的脸煞白，而额头处的青筋却异常暴起，如一条条青虫，恐怖极了。

脑海里有点迷糊了，可能是酒劲上来了。我用双手使劲地捂着视物模糊的眼，狠狠地搓了一把，决定马上上床睡觉。

可是，等我睁开眼睛的时候，我几乎狂叫出来，四肢发凉发抖，然后就僵硬了。我看到镜子中的我的因恐怖而扭曲变形的脸，还有一张熟悉的白皙的面孔。

镜子中的我的身后站着小宁。小宁和平常一样，换往常我根本不害怕，可问题是她已经被我埋了，而此刻她竟然又出现在我的家里。我的脑海一片空白，小宁笑了，很瘆人恐怖，然而又哀怨地说："没想到你会把我埋了！没想到你会把我埋了！"

我回过头，踉踉跄跄地躲得远远的，靠在墙边说："你，你到底是人是鬼？"

小宁苦笑一声："是人是鬼你最清楚！我回来只不过收拾些东西，我要从你心里，也从这里消失。成全你，也成全我自己。对了，我有咱家的钥匙，我回来的时候，会从门儿进来！"

我已经瑟瑟发抖了，分不清这是现实还是我的幻象，只是呆呆地看着她在屋子里游走，若无其事地收拾些本该属于他的东西。

她要走了,然后,她回过头来对我笑了一下:"对了,一定要注意虫子,你是一只寄生虫。可惜……"

"可惜什么?"我追问道。

她摇摇头:"算了,终究你会明白的!"然后,她走了,消失在黑暗之中。

疼痛

接下来的一段时间,我莫名其妙地就开始犯迷糊,脑袋里还针扎似的疼痛。平时,我卖力地疯玩,如今也都力不从心。我不知道是因为埋藏小宁的那天晚上的事儿,还是因为小宁突然出现在家里的那天晚上的事儿。对了,小宁的突然出现,我断定是我那天晚上的一个噩梦而已,我记得我回家后,脑袋里迷糊,倒头就睡了的,哪里会在镜子前照来照去的,我没有那样的习惯。

我决定去找廖医生。我叙述了我的痛苦,廖医生很认真地听,最后,他沉默了许久,才说:"这种情况我也说不好,可能有两个原因,一,你玩得太累。二,你心理压力过大!"我在心里哼了一声,这段时间我根本没有尽情玩过,至于心理压力过大嘛,有,但我绝不承认。"那,这样吧,我领你去做一次全面的检查!"廖医生说。

检查完毕,廖医生摇摇头:"一切正常啊"然后,他提起笔,写了一些药品的名字,递给我说:"不必担心,很可能是心理上的作用,我给你些镇静药,你好好养养,看以后怎样吧!"

是啊,检查不出任何毛病,只能如此了。

我真希望药物能起到一些作用,然而,没有。全身的筋脉似乎狠命地向身体外扩张,脑子像被人挖空了一般,接着,全身无力,缩在地上站不起来。

眼前开始模糊起来,我只能用双手紧紧地抱着头,瞅着门的方向。希望有个人此刻能走进来,然后,我向他求救。

外面黑了，我不知道是因为天真的黑了，还是我的眼前黑了。有人打开门，走了进来。屋里的灯被打开，我才明白是天黑了，我面前站着两个人。

小宁和廖医生。

廖医生没有理我，而是径直走到电话前，拨通了一个号码，紧接着，他的手机轻轻地响了一声，然后挂断。

死亡

小宁走到我跟前，蹲下来说："现在明白了吧，我不会一直做寄生虫！"我呆呆地望着她，呻吟说道："救救我！"她一把甩开我的手："你想我会救你吗？是你亲手埋了我啊！"我绝望地瞪着眼睛看着她。

小宁哼了一声说："好吧，你此刻最想知道为什么是吧？我告诉你，那天晚上，我根本没喝你的酒，之所以假装被你活埋，我是将计就计，想知道你到底要害我到什么程度，其实，我早就预料到你会对我不利，可是我没想到你会如此残忍地活埋我，还好，我手机里已经装了定位系统，廖医生一直跟踪着我们，然后，他救了我。至于你耳朵里的蜈蚣，不过是廖医生在你检查的时候事先准备好，而后放进去了。"

我看看小宁，看看一边一直面带微笑的廖医生，眼睛使劲地瞪大："你们，你们合谋，为什么？"

"为什么？我不是已经告诉你了吗？以前是为了你，现在是为了你的钱！你最清楚，廖医生作为医生，在你的身体里放置几只寄生虫的虫卵易如反掌，而且，这样做最不容易露出任何破绽，记住，你是死于寄生虫病！想想吧，一个人脑子里，身体里到处是一条条寄生虫的样子。没人知道你害了我，这也正好给了我机会，没有人知道我死或者没有死，等你死于疾病，你的那些钱就是我们的了！我要全拥有！"小宁的眼睛血红，而且比我身体里的寄生虫还要恐怖。

“还有,你的电话给我手机上拨打过求助电话,作为医生,此刻,我是来积极救治的啊!这没有破绽吧?”廖医生补充道。

我浑身瘫软,缩在那里动弹不得了。身体里真有千万条寄生虫在吞噬着我。

我看了看夹在装修墙壁缝隙里的摄像头,它正如一只瞪大的眼睛,死死地看着屋子里的一切,然后,我眼前渐渐地黑暗,身上的痛苦一点点消失,直到没有了任何感觉。

真相

可是,当我醒来的时候,天地一片明亮,小宁和廖医生还在,而且还有几个警察。不过,我的头在小宁的怀里,小宁满脸泪痕,满脸期待地看着我:“你终于醒了!”我看看小宁,看看如释重负的廖医生,再看看几个警察:“这究竟是怎么回事,是谁救了我?”

警察凑过来,看了一眼小宁说:“小伙子,是真爱救了你!”然后,在他们的叙述中,我明白了,小宁爱我,死心塌地地爱我,她也以为我爱她!可惜,不是!我不仅是条彻头彻尾的寄生虫,而且还有更多更多的罪恶,小宁对我不舍又无可奈何,幸好,她遇到了廖医生,他们根本不会让我死,况且,哪有寄生虫?不过是心理作用而已!他们只是想用这种方式让我彻头彻尾地醒悟、改变,对,是他们在拯救我!我想,经历这一切,我该醒悟了!

我坐起身来,看着警察,我会承担我所做的一切。不过,我也担心廖医生和小宁,廖医生笑了:“好了,不用担心,我不是寄生虫,我们会活得很好!”

我们?他说我们?我看着小宁,小宁长长舒了一口气,走向廖医生,廖医生轻轻地抚着她的肩膀,然后转头,对警察说:“一切我们都会承担!”

我也重重地点头:“是的,一定承担!”

土豪的致命游戏

一

安德鲁和杰姆森是老朋友,他们年轻的时候都离开自己的家乡,在这个小城市里打拼,终于积累了不少财富。可是,随着年龄的增长,两人的孤独感越来越强烈。

这天,安德鲁找杰姆森喝酒打发无聊的时光。酒喝了不少,两人不住长吁短叹,然后你看我我看你,沉默下来。突然,安德鲁眼前一亮,提议说:“杰姆森,我的老朋友,时光无聊是因为缺乏刺激,我想一辈子该经历的刺激我们俩都经历过了,不过,我突然有个好想法,再刺激一下我们死水般的生活,做个游戏,如何?”杰姆森立刻有了兴趣,催促安德鲁说说自己的想法。

安德鲁想了一下说:“老伙计,你看,我们俩都没有亲人,你是否考虑过以后咱俩财富的处置问题?”杰姆森点点头,安德鲁接着说:“那么,我们俩刚好就以此做个游戏,谁先死去,他的财富就由对方全权处置怎么样?”

杰姆森一愣,盯着安德鲁想了一会儿,忽然哈哈大笑:“我的老朋友,你的提议太好了,我同意,就这么办!这个提议去除了我的心病啊!不过,我想,咱按照生意场上的规矩,立个协议?”“好!就这么办!”安德鲁和杰姆森就这样紧紧握着对方的手,定下了这件事。

接着,他们找来律师,正式签订了协议,并且立即生效。

二

协议虽然签订了,可安德鲁却莫名地不安起来。他和杰姆森的财产不分上下,可是,万一自己先杰姆森一步死去,自己辛苦一辈子的财产就这么凭自己的一时冲动全都归了杰姆森,心里多少有些不甘和不平啊!可是,眼下后悔了,却怎么对老朋友说呢?

一个多月来,安德鲁越想越不是滋味,于是,他一狠心,找来自己的私人医生欧文。安德鲁先让欧文为自己详细地检查了身体,然后从口袋里取出一张支票递给欧文,犹豫不决地说:“欧文,我,有件事想请你帮忙!希望你答应!”欧文疑惑地接过支票一看,顿时目瞪口呆:“安德鲁,你这是什么意思?你要解雇我吗,还是……这个礼物太出乎我的意料了!”安德鲁摇摇头,让欧文坐下,他郑重地把自己的苦恼说了出来。欧文听完,一时间不知道该说什么好,只是摇着头说:“天啊,这个游戏简直太有意思了,不过,请安德鲁先生直说吧!”安德鲁顿了一下说:“我后悔了,想请你帮个忙!”欧文呆住了,过了好大一会儿把装支票的手从口袋里抽出来说:“我想我明白了,你想怎么做?”

安德鲁说:“我,我,我想让杰姆森神不知鬼不觉地先我一步死去!”

欧文睁大了眼睛:“你是要收买我去杀了杰姆森?”

安德鲁连忙摇头:“不,不,不是你杀了他,而是让他正常死去,我知道你也是杰姆森的私人医生,我想,你应该有办法!”

欧文把手重新放到装支票的口袋:“可是,你们是老朋友啊!”安德鲁苦笑一下说:“是老朋友,不过既然是个刺激的游戏,干脆就让他更刺激一些吧!”

欧文吞吞吐吐最终答应了,不过他告诉安德鲁:“办法可不是现成的,请允许我安心思考一段时间吧！当然，我不会告诉任何人，从现在起，我们俩已经紧紧拴在一起了，请放心！”

三

一个星期后，欧文悄悄来到安德鲁的住宅，一见面，就从医疗包里取出一张X光片和一张化验结果单，激动地对安德鲁说：“安德鲁，天助我们啊，你看，杰姆森得了癌症，已经没有多长时间了！”安德鲁一愣，慌忙拿过X光片和化验单认真地看了起来。看完，安德鲁叹了一口气：“这么说，原先我对待老朋友杰姆森的方法是过于狠毒了！”欧文露出一丝不易觉察的微笑：“安德鲁，难道你也相信了？我告诉你吧，其实这张X光片的假的，是别人的，这只是计划的第一步！对，让杰姆森先走一步的办法我已经想好了，绝对天衣无缝！”

安德鲁一愣，接着满怀期待地看着欧文。

欧文说：“其实真正死于癌症的病人很少，可以说，有一部分是被机器害死的！”安德鲁满脸疑问地盯着欧文。“这么说吧，一部分癌症病人，即使不治疗也可以活很长的时间，反而恰恰是治疗草草结束了他们的性命！原因就在于化疗。化疗虽然杀死了癌细胞，但同时杀死了更多的正常细胞！也就是说，只要加大化疗的强度和频率，正常人也撑不了多少时间！”

安德鲁终于明白了：“也就是说，你可以用化疗的方法让杰姆森早我一步而去，但凶手不是你，而是机器？”

欧文点点头：“应该说是这样。”他拿起X光片，“先从这张假的X光片入手，我想杰姆森和你一样怕先死，他只要相信自己得了癌症，那么，他一定想让我安排合适的治疗方案，那样的话，其他的水到渠成，你就不用担心了，一切都由我操作吧！”

安德鲁想了一下，终于舒了一口气，点头认可了：“完美的计划啊！”

四

安德鲁最后一次见到杰姆森的时候,他目瞪口呆地发现,眼前的杰姆森完全不是以前的杰姆森了,面色蜡黄,头发也几乎没有几根了。安德鲁伤心不已地安慰杰姆森,杰姆森抱以真诚地微笑:“老朋友,别担心,我死后,我想你一定会履行咱们的协议,我也就安心了! 我还得谢谢你呢,安德鲁!”

从此以后,安德鲁再也没有见过杰姆森,他其实真的害怕和杰姆森面对面在一起,更怕杰姆森恐怖的样子,只有他和欧文知道罪魁祸首是谁。终于半年后,安德鲁接到了杰姆森的死讯。杰姆森的葬礼等一切事宜均由欧文全权负责。安德鲁本以为自己为此感到开心不已,可是,恰恰相反,他却无论如何也高兴不起来。

他面无表情地听欧文把一切说完,对欧文说:“好吧,事情已经如此,该结束了,谁也不要提起了!”

欧文点点头,走了。留下安德鲁窝在沙发里默默地发呆,屋子里静得可怕,安德鲁甚至听见了自己心跳的声音,偶尔一些细微的沙沙声,他都要紧张地环视整个屋子,他怀疑是杰姆森的脚步声。

就这样心神不宁地坐到第二天上午,安德鲁被急切的敲门声惊醒。他打开门,见一个满脸胡子,年纪比自己大的老头站在门口:“哦,是安德鲁先生吗?”安德鲁点点头。老头自我介绍到:“我叫托马斯,是这么回事,我有一张欠条,是杰姆森签下的,我找了他的律师,说现在由你全权处理,这不,就找来了。”

原来是这么回事,一看就是个乡下老头,也不会有多少钱。安德鲁漫不经心地接过来,一看,他愣在了那里:“我想你是搞错了吧? 杰姆森有的是钱,怎么会借钱,而且是这么大的数目,要到他一半的财产了!”

托马斯摇摇头:“不,绝对没错。当然,这不是如今有钱的杰姆森借的,这是三十年前没钱的杰姆森出来打拼前借的!”“可是,即使如此,也不可能有这么大的数目啊!”安德鲁继续提出自己的疑问。

“哦,是这样,当时杰姆森借钱的时候,为了表达诚意,他给了我一张没有填下数目的借条,他说,只要发财了,我可以随便填,只要不超过他财产的一半!你看,有他的签字,也不超过他财产的一半,当然,数目是我自己填上去的!”

安德鲁顿时不知所措起来。这时候,托马斯看着他,笑呵呵地说:“我想你会很痛快地替杰姆森支付的,因为,谁都有不情愿的事情放在心里,安德鲁先生,我想你也有的!”

他这话是什么意思?安德鲁一机灵,难道这家伙知道些什么?他强打精神,和善地说道:“是的,我会替我的老朋友杰姆森支付的,这是他的承诺,我一样不会反悔!不过,请你等几天,我处理完杰姆森的财产如何?”

“这是应该的。”托马斯收过借条,微笑着道别。

五

安德鲁送走了托马斯,天已经快晌午了,他刚要想去吃顿午餐的时候,欧文迫不及待地匆匆赶来。安德鲁以为发生了什么要紧的事情,吓了一跳,不过,他很快镇定下来。只见欧文从包里也取出一张支票说:“安德鲁先生,打扰了,我是来取杰姆森赠送给我的财富的,请您签署!”安德鲁一愣,盯着欧文看了好久,才疑惑地接过支票,不错,这是一张杰姆森签署的支票,另外还有一张本人声明:本人杰姆森愿意在死后将一半财产赠送给欧文,我授权给安德鲁代理在两周内支付。还有一张公证书。

日期的确是杰姆森死前的日期,一切都真实无疑。安德鲁突然阴森地笑了:“欧文先生,我已经给了你巨额的财富,我想这些钱你恐怕得不到,我们最好不要闹翻,要真的到了鱼死网破的时候,你和我恐怕都什么也得不到,还要面临牢狱之灾吧?”

欧文也笑了:“可是,目前,你应该没有任何证据证明我的罪名吧?倒是我的一切都是有证据的!“

安德鲁思忖片刻,笑容僵在脸上。看来和托马斯一样,自己必须要支付了。也就是说,支付后,杰姆森的财产已经所剩无几,自己也有所损失,并且,这么一折腾,自己也背上了沉重的精神负担,对不起朋友,抱恨终生了。

安德鲁浑身瘫软跌坐在沙发上。

六

一切处理完毕,安德鲁日日不安夜夜不宁起来。不过,事情并没有结束,也不是全部是令人沮丧的事情。这天,安德鲁刚要出门,托马斯却风风火火地赶来,请他去参加他们小镇的一个隆重的仪式。安德鲁满心疑惑:“什么仪式?邀请我参加?”托马斯一脸神秘地说:“必须由您参加!这是您这个贵宾应得的回报!”

还没等安德鲁想明白,托马斯已经拉着他,坐上自己的车,一路狂奔往小镇赶去。

这是一个老式的小镇,古老而幽静。不过小镇边新盖起来的广场和广场边新颖别致的几幢楼房,看起来格外的醒目。再加上热闹的人群,还有五颜六色的气球彩带,让人顿时心生振奋。

安德鲁刚一下车就被请到了广场中央的临时搭建的台子上,所有的人都欢呼雀跃。这时候,托马斯示意大家安静,才大声说道:“小镇所有的居民朋友们,这就是安德鲁先生,就是出资为我们兴建广场和养老院的安德鲁先生,让我们为他的无私和慷慨热烈地欢呼!”

所有的人顿时欢呼起来。安德鲁不知所措。草草讲了一些话,便偷偷把托马斯叫到一边:“托马斯,我必须告诉你,我没有出资!”托马斯笑了:“你归还借条上的钱和欧文医生的那一部分钱,我们都用到这里来了!""可是,那应该不是我的,是杰姆森的!"托马斯笑了:"难道你忘记了,你和杰姆森有协议,我都从欧文那里知道了,他死后,那些都是你的了!况且,你认真支付的诚信,也足以打动人心啊!"

安德鲁的心里顿时想起了过往的一幕幕,往远处看,广场上的一个心形的雕塑上正有他和杰姆森名字的缩写。安德鲁的眼睛顿时湿润了,是悔恨,是激动,还是忏悔,只有他自己最清楚。

七

从小镇回来,安德鲁更加寝食难安起来。甚至,他开始怀念杰姆森,如果,那天游戏的开始,能让他重新选择的话,恐怕他已经想好了该如何去做。这不过是一个彻头彻尾的无聊游戏,这个游戏带来的是加倍的孤独,更重要的是暴露了自己内心深处的自私和狠毒。

想了很久,安德鲁找到欧文,他想弄明白,为什么他要答应自己犯下这么大的罪恶却要选择行善!欧文沉默了很久,才说:"安德鲁先生,我想有必要告诉你一切了,你已经为你最初的罪恶想法付出了精神的折磨。是的,这场游戏该结束了,它真的非常有趣,非常刺激,不过,还有一个有意思而且刺激的结局呢!安德鲁先生,你想知道吗?"

安德鲁抬起头:"是的,我想听,无论怎样,我想明白了很多事情!请快些告诉我吧,等我明白了一切,我就去警察局,当然,我是指我们!"

欧文笑了:"我们谁也不用去警察局,我们谁也没犯罪。不用我告诉你,你也应该清楚,这只是一场游戏罢了!杰姆森先生,请你出来吧!"

听到这句话,安德鲁愣了,等到精神矍铄的杰姆森真的笑眯眯地站在他眼前的时候,他目瞪口呆,再也不知道如何是好:"这,这,是怎么一回事啊?"

杰姆森看着安德鲁说:"老朋友,我们今天能重新站在一起,多亏了欧文啊！当初，当你把你的想法告诉欧文的时候，欧文就把一切都告诉我了。老朋友，当时我惊呆了，我怎么会相信呢？当欧文把你们的谈话录音让我听的时候，我的心顿时凉了。我想，那好吧，既然游戏已经有了刺激性的转变，干脆让我更刺激吧。于是，我让化妆师给我化装，将计就计。对，托马斯的借条我早就该归还了，只是他只要他当初的数目，是我让他填上巨额数字的，包括欧文也一样。因为，那一刻，我突然想明白了，这些财富有什么意义？为了它，连老朋友都会如此，连一生的友谊都瞬间瓦解啊，所以，我要用它们做最有意义的事，要让它们以最美的姿态永恒！顺便也提醒老朋友安德鲁你啊！”

安德鲁早已经羞愧得泪水涟涟，他走过来，紧紧地握着杰姆森的手，和他拥抱：“恭喜你，杰姆森先生，这个游戏你胜利了。你把一颗邪恶自私的心从老朋友胸膛里赶走，换上另一颗心，它是最美最美的！从此，我知道，这颗心要做些什么了！”

无处躲藏

这天,陈洪因为加班,回家时已经是夜里十一点了。陈洪住的地方比较偏僻,此时,街上早已经不见一个人影,一阵风夹着落叶吹了过来,陈洪不禁打了一个寒颤,心也莫名其妙地狂跳起来。他不由地加快了脚步向家里赶去。

到了家,开了灯,陈洪顿时感觉踏实了许多。他擦掉额头上的汗,就直奔卧室打开了电脑。陈洪是个网聊成瘾的人,回到家要做的第一件事情就是打开电脑和自己的一帮网友神侃海聊。今晚也不例外,一阵瞎聊之后,不觉已经到了午夜时分。陈洪打了个呵欠,和网友打了个招呼正准备下线,突然,有人向他发出了加为好友的请求。

陈洪一看对方的名字——“找的就是你”,不禁好奇地答应了下来,并且和对方聊了起来。

聊了一会儿,“找的就是你”就告诉陈洪,她是个女孩,而且强烈要求和他视频聊天。虽然陈洪此刻浮想联翩,恨不得马上同意,可是自己虽然整天上网却没有安装摄像头,更不用说视频聊天了。陈洪只好遗憾地告诉了她。谁知道他刚说完,“找的就是你”却笑着对他说,你没有我有就行了呀!陈洪一阵惊喜,迫切地想一睹她的芳容,片刻,窗口上就出现了对方的图像。

陈洪一看,是一个女孩子的侧脸,而且还被长长的头发遮盖得所剩无儿，露出的皮肤出奇的白皙！奇怪的是女孩的背影一片漆黑，看不出是在网吧还是在别的什么地方。说不出为什么，陈洪突然感觉女孩十分怪异！

女孩问陈洪看到她了吗？陈洪说看到了，不过是一个侧面，为什么不转过头来让我一睹芳容呢？女孩笑着告诉他说，总有一天会让你看到的，不过现在还不到时候。

陈洪见女孩这么说，越发地好奇，就恭维说，你还挺有一手啊，吊人胃口啊！女孩又笑了说，是啊，比起你这个戴眼镜留胡子的男人有一手吧！嘿！你别努嘴嘛！

突然看到这句话，陈洪的心咯噔一下，想，她怎么知道我戴眼镜留胡子呢？她怎么知道我努了一下嘴？陈洪不禁慌忙四处查看，可是并没有发现屋子里被偷偷安装有摄像头啊！

陈洪正在疑惑，却见女孩又说了一句，不要找了，没有人给你安装摄像头！

陈洪的心开始跳了起来。他壮着胆子问："别开玩笑了，你怎么能看见我？"女孩又笑了，这个，不用管。好，现在再验证一下我的确能看得见你，你回头，看你身后墙上贴的那个女孩的照片，看她在做什么？陈洪慌忙扭过头，突然，一阵风正好从窗外吹来，窗帘被唰啦啦吹起飘在半空。他发现照片上的女孩竟冲着他神秘地眨了几下眼睛！顿时，陈洪头皮发麻，起了一身鸡皮疙瘩！

陈洪的手哆哆嗦嗦地敲下几个字，你……还没有等他敲完，女孩的话却又传了过来，再验证一次！看你的床下，那是什么东西！

陈洪猛然一转头，不禁"啊"地一声大叫起来，然后转过身，带倒椅子心惊胆颤地把身子紧贴在墙上，因为他亲眼看到，正有一个脸色煞白的姑娘直挺挺地躺在床下！

汗水顺着脸流下来，他慌乱地拔掉了电源，顿时，电脑上的姑娘和床下的姑娘同时不见了。陈洪长舒了一口气,揉揉眼,再仔细看,床下什么也没有!

心理作用!一定是心理作用!虽然陈洪把自己看到的一切归结为诱导下自己产生的幻觉,但他还是胆颤心惊地把被子抱到沙发上,一直到了天色微亮,才勉强睡了一会儿。

第二天,陈洪对昨晚发生的一切心有余悸,他把屋里屋外仔仔细细地看了一遍,但除了自己昨晚绊倒的椅子外,其他并没有什么异常,陈洪这才疑惑地上班去了。

这天晚上,陈洪回家比较早。他忍不住又打开了电脑。想想昨晚发生的事情,陈洪想,大不了把“找的就是你”删除不就完了。正这么想着,突然,“找的就是你”竟然主动弹了出来!陈洪急忙删除,但却无论如何也不能操作成功,显示屏反而哧啦啦一阵波动之后,姑娘的半边脸突然显现了出来。

陈洪目瞪口呆,正试图迅速拔掉电源,看显示屏上姑娘的脸剧烈地晃动了几下,对话框里出现了几行字:没有用的!今天就预测一下你明天的事情,如何?我想你一定会感兴趣的!陈洪愣了,竟鬼使神差地又重新坐下来,敲出了两个字,好吧!

姑娘笑了,说:“那好,告诉你,明天你将遭遇一场车祸,这是命中注定的,你逃不掉!”

说完这句话,显示屏突然一片漆黑!

陈洪呆呆地坐在那里,脑子里一片混乱。但他还是努力强迫自己镇定下来,自我安慰地想,这一定又是一个心理游戏!明天自己一定小心就是了。

第二天上班,因为昨天夜里尽想事情,陈洪的脑子时而迷迷糊糊,时而一片空白,他本想打电话向单位请假,但不知道为什么,他很快又打消了这个念头,而且一步一步地向单位的路上走去。

走到一个十字路口,陈洪意识到对面就是单位了,过了这个路口就安全了。陈洪谨慎地看看老远都没有车,这才放心地准备穿过去。但刚刚走了几步,一声尖利的卡车的喇叭和呼啸声骤然在他耳边响起!陈洪猛然收回了脚,顿在那里惊出了一身冷汗!他想,明明没有车啊,这是怎么回事?难道我真的出现了幻觉?刚才的一切都是幻觉?但当陈洪再往地上一看,轰地一声,他的头就大了!地上正躺着一条狗,狗的头已经被车轧成了肉饼,狗腿还挣扎着,红红的血正顺着狗的脖子汩汩地向这边流着!

顿时,陈洪惊叫一声,跑过了马路。一整天,死狗血肉模糊的惨状不时地闪现在他的脑海里。好在这一天,除了这个,没有发生其他事情。

陈洪开始怀疑自己的判断,这一系列的事情不仅仅是幻觉那么简单了。在惊惧中,陈洪百思不得其解,那姑娘到底是谁?是人还是……?她要干什么?

几天来,陈洪不敢回他的屋子住了,而是到要好的同事那儿借宿。陈洪把这几天发生的这些怪异的事情告诉了同事,可无论他怎样解释,同事一口认定他开玩笑或者是劳累过度出现了幻觉。

陈洪无可奈何。

过了一段日子,同事的安慰再加上这一段时间的风平浪静,陈洪渐渐放下心来,决定回家去住。

这天晚上,陈洪壮着胆子打开了灯,走到卧室往电脑上一看,电脑上的指示灯竟还一闪一闪地亮着。陈洪不免有些紧张,但随即他想起来原来自己大意,竟忘记关掉电源了。陈洪往电脑那里走,谁知,刚走到电脑前准备开机,他突然就听见"嗤啦啦"一阵响声,电脑自动开了机!

陈洪又是一惊,顿了片刻,见并没有什么异常!陈洪心说,我也太粗心了,不光忘记了关掉电源,竟也忘记关机。这不,一动鼠标显示屏就开了,自己真是被吓怕了,疑神疑鬼的。想到这里,陈洪舒了一口气,在椅子上坐了下来。

突然,显示屏上呼地一下就弹出来了"找的就是你"的侧脸!

陈洪"哎呀"一声大叫,从椅子上弹跳起来就往外面跑。到了门口,他的手哆哆嗦嗦一时却打不开门。突然,陈洪停住了手,干脆横下一条心来,看看到底要干什么!

这么一想,陈洪长长地舒了几口气,大着胆子来到电脑前坐下来,哆哆嗦嗦地问,你到底是谁?你要干什么?

片刻之后,姑娘说,你看看我的脸就明白了!陈洪呼吸急促地盯着她的侧脸。突然,镜头一阵晃动,姑娘猛地转过脸来,正对着陈洪的目光!看到姑娘的脸,陈洪不禁大叫一声!这张煞白的严重变形的脸,似乎他曾在哪里见过!

神秘时恐惧,但真见到了陈洪倒平静了下来。姑娘说,看到了吧!想起这张脸了吧!我找了你整整四年,你本来也应该变成这个样子的,都怪那只狗!不过,这是早晚的事情,我决不放过你!

突然之间,陈洪明白了一切,这一段时间的疑问终于有了答案。

陈洪抬起头痛苦地对姑娘说,这一天终于还是来了,都怪我当时没有勇气,你的死有我的责任啊!

姑娘阴阴地笑了:"什么?有你的责任?你害了我还想推脱?"

陈洪连忙说:"不不不,你听我说……"

原来,四年前,陈洪刚刚大学毕业,但在这个城市里却没有找到工作。那段时间,身无分文心灰意冷的陈洪突然决定铤而走险,他要入室盗窃。

那天晚上,夜深人静,陈洪偷偷爬到住在三楼的一个单身女子的房间。可当他正胆战心惊地翻找东西时,突然,在黑暗中他发现一个黑影从窗口跳了进来。陈洪一阵紧张,心怦怦直跳。他悄悄地躲在帘子的后面大气也不敢出,忐忑不安地偷偷地看着那个黑影。只见黑影蹑手蹑脚地来到正熟睡的姑娘的床边，顿了一下，慢慢向姑娘的身上靠去。陈洪明白了，显然黑影不是偷窃的！陈洪本能地想大叫一声使姑娘免遭厄运，但想到自己的身份，他选择了沉默。

黑影已经把姑娘压在身下，突然，姑娘醒了过来，被这突如其来的情况吓得不禁慌乱地尖叫起来。黑影顿时紧张起来，狠命地紧紧捂住她的嘴！但姑娘仍然剧烈地挣扎、反抗，一时使黑影得不了手。正在这时，被逼急了的黑影突然疯狂地一把抱起姑娘把她推到窗口，一道微弱的光照在黑影的扭曲的脸上，他咬着牙，猛地把姑娘推了下去！黑影局促地喘着粗气，急急忙忙地逃走了。

藏在帘子后面的陈洪目瞪口呆！他突然痛恨起自己的怯懦，眼睁睁地看着这罪恶的一幕！他发了疯似的跑下楼去，泪流满面地看着满脸鲜血的姑娘。突然，姑娘睁开眼睛愤怒地看了陈洪一眼，陈洪看到那眼光似乎是一团火焰，然后，姑娘缓缓地闭上了眼睛！陈洪这才意识到，如果她死了，而自己也正处在有可能被认定为杀人犯的危险处境，更何况自己同样也是个贼啊。他慌忙擦掉眼泪，发疯一样逃离了现场……

几年来，陈洪时时想起自己那不光彩的一幕，虽然自己逃脱了法律的制裁，但他也时刻承受着良心上的痛苦折磨！可是，他一直不能鼓起勇气走到公安局坦白自己在那一刻看到的凶手的真实模样，使凶手早日归案！

陈洪说完，长长地舒了口气，顿时感觉轻松了许多。再看显示屏上的姑娘，她将信将疑地直视着陈洪，说："我知道，我知道的，只是，我恨那个罪犯，我也同样恨你，为什么不救我？致使我被救时已经晚了，我永远失去了活动能力！我就是想折磨你，让你的良心永远不得安宁，永远活在恐惧中！"陈洪猛然抬头："你，你没有死？"姑娘苦笑一下："你说呢？这几年我一直在家里，无聊了就学心理学，加上我的电脑技术，我想用这些来报复你！"

"为什么要告诉我一切？"陈洪问。

姑娘沉默了好大一会儿,然后摇摇头:“够了,报复你你以为我心里好受吗?我继续不下去了啊!“说完,姑娘呜呜地捂着脸大哭起来。

陈洪呆呆的,不知道怎么安慰她,只是在电脑上打下几个字:“你在哪里,我找你,我们一定能将凶手找到!”

姑娘抬起头:“可是,如果找不到呢?”

“找不到,我会一直陪你找,直到找到的那一天!”

惊世万人坑

引子

这天，已经月上柳梢，刘金勋正准备歇息，宫里的太监海阳公公急匆匆地赶来，让他赶紧到宫里去一趟，皇上有要事和他相商。看公公那急切的样子，刘金勋知道一定是发生了大事，他不敢怠慢，便随公公悄悄一路小跑向宫里走去。

到了宫中，昏黄的灯光下，皇上一手紧握拳头放在案上，一动不动地坐着，脸上的表情有愤怒又有疑惑。刘金勋行了礼，悄声问道："皇上，不知道有何要事？"皇上狠狠地一拳头砸向桌案，接着叹了一口气，转头喝退站在一旁的海阳，这才说道："刘爱卿，想不到朕的天下竟有这样骇人听闻的事情！朕接到密报，朕的大臣魏铁力的家人借着他的权势竟然在他的家乡陆浑胆大妄为，为非作歹，血腥欺压百姓，还修了什么万人坑，把得罪他的人统统杀掉了啊！"

刘金勋一听，顿时惊得目瞪口呆，他思忖片刻说："此事情非同小可，如若果真如此，那可是诛灭九族的大罪啊，所以，臣斗胆进言，请皇上查实详情再做定夺，不可草率！"皇上说："你是朕最亲信的大臣，朕命你秘密到陆浑去一趟，亲自替朕查实！"刘金勋点点头："臣愿前往，只是陆浑远离京城，臣到那里人生地不熟,查证起来自然困难!"皇上一听说道:"这点,朕都想好了,就叫严成青的亲信周国海同你前往,他正是陆浑人,情形自然熟悉!"刘金勋一愣,小心问道:"皇上,莫非……这密报是严大人告知皇上的?"皇上点点头:"正是,刘爱卿,朕也不瞒你,严爱卿其实早已经派手下秘密查实了些许眉目,但正是碍于他与魏爱卿在朝中素有不谐之闻,不便入手,朕也怕有臣子不和的传闻,并能体谅他的苦衷,这才令你前往。刘爱卿,不要声张,早早启程。"

刘金勋表情严肃地点点头,谢了恩,出了皇宫。

一

朝中,皇上宣称刘金勋染病告假,因为刘金勋平时刚正心直,同僚好友太少,也少有人探视,倒也风平浪静。而刘金勋则和周国海一身布衣连夜启程前往陆浑。

赶了一夜路,当第二天清晨太阳升起时,刘金勋拉开车帘,令车停下。周国海连忙殷勤问道:"大人,赶了一夜想必饥乏。我给您准备些吃喝的来!"刘金勋心说,这前不着村后不着店,哪里有个吃喝。周国海也许看出了他的心思,暗暗一笑,从车后布袋里取出些干粮,竟还有口巴掌大小的锅来。他下车去找水找柴,不大一会儿,一碗热腾腾的粥便端在刘金勋的面前。刘金勋赞赏地对他一笑,就着这些干粮吃了起来。车子重新启程了,突然,刘金勋只感觉头脑一阵迷糊,连打几个哈欠,再也抵挡不住浑身的困劲儿,倒头睡了起来。如此一连几天,刘金勋都如同做梦一般,只知道是在赶路,其他的东西南北都懒得分辨了。这天,他疑惑地问周国海:"这些天我只是犯困,不知道是怎么了?"周国海笑说:"大人恕我直言,一则大人未曾出过远门,这车上如摇篮一般,别说大人上了些年纪,就是我们也忍不住要睡,再则,大人在朝中时刻紧绷神经,哪里有这几日的放松,还能不睡?过几日,自然好了。”说得刘金勋点头称是，笑呵呵地看着周国海。果然，五天过后，刘金勋的困劲一日便少于一日。

这天，车子穿过一片密林，翻过几个山谷，前面隐隐有些房舍出现。周国海对刘金勋说：“大人，前面不远就到陆浑镇了！”刘金勋点点头，决定弃车步行。到了陆浑镇口，刘金勋发现，通往镇里的道路已被几个壮汉把守着，见有生人过来，那几个蹬蹬蹬就跑了过来，周国海连忙过去，不知道和那几个说些什么，几个人拱手就走。等周国海回来，刘金勋问他说了什么这么管用？周国海告诉他，他说是魏家亲戚罢了，他们见过我，就放行了。

走进镇子，刘金勋才明白，原来这陆浑镇并不大，坐落在山窝里边，三面环山，中间形成一片平地，建起了房舍，房舍似乎没多少年头，全是一片崭新，似乎还可闻到些许漆木之味。只是，这本应该是一片热闹的街道上，却冷冷清清，空无一人，隐隐透着一股神秘。

刘金勋正在思忖，突然，前面的街道上一阵呼号，紧接着跌跌撞撞跑来一个满身血污之人。没跑几步便跌倒在地，后面紧跟着出现几个手持棍棒刀械的人，扑上去就是一阵毒打。那人鬼哭狼嚎几声，便趴在地上不动了。

刘金勋一阵怒火上涌，他几步走过去大喝道：“你们是什么人，光天化日之下，对人下如此毒手？”那几个人一愣，叫嚣道：“呵，看你像是外地来的吧！告诉你吧，别吓破了胆，我们是朝中魏大人的家人，打死这毛贼那是小菜一碟，你还想怎么着，别找事，多事小心你的脑袋！”刘金勋本想理论，但想到自己此行的目的，不禁咬咬牙，不再多言。那几个人这才骂骂咧咧拉着那具尸体走开了。留在地上的血印刺痛了刘金勋的眼。

二

找一家客栈住下，刘金勋仍愤怒不已。天黑后，刘金勋悄悄地和周国海到街上去了。周国海不愧是陆浑人，对这里果然熟悉，不一会儿，他已悄悄把刘金勋领到魏家的大门前。远远的，刘金勋看到魏家的大门上写着斗大的两个字：魏宅。那建筑更是气派奢侈，墙高院大，透着一股压抑阴冷和神秘。

刘金勋奇怪的是，在街道胡同里转了很久却没有看到几个人，即使有，一提到魏家，那些人也都表情惊恐地急速离开了，根本问不出任何情况。看来，这样的秘密询问肯定无济于事，说不定会打草惊蛇。刘金勋长长地叹了口气，只能另想办法了。周国海告诉刘金勋："刘大人，那万人坑只是个说法，也许根本就没有吧？"刘金勋摇摇头，沉吟片刻："今日不是亲眼所见，我也不信，但时至今日，我想这万人坑十有八九是有的啊！可是，万人坑究竟会在哪里呢？"

正在刘金勋困惑的时候，突然，胡同深处有人影晃动。他连忙示意周国海在阴影处躲了起来。那几个人走近了，刘金勋在暗处借着昏黄的夜光一看，不禁一愣，几个人身后正拖着一条麻袋，麻袋里鼓鼓囊囊，似有人体大小。莫非里面正是白天打死的人，他们要到哪里去？这么想着，那几个人中间一个悄声说道："大哥，天天叫咱们拖尸体，怪恶心的！"另一个连忙紧张地捂着他的嘴，四下里张望，压低声音说："你闭嘴，你不想活了，魏二爷交代的事情你办就是了，别多嘴！""万一出事咱可折腾不起啊！""出什么事！你不懂，魏铁力魏大爷在朝里身居要职，魏二爷在咱这里那就是天，就是皇上，连县衙州衙都敬着他！能出什么事？"说完，两人朝前面走了。

无疑，这两人要处理尸体，很有可能就会到万人坑。刘金勋暗喜，心想，这可是个好机会啊，便神不知鬼不觉地示意了周国海尾随两人向前走去。

果然，二人出了镇，七拐八拐走了许久，走到镇外偏僻处一面山崖下停了下来。这山崖陡峭如墙，偏偏有一处凹陷下去，前面恰好又有一座小小的山包挡在凹陷处。那二人绕过山包便不见了踪影。刘金勋和周国海走近山包悄悄一看，只隐约见到丛生的杂草，其他并无异样。刘金勋正纳闷，突然，听见身后一声大喝:“什么人? 我早察觉有人跟踪,果然不出所料! 既然知道了,我看你们是活到头了!”正是那二人中大哥的声音,刘金勋一惊,还没来得及回头细看,只觉身后被狠狠一推,脚下一空,顿时身子悬空掉了下去!

三

山包和峭壁凹陷处看似杂草,事实上竟是一个仅容只身通过的洞口,刘金勋疑惑之际,正是被一把推了下去。好在他落地之时,地上似乎有软物,他并无大碍。可洞里一片漆黑,里面的情形却无法得知。刘金勋摸索着站起身来,此刻,突如其来的惊吓,让他脑海里一片空白! 恍惚间,刘金勋听见洞口隐约传来说话声,他侧耳细听,有人恼怒地夹着喉咙说:“你行事也太鲁莽了,进坑是定然要他进的,但,主子不希望他死,懂吗?”另一个赶紧低声下气地说:“是是是,不过,小人也是情急之中才这么做的!”“好了,你们都退下,我来处理!”过了许久,刘金勋听见洞口有人喊道:“刘大人,你没事吧?”刘金勋苦笑一声,摇摇头,又紧紧地咬咬牙,没有回答。

果然,上面的人喊了几声见无人回应,立刻慌乱起来,匆忙离开的脚步声中夹杂着抱怨和呵斥:“小心你们的狗头,还不快快禀告二爷,想办法救人啊!”刘金勋心里冷笑一声,此刻,他反倒平静下来,想想从京城到陆浑的经历,竟然出奇的顺利,似乎像是有人暗中指引一样,所以,直觉告诉他,虽然看似深处绝境,但他们并不希望自己死去。按说,如果有人识破了他的身份,恨不得他马上死,如果没有识破他的身份,他也应该和被打死的人一样显得微不足道,可是,这究竟是为什么?

看来眼下,自己只有以不变应万变了,他倒想看看,接下来他们会怎么行动。

就在刘金勋百思不得其解的时候,突然,洞里竟隐隐出现一丝光亮,接着一个阴森的声音瓮声瓮气地传来:“想看看这万人坑吗? 你随我来!”刘金勋顿时出了一身冷汗。光亮逐渐强烈,顺着光源看去,不远处,一个鬼魅的人影站在不远处的洞壁边。再低头一看,刘金勋发现自己正蹲坐在横七竖八的尸体堆里。愣了片刻,刘金勋壮着胆子对那人说道:“你不用装神弄鬼,有什么话你尽管说来!”灯光照在那人脸上,一身黑衣和头上黑色的包裹更显阴森恐怖,那人不说话,忽然转身一步步向洞里走去。

刘金勋站起身来,跟过去,一探究竟。借着灯光,几步便追上那人,二人便在一个小洞门边停了下来。刘金勋这才明白,这个洞显然不止一个,过了这小洞门,一定还有更大的秘密。此刻,他紧紧地盯着黑衣人正要开口,那人突然回过头来,犹豫了一下说:“我听刚才有人喊你刘大人,莫非你是从朝廷来的?来查万人坑的?”突如其来的问话让刘金勋不知如何回答,他只好说:“你是……?”他想知道的问题很多,但又不知如何来问,况且眼前这神秘的人又不知底细,只好这么含糊地反问。那人冷冷地哼了一声:“不管你是不是,这万人坑的情形他们终究是要你看的,不过如果我猜得没错,我敢肯定你一定是,我已经在这里等了三年了,等的就是这一天!”

说到这里,刘金勋呆呆地看着那人。那人一把拉着他的手:“大人,那么请你随我看看这万人坑吧!”说着,那人推开石门,弓身钻了进去。

四

刘金勋随黑衣人走进内洞,黑衣人剔亮了油灯,眼前突然出现的一切让刘金勋目瞪口呆,霎时间,只觉得恍惚间走进了人间炼狱,恐怖异常!

这是一个方形的大洞,地上布满了微缩的建筑,无一例外和镇子上的一模一样!最前面院子大而辉煌,门楣上刻着两个大字:魏宅!里面魏铁力和家人的塑像威严而不可一世地坐着,而旁边的各个宅院里或躺或坐的人,根本就不是雕塑了,而是人的尸体!他们满身血污,或被挖眼,或被割耳,或被断了足手,或被插了钢针戴了刑具,表情狰狞痛苦!

看到这里,刘金勋紧紧地咬牙说道:“惨无人道,为什么要这么做?”黑衣人像是感慨又似自言自语说道:“表面看无非是得罪了魏家罢了！其实,他们何尝得罪过任何人啊！我本来也应该是他们中间的一个,像他们一样痛苦地坐在这里,我幸运逃过一劫,但我却更不幸地生不如死地活着啊!”刘金勋一愣,疑惑地问:“你,这话从何说起啊?”那人重重地摇摇头,忽然说道:“刘大人,你已经亲眼看过了,也知道了他们的残忍,现在,请随我赶快离开这里！我带你去一个地方!”“去哪里?”刘金勋问道。那人忽然直视刘金勋的眼睛,愣了一下,旋即急切痛苦地说道:“陆浑镇！我要你知道一个天大的秘密！我们快走!”

刘金勋一听,顿时呆住了,这里不就是陆浑镇吗？可眼前这神秘之人究竟是谁？竟说出这些让人摸不着头脑的话来。但,还没等他想个明白,那人已经迫不及待地拉着他的手,往洞边一个小角门走去。

那黑衣人说的没错,洞里刘金勋看到的一切正是有人想让他看到的,但他们没料到黑衣人会出现在里面。黑衣人拉着刘金勋前脚走,魏家寻找他的人后脚就搜寻到了洞里。结果,刘金勋生不见人死不见尸,他的失踪让这些人立刻慌乱起来。

一连三天,陆浑镇里充斥着一股紧张的气氛。许多人心急火燎地几乎把陆浑镇翻了个底朝天,眼下,他们的目的只有一个,刘金勋不能死,一定找到他。

三天后的黎明时分,刘金勋破衣烂衫披头散发地出现在陆浑镇边的一个山腰上,显然,他已经像是几天都没吃东西了,满脸的憔悴不堪！刘金勋拨了拨挡在眼前的头发,嘴角露出一丝不易觉察的冷笑,他知道,过不了多久,就会有人找到他,那个人不是别人,一定是周国海!

果然,远处一个黑影正匆匆地朝他走来。到了近前,正是周国海,他一把扑过去,拉起刘金勋,热泪横流地说道:“刘大人,你受苦了！那日晚上,你被魏家狗奴推下洞里，我生怕有个好歹，可我又哪敢声张啊，只身一人悄悄四处打探，不想在此找到刘大人，你到哪里去了啊？”刘金勋长叹一声，颤抖地说道：“亏我命大，在洞里四处摸索，竟摸到一处小洞口，这才逃脱一死！出来我才发现，小洞外沟深林密，危崖险壑，我是九死一生才找到这里啊！”刘金勋顿了一顿，忽然间咬牙切齿接着说道：“可恨的魏家竟如此歹毒！等我禀明皇上定诛他九族！国海，烦你找些饭食，等我吃了，立刻回京复命！”

周国海擦了泪，激动地点点头：“大人，我先扶您下山去！”

五

回到京城，刘金勋连夜见了皇上。听罢详情，皇帝大怒，刘金勋说的要比他想象的还令他震惊百倍，他大喝一声，几乎掀翻了面前的桌案。

即近午夜，皇上急宣严成青带亲信周国海进宫商议魏家大案。严成青向盛怒的皇帝行了礼，拱手对刘金勋说道：“刘大人，想必魏家大案你已查清？”不觉间，脸上似有喜色。刘金勋回道：“是已查清，不过看来事情应该和严大人息息相关啊！”严成青脸色一变：“刘大人此言何意？”刘金勋不理他，看了一眼皇上，皇上微微点点头。刘金勋这才对早已经跪在一旁的周国海厉声说道：“周国海，我去陆浑的路上，怕我记得道路，你给我下了迷药，目的何在？”周国海浑身一抖：“没有，我怎敢给大人下药！”“你住口，我来替你说！怕我记路，原因是我到的那个陆浑镇根本就非真正的陆浑镇！是有人处心积虑花了三年时间秘密建造的！”刘金勋望了一眼严成青，此刻他已经脸色煞白。刘金勋凝重地说道：“而镇子里人全非当地百姓，那魏宅的人也全非真正的魏家人，包括那所谓的万人坑，这一切统统都是弥天大谎，统统都是伪造的！”说到这里，严成青慌忙说道：“刘大人，你所说的可要有证据啊，不可在皇上面前信口雌黄！”刘金勋一笑：“严大人别急，让我把话说完，证据一定会让你们看的！周国海，怪你们布置的太过巧妙，在陆浑，我所遇到的一切都让我怀疑，轻易地进镇，轻易地看到魏家杀人，轻易偷听到万人坑的处所，这一切其实是早已经布置好的，而布置这一切的人就是你！你记得我被人推下洞穴吧？你们无非是让我相信魏家人的残暴和跋扈好借我之手铲除魏家，可惜，你们百密一疏，我在洞中遇到了当年建造万人坑的一个工匠，你们以为把所有的工匠都杀死伪装成魏家的受害者，没想到还有一个活着！而且他还拿了图纸和某人的密令！我失踪的那三天，我哪里是在密林深壑中寻找生机啊！其实，我被带到了真正的陆浑镇，也见到了魏铁力魏大人的家人！你们所说的万人坑，真的有，不过，那是魏铁力的家人感念皇恩而修建的万人饮水工程！我故意装作九死一生逃出来就是瞒过你们，让你们相信你们的阴谋已经得逞！那么，是谁挖空心思，周密布置，胆大如天，制造了一个个弥天大谎，当然，你不可能，那么只有你身后的主子！正是你，严成青！”

刘金勋猛然转身，把手指向严成青！

严成青早已经面如土色，浑身发抖：“你，你胡说！”

“我胡说吗？我早已安排那活着的工匠带了你三年前的密令见过皇上了！”说话时，那工匠已经从后面走了出来。

严成青突然一阵冷笑：“我和魏大人无仇无怨，我何苦处心积虑制造弥天大谎，治他于死地？”

刘金勋反问：“真的无仇无怨吗？这正是你在朝廷中排挤他人的毒辣手段，你苦心造出一个万恶的万人坑，故意虚张声势让朝廷去查，以达到栽赃陷害魏大人的目的！为了你的地位利益，不知道下一个受害者是将会是谁啊！”

严成青突然咆哮着大叫起来：“不可能，不可能会是这样的结果！一定是你借机陷害我！”

一直怒不可遏的皇上终于一把掀翻了桌案:“害你的只有你自己,是你用毒辣的双手害了你自己!”

此刻,御林军一拥而上,将严成青团团围住。